U0517011

中國古典文學基本叢書

陶淵明集

逯欽立 校注

中華書局

圖書在版編目(CIP)數據

陶淵明集/(晋)陶淵明著;逯欽立校注. —北京:中華書局,2018.1(2025.3重印)
(中國古典文學基本叢書)
ISBN 978-7-101-12959-5

Ⅰ.陶… Ⅱ.①陶…②逯… Ⅲ.中國文學-古典文學-作品綜合集-東晋時代 Ⅳ.I213.722

中國版本圖書館CIP數據核字(2017)第299865號

責任印製:陳麗娜

中國古典文學基本叢書
陶淵明集
〔晋〕陶淵明 著
逯欽立 校注
*
中華書局出版發行
(北京市豐臺區太平橋西里38號 100073)
http://www.zhbc.com.cn
E-mail:zhbc@zhbc.com.cn
大廠回族自治縣彩虹印刷有限公司印刷
*
850×1168毫米 1/32 · 8½印張 · 2插頁 · 185千字
2018年1月第1版 2025年3月第3次印刷
印數:8001-11000册 定價:36.00元

ISBN 978-7-101-12959-5

出版説明

陶淵明（三六五——四二七），一名潛，字元亮，潯陽柴桑（今江西九江）人，曾做過州祭酒、鎮軍參軍、建威參軍和彭澤令，四十一歲由彭澤令任上辭官歸隱，直至去世。卒後友人私謚「靖節」，世稱靖節先生。

陶淵明少懷濟世之志，但他生活的年代正是東晉與劉宋政權交替之際，政治昏暗、政局動盪、社會鬭爭複雜、民族矛盾激化，他的理想與現實發生了極大的衝突，他逐漸視仕途如棘途，嚮往平淡自然的生活。同時，魏晉以來玄學勃興、玄言詩盛行，玄學的熏染又使他追求心靈的自適、人格的完整。仕與隱的矛盾困擾了陶淵明十九年，最終他選擇了在盛年辭官歸隱，再未出仕，表現出固窮守節、正直不阿、淳樸率真的高潔品格。隱居期間，他寫有一些反映戰亂給人民帶來的痛苦與災難的詩，但更多更好的是歌詠歸隱生活、描繪農村景色的詩篇，也有一些用意境化手法表現老莊思想、玄學命題的詩，正因如此，陶淵明被稱爲「古今隱逸詩人之宗」（鍾嶸《詩品》）。陶淵明的作品繼承了漢、魏、正始之傳統，並形成了獨特的風格，内容充實，情感真摯，風格沖淡，韻致悠然，極善用寫意的手法點染出渾樸深遠的意境。梁蕭統《陶淵明集序》説：「其文章不群，詞采精拔，跌宕昭彰，獨超衆類，抑揚爽朗，莫之與京。横素波而傍流，干青雲而直上。語時事則指而可想，論懷抱則曠而且真。加以貞志不休，安道苦節，不以躬耕爲恥，不以無財爲病，自非大賢篤志，與道污隆，孰能如此乎！」對其人品與作品都給予了很高的評價。

陶淵明的詩文在講究辭藻對偶、追求繁複華麗的南朝不被重視，就是曾編輯《陶淵明集》、對陶淵明給予充分肯定的蕭統，在編《文選》中也没有選入多少陶詩。直到唐代，陶詩才贏得了人們普遍的喜愛。李白、杜甫、白居易都曾寫下熱情贊頌陶淵明的詩句，陶淵明的詩篇也熏陶了王維、孟浩然、柳宗元等不少的作家。北宋蘇軾則逐首追和陶詩一百零九篇，以「不甚愧淵明」自許。宋、元之際，《陶集》得以傳抄、補輯、校訂以至注釋，刊佈甚多。

陶淵明的詩文有人説在其生前就有抄本傳世，但這種説法似乎根據不足。一百年後，梁蕭統爲之搜求遺闕，區分編録，定爲八卷本《陶淵明集》。後來北齊陽休之又在蕭本基礎上，蒐集他本保存的《五孝傳》和《四八目》，合序目爲十卷本《陶潛集》。陽休之本於隋季亡其序目，爲九卷本。此後爲要湊足十卷之數，别本紛出。至北宋，又經宋庠重新刊定爲十卷本《陶潛集》。這是我們目前所知道的最早的刊本。上述各本均散佚不傳，今天我們還能看到的，都是南宋以後的刊本。

《陶集》流傳既廣，版本亦多，各種本子的差異，遠在宋代就已經成爲問題了。因此，研究陶淵明的第一步工作，就是要對《陶集》進行精詳的校訂。現存諸本《陶集》中有校勘價值的，主要有下列各本：（一）曾集詩文兩册本，南宋紹熙三年刊，有清光緒影刻本；（二）汲古閣藏十卷本，南宋刊，有清光緒、咸豐兩種影刻本；（三）焦竑藏八卷本，南宋刊，有焦氏明翻本；今《漢魏七十二家集》中

《陶集》五卷本亦即焦竑翻宋本。此外，尚有宋末湯漢注本及元初李公焕《箋注陶淵明集》十卷本。李注本博采衆説，開集注之先河，明清兩代屢見重刻。又有宋刊《東坡先生和陶淵明詩》本（有民國十一年上海黄藝錫刊本）以及傳爲蘇軾筆迹的元刊蘇寫大字本（有清同治何氏篤慶堂影宋重刊本）。本書的整理者逯欽立先生，即以李注本爲底本，以上列各本作爲校本，認真比對勘正，詳録異文，爲今後開展陶淵明的研究做了有益的工作。

這本《陶淵明集》初版於一九七九年，其中的「附録一《關於陶淵明》」寫於一九七三年，是根據逯欽立先生按當時的政治形勢及政治要求給學生們講解陶淵明的講稿整理而成的，是特定的社會環境與政治環境的産物，不能完全體現逯先生研究陶淵明的成果。今根據逯先生家屬的意見，將其抽掉了。本書其他部分一仍其舊。特此説明。

中華書局編輯部

二〇〇六年十一月

目録

陶淵明集卷之三

詩五言

陶淵明集卷之四

詩五言

陶淵明集卷之五

賦辭

陶淵明集卷之六

記傳贊述

陶淵明集卷之七

疏祭文

附録

例言

一、梁蕭統所編《陶集》，合序、目、誄、傳而爲八卷，詩文實只七卷，是最早最可靠的本子。北齊陽休之加進了《五孝傳》、《四八目》（《聖賢群輔録》），足成十卷。《陶集》羼進僞作自此始。按「《五孝傳》、《四八目》所引《尚書》，自相矛盾，決不出於一手，當必依託之文」（《四庫全書總目提要》），又集中《與子儼等疏》稱子夏爲孔子四友，而此録四友乃爲顔回、子貢、子路、子張，集中稱「商山四皓」，率舉黄公和綺里季夏爲代表（《飲酒》詩云：「咄咄俗中愚，且當從黄綺。」《桃花源詩》云：「黄綺之商山，伊人亦云逝。」），而此録四皓，乃斷綺里季與夏黄公爲名，並於夏黄公下注云「姓崔，名廓，字少通，齊人。隱居修道，號夏黄公。見崔氏譜」。四友、四皓均與《陶集》大相徑庭，所以宋人定《八儒》、《三墨》二條爲「後人妄加」（宋庠語）是對的。今將《五孝傳》、《四八目》、《八儒》、《三墨》等，悉從删除。依照魯銓刻蘇寫大字本次序，仍編詩文七卷，並於卷首列入蕭序及目，庶存舊集原貌。序、目而外，顔延之《陶徵士誄》、蕭統《陶淵明傳》等，不再附。

二、《陶集》竄入他人之詩，如：《歸園田居》第六首「種苗在東皐」篇，是梁江淹《雜體》詩三十首之一。《問來使》詩乃宋蘇子美詩（參明郎瑛《七修類稿》二）。《四時》詩「春水滿四澤」四句，乃晉顧凱之《神情》詩（參宋湯漢注《陶靖節先生詩》三）。凡此均一概删之。

三、世傳《陶集》有十幾種，其中最富于校勘價值的，有曾集刻本、魯銓刻蘇寫大字本（簡稱蘇寫本）、焦竑刻本、莫友芝刻本、黄藝錫刻東坡先生和陶淵明詩本（簡稱和陶本）等五個刻本，而李公焕《箋注陶淵明集》（簡稱李本）是給全書作注的最早的本子，所以本書校勘，即以李本爲底本，以曾集等五個刻本爲校本，細心加以校對。間或參照湯漢注本、何校宣和本、吴瞻泰彙注本，録出異文。其他圖書類書等所引文字，也一一進行比勘。全書異文子注相應增補，以便訂正訛誤，保存作者原文。保存原文，自應以本集刻本之字爲主，然如各刻本爲誤而他書所引爲是者，即以他書所引爲正文，並不一律屈從本集。例如《五月旦作和戴主簿》「神萍寫時雨」句，本集作「神淵」，或作「萍光」，本書從《歲華紀麗》作「神萍」，而將本集正文降爲子注。再如各異文義皆可通而難于是正者，則視何者爲當時習語，何者則否，然後定其爲正文或爲子注異文。例如《與殷晉安别》「遊好非少長」句，「少」字各本皆作「久」，唯曾本云「一作少」。按「少長」爲晉時習語，故本書以「少」字爲正文，以「久長」爲子注異文。至于某句某字顯有訛誤而無從校正者，則或在本文内指出某當作某，或在注文内解釋疏通。

四、注釋引用舊注，一依丁福保《陶淵明詩箋注》之例，對湯漢《陶靖節先生詩》，李公焕《箋注陶淵明集》，吴瞻泰《陶詩彙注》，陶澍《靖節先生集》，古直《陶靖節詩箋》等各家注，分别省作湯注、李注、吴注、陶注、古注；而於何孟春注則省曰何注，於黄文焕《陶詩析義》則直書黄名，於程穆衡《陶詩程傳》則只作程傳。以此廣事采擇，用彰本義。然引用舊注，意在吸收其精華，故凡不够確切全面的，則進行修訂或補充。例如《癸卯歲十二月作與從弟敬遠》詩：「傾耳無希聲，在目皓已潔。」王念孫認爲「無希聲」當作「希無聲」，並引《老子》來證明。本書採用王説，同時又據顔延之詩及《莊子》，説明可不改字，「無希聲」更合乎當時修辭習慣。又爲了通俗易懂，本書注文盡量應用現代漢語。

陶淵明集序

梁昭明太子蕭統撰

夫自衒自媒者，士女之醜行；不忮不求者，明達之用心。是以聖人韜光，賢人遁世。其故何也？含德之至，莫踰於道；親己之切，無重於身。故道存而身安，道亡而身害。處百齡之内，居一世之中，倏忽比之白駒，寄寓謂之逆旅，宜乎與大塊而榮枯，隨中和而任放，豈能戚戚勞於憂畏，汲汲役於人間。

齊謳趙女之娱，八珍九鼎之食，結駟連鑣之遊，侈袂執圭之貴，樂則樂矣，憂亦隨之。何倚伏之難量，亦慶弔之相及！智者賢人居之，甚履薄冰；愚夫貪士競之，若泄尾閭。玉之在山，以見珍而招破；蘭之生谷，雖無人而猶芳。故莊周垂釣於濠，伯成躬耕於野，或貨海東之藥草，或紡江南之落毛。譬彼鴛雛，豈競鳶鴟之肉；猶斯雜縣，寧勞文仲之牲！

至如子常、甯喜之倫，蘇秦、衛鞅之匹，死之而不疑，甘之而不悔。主父偃言：「生不五鼎食，死即五鼎烹。」卒如其言，豈不痛哉！又有楚子觀周，受折於孫滿；霍侯驂乘，禍起於負芒。饕餮之徒，其流甚衆。

唐堯四海之主，而有汾陽之心；子晉天下之儲，而有洛濱之志。輕之若脱屣，視之若鴻毛，而況於他乎！是以至人達士，因以晦跡。或懷釐而謁帝，或被褐而負薪，鼓楫清潭，棄機漢曲。情不在於衆事，寄衆事以忘情者也。

有疑陶淵明詩篇篇有酒。吾觀其意不在酒，亦寄酒爲跡焉。其文章不群，詞采精拔，跌宕昭彰，獨超衆類，抑揚爽朗，莫之與京。横素波而傍流，干青雲而直上。語時事則指而可想，論懷抱則曠而且真。加以貞志不休，安道苦節，不以躬耕爲恥，不以無財爲病，自非大賢篤志，與道污隆，孰能如此乎！

余愛嗜其文，不能釋手，尚想其德，恨不同時。故更加搜求，粗爲區目。白璧微瑕者，惟在《閑情》一賦，揚雄所謂勸百而諷一者，卒無諷諫，何必摇其筆端？惜哉！無是可也！並粗點定其傳，編之於録。

嘗謂有能讀淵明之文者，馳競之情遣，鄙吝之意祛，貪夫可以廉，懦夫可以立，豈止仁義可蹈，亦乃爵禄可辭！不勞復傍游太華，遠求柱史，此亦有助於風教爾。

陶淵明集卷之一

詩四言

停　雲〔一〕

停雲，思親友也。罇湛新醪〔二〕，園列初榮，願言不曾本云，一作弗。從〔三〕，歎息曾本云，一作想。彌襟。蘇寫本此下有云爾二字。

靄靄停雲〔四〕，濛濛時雨〔五〕。八表同昏〔六〕，平路伊阻〔七〕。靜寄東軒〔八〕，春醪獨撫〔九〕。良朋悠和陶本作攸。注，一作悠。邈〔一〇〕，搔首延佇〔一一〕。

停雲靄靄，時雨濛濛。八表同昏，平陸成江。有酒有酒，閒飲東窗。願言懷人，曾本云，一作仁。舟車靡從。

東園之樹，枝條曾本云，一作葉。再曾本作載，和陶本同。榮。競用新好〔一二〕，曾本云，一作朋新，一作競朋親好。蘇寫本云，一作競朋親好，焦本同。焦本注云，宋本一作競用新好，非。以怡李本作招，曾本、蘇寫本同。又曾本云，一作怡。焦本云，一作招，非。余情〔一三〕。人亦有言，日月于征。安得促席〔一四〕，說彼平生〔一五〕。

翩翩飛曾本云，一作輕，蘇寫本同。鳥〔一六〕，息我庭柯。斂翮閒止〔一七〕，曾本作上。注，一作正。好聲相和。豈無他人，念子實多。願言不獲，抱恨如何！

〔一〕《停雲》、《時運》、《榮木》，皆四十歲時作。詳後附《陶淵明事迹詩文繫年》。《停雲》詩寫隱居生活中關心世亂。黃文煥引沃儀仲曰：「伊阻、成江，分指世運；八表同昏，專咎臣子。正見舉世暗濁，無一明眼人堪扶社稷，故至於此。」

〔二〕罇湛新醪，湛（zhàn 站），沉，澄清。《淮南子·覽冥訓》：「東風至而酒湛溢。」《太平御覽》引此湛作沉，注云：「酒沉，清酌酒也。米物下沉。」醪（láo 牢），今稱甜酒或醪糟。

〔三〕願言不從，願，思慕。言，語助詞。《詩經·邶風·終風》：「願言則懷。」這裏借願言二字表懷念朋友。不從，不順心，是說思友無由見面。

〔四〕靄靄，雲氣貌。

〔五〕時雨，季節雨。《擬古》詩：「仲春遘時雨。」

〔六〕八表，八方。古注：「《淮南·墬形訓》，殥之外，又有八紘。高誘注，紘，維也。維絡天地而爲之表，故曰紘也。直按：《尚書》，光被四表。此云八表，蓋本《淮南》。《晉書·蔡謨傳》，經營八表。《桓溫傳》，洽被八表。然則二字蓋晉人常用之詞也。」

〔七〕伊阻，伊，語助詞。阻，阻塞不通。

〔八〕靜寄，寄，托身。

〔九〕春醪獨撫，撫，持。《九日閑居》詩：「持醪靡由。」

〔一〇〕悠邈，遥遠。

〔一一〕延佇，長時間停站。

〔一二〕新好，指春樹。

〔一三〕怡，娱樂。

〔一四〕促席，坐近。丁注：「古者，席地而坐，故謂坐近曰促席。」

〔一五〕平生，平時。

〔一六〕翩翩，疾飛貌。

〔一七〕斂翮（hé 核），收斂翅膀。閒止，止，語助詞。閒止，閒靜。湯注：「嵇叔夜《琴賦》，非淵靜者不能與之閒止。」

時運

時運，游暮蘇寫本作莫。**春也。春服既成**〔一〕，**景物斯和，偶影**曾本、和陶本作景。曾本云，一作影。**獨游**〔二〕，**欣慨**曾本云，一作然。**交心**〔三〕。

邁邁曾本云，一作靄，又作藹。焦本云，一作靄靄，又作藹藹。**時運**〔四〕，**穆穆良朝**〔五〕。**襲我春**

服〔六〕，薄言東郊〔七〕。山滌餘靄〔八〕，曾本云，一作藹。宇曖微霄〔九〕。曾本云，一作餘靄微消。焦本作餘靄微消，注，一作宇曖微霄，非。有風自南，翼彼曾本云，一作我。新苗〔一〇〕。

洋洋平澤〔一一〕，李本作津，蘇寫本、和陶本、焦本同。曾本作澤，又注，一作津。乃漱乃濯。曾本云，一作濯濯。邈邈遐景〔一二〕，載欣載矚〔一三〕。稱心而言，人和陶本作固。亦易足。焦本作人亦有言，稱心易足。注云，宋本一作稱心而言，人亦易足，非。曾本、蘇寫本云，一作人亦有言，稱心易足。揮茲一觴〔一四〕，陶曾本云，一作遥。然自樂。

延目中流〔一五〕，悠想李本、曾本、蘇寫本、焦本作悠悠。曾本、焦本又注，一作悠想。清沂〔一六〕。童冠齊業〔一七〕，閒詠以歸。我愛其靜，寤寐交揮〔一八〕。但恨曾本作悵。注，一作恨。陶詩彙注作憾。殊世，邈不可追。

斯晨斯夕，言息其廬。花曾本云，一作華。藥分列，林竹翳如〔一九〕。清琴横床，曾本、蘇寫本云，一作膝。濁酒半壺。黄唐莫逮〔二〇〕，慨獨在余蘇寫本作予。

〔一〕春服既成，《論語・先進》：「暮春者，春服既成。冠者五六人，童子六七人，浴乎沂，風乎舞雩，詠而歸。」

〔二〕偶影，以影爲伴，表孤獨。王胡之《贈庾翼》詩：「獨遊偶影，迴駕蓬廬。」

〔三〕欣慨交心，歡欣感慨交織在心。《晉書・袁宏傳》：「遇之不能無欣，喪之不能無慨。」程傳：「雖景物可欣，而獨遊亦可歎也。」

〔四〕邁邁，步步邁進。　時運，四時運轉。

〔五〕穆穆，温和。

〔六〕襲，取用。

〔七〕薄言東郊，薄，至，到。全句是説到了東郊。

〔八〕靄（ǎi 矮），雲氣。

〔九〕霄，雨霓，即雨後的虹。

〔一〇〕翼，扇動。陶注：「王棠曰，新苗因風而舞，若羽翼之狀。工於肖物。」

〔一一〕洋洋，汪洋，水盛貌。　平澤，平湖。

〔一二〕邈邈（miǎo miǎo 杪杪），遥遠貌。　遐景，遼闊的自然景物。

〔一三〕矚，注視。李注：「矚之欲切視也。」

〔一四〕揮，傾杯飲盡，乾杯。《還舊居》：「一觴聊可揮」；《雜詩》：「揮杯勸孤影」；《和胡西曹示顧賊曹》：「每恨靡所揮」，諸揮字義並同。《禮記・曲禮》：「飲玉爵者弗揮。」注：「振去餘酒曰揮。」

〔一五〕延目，遊目，遥望。

〔一六〕悠想，遥想。　清沂，清澈的沂水河。

〔一七〕齊業，習完課業。

〔一八〕寤（wù物），醒。　寐（mèi妹），睡。　交揮，交互奮發，是説時刻嚮往。

〔一九〕翳（yì意）如，翳然，隱蔽貌。

〔二〇〕黄唐，黄帝、唐堯，指古代。

榮木〔一〕

榮木，念將老也。日月推遷，已復九各本作有。曾本、蘇寫本云，一作九。夏〔二〕，總角聞道〔三〕，白首無成。

采采榮木〔四〕，結根于茲。晨耀曾本云，一作輝。其華，夕已喪之。人生若寄，顦顇有時〔五〕。靜言孔念〔六〕，中心悵曾本云，一作恨。而〔七〕。

采采榮木，于茲託根。繁華朝起，慨暮不存。貞脆曾本云，一作慎。由人〔八〕，禍福無門〔九〕。匪道曷依，匪善奚敦〔一〇〕！

嗟予曾本作余，注，一作予。小子，稟茲固陋〔一一〕。徂年既流〔一二〕，曾本云，一作遂往，蘇寫本同。業不增舊。志李本云，或曰志當作忘。癸辛雜識引作寘。彼不蘇寫本作弗。曾本云，一作弗。舍〔一三〕，安此日富〔一四〕。我之懷矣，怛焉内疚〔一五〕。

先師遺訓〔一六〕，余豈之李本、蘇寫本、和陶本、焦本作云。曾本云，一作云。墜〔一七〕。四十無聞〔一八〕，斯不足曾本云，一作可。畏〔一九〕！脂我名焦本云，一作行，非。車曾本云，名車一作行車。〔二〇〕，策我名驥曾本云，一作鑣。千里雖遥〔二一〕，孰敢不至！

〔一〕榮木，木槿。其花朝生暮落。古注：「《月令》：仲夏之月，木槿榮。與日月推遷，已復九夏應。《説文》：蕣，木槿，朝生暮落者，與晨耀其華，夕已喪之應。」

〔二〕九夏，夏之季月。

〔三〕總角，十二三歲時。潘岳《懷舊賦序》：「余年十二獲見于父友戴侯楊君。」賦云：「余總角而獲見，承戴侯之楊君。」

〔四〕采采，繁盛貌。

〔五〕顦顇，憔悴，枯槁黄瘦。

〔六〕靜言孔念，言，語助詞。孔，甚。是説一靜下來即甚相思。

〔七〕悵而，悵然。

〔八〕貞脆，堅貞，懦弱。古注：「班倢伃《擣素賦》：雖松梧之貞脆，豈榮枯其異心。」

〔九〕禍福無門，《左傳·昭公二十三年》：「禍福無門，惟人所召。」

〔一〇〕匪善奚敦，匪，不是。敦，勤勉。這句是説不勤勉爲善還勤勉什麽。

〔一一〕稟，稟受。　固陋，固執鄙陋。

〔一二〕徂年，流年。　既流，既已消逝。

〔一三〕志彼不舍，志，壹心要求。不舍，指不停止前進。《荀子·勸學》：「故不積蹞步，無以至千里；不積小流，無以成江海。騏驥一躍，不能十步；駑馬十駕，功在不舍。」這裏用《荀子》義，以車馬爲比喻，寫本人的不斷前進心，與下章「脂我名車，策我名驥，千里雖遥，孰敢不至。」前後呼應。

〔一四〕安此日富，安，習慣於。日富，指一味醉酒。《詩經·小雅·小宛》：「壹醉日富。」這句是説習慣於醉酒生活，上句言壹心要求前進，下句言安於醉酒生活，表述作者内心矛盾。

〔一五〕怛(dá 達)焉，怛然，傷痛貌。　内疚，内心自咎。

〔一六〕先師，指孔子。

〔一七〕之墜，墜之，拋棄之。之，指遺訓。

〔一八〕四十無聞二句，聞，名聲。斯，此。

〔一九〕畏，敬畏，畏服。《論語·子罕》：「四十五十而無聞焉，斯亦不足畏也已。」二句反用《論語》義，是説即使四十歲没成名，這就不足畏服了嗎？此二句結合目下年齡，言仍有成名時間。

〔二〇〕脂我名車二句，脂，以油膏軸。策，以鞭策馬。名車，名驥，名之車，名之馬；以車馬比喻功名。二句以駕車馳馬比喻準備前進，建立功名。

〔二一〕千里雖遥二句，叙前進艱難和決心。逯按，晉元興三年二月，劉裕起兵勤王，推倒桓玄。陶於本年夏季東下爲鎮軍參軍。此詩所寫乃東下前情懷。

贈長沙公〔一〕各本公下有族祖二字，今從陶注本。

余於長沙公爲族各本作長沙公於余爲族。又李本、曾本、焦本云，一作余於長沙公爲族。曾本又云，一無公字。文館詞林與曾本、李本一作同，今從之。**祖，同出大司馬。昭穆既遠**〔二〕，**以**李本作已，文館詞林、蘇寫本、焦本同。曾本云，一作已。**爲路人**〔三〕。**經過潯陽，臨別贈此。**文館詞林有詩字。

同源分流，人易世文館詞林作代。**疏。慨然**文館詞林作矣。曾本云，一作矣。**寤歎**〔四〕，**念茲厥初**〔五〕。**禮服遂悠**〔六〕，**歲月眇徂**〔七〕。焦本作歲往月徂。曾本云，一作歲往月徂。**感彼行路，眷然**文館詞林作言。**躊躇**〔八〕。曾本云一作踟躕。

於穆令族〔九〕，蘇寫本作祖。**允構斯**曾本云，一作新。焦本云，一作新，非。**堂**〔一〇〕。**諧氣冬暄**〔一一〕，曾本作輝。蘇寫本作暉，二本並注云，宋本作暄。文館詞林作暉。焦本云，宋本作暄，一作輝，非。**映懷圭璋**〔一二〕。**爰采春花**〔一三〕，文館詞林作言來春苑。曾本云，一作華，一作爰來春苑。**載警**曾本云，一作散，又作驚。蘇寫本作驚。**秋霜**〔一四〕，曾本、蘇寫本云，一作爰采春苑，載散秋霜。**我曰欽哉，實宗之光**〔一五〕。

伊余云遘〔一六〕，**在長忘同**〔一七〕。曾本云，忘一作志。忘同，又作同行。**笑言**蘇寫本作言笑。曾本云，一作言笑。**未久，逝焉西東。遥遥三湘**〔一八〕，文館詞林作遥遥湘渚。曾本作遥想湘渚。注云，一作遥遥三湘。滔滔九江〔一九〕，山川阻遠，行李時通〔二〇〕！何以寫心，貽此曾本作茲。注，一作怡此。話言。進簣文館詞林作匱。雖微〔二一〕，曾本云，一作少。終焉文館詞林、曾本作在。曾本注，一作焉。爲山。敬哉離人，臨路悽然。款襟文館詞林作矜式。或遼〔二二〕，音問其文館詞林作時。先！

〔一〕據《晉書·陶侃傳》，侃五世孫爲延壽。淵明以族祖自居，所遇之長沙公自爲延壽之子。又據《宋書·武帝紀》、《何承天傳》、《資治通鑑》，長沙公陶延壽義熙五年（四〇五）尚任軍職。又元熙二年（四二〇），宋代晉，長沙公降爲醴陵侯。則延壽子嗣公爵當在義熙五年以後元熙二年之前，其路過尋陽亦當在此期間。

〔二〕昭穆，古貴族宗廟制度，太祖廟居中，二世、四世、六世居於左，叫作昭；三世、五世、七世居於右，叫作穆。是謂三昭三穆。這裏泛指同宗世系。

〔三〕以爲，誤以爲。

〔四〕寤歎，曉悟後歎息。《詩經·曹風·下泉》：「愾我寤歎。」箋：「寤，覺也。」

〔五〕厥初，其初。指彼此祖宗。《詩經·大雅·生民》：「厥初生民，實維姜嫄。」

〔六〕禮服，古代以喪禮衣服顔色區别親疏，習稱禮服。　悠，疏遠。

〔七〕眇徂，悠遠。

〔八〕眷然，顧戀貌。　躊躇（chóu chú 愁鋤），徘徊不定。

〔九〕於穆，贊美詞。

〔一〇〕允構斯堂，允，信能；構，建築。指真能繼承祖業。《書經·大誥》：「若考作室，既底法，厥子乃弗肯堂，矧肯構？」是用堂室建築比喻繼承祖業。

〔一一〕諧氣冬暄，氣度如冬天太陽。指氣度温和。丁注：「言氣合乎冬暄，如冬日之可懷也。」

〔一二〕映懷圭璋，懷抱與圭璋相輝映。指品質高尚。陶注：「懷有圭璋之潔。」

〔一三〕爰采春花二句，爰，遂；春花，春華。喻長沙公少年富於才華。

〔一四〕載，且，又。載警秋霜，又要當心秋實，是説日後又要重視實際，有所成就。《魏志·邢顒傳》：「採庶子之春華，忘家丞之秋實。」

〔一五〕宗之光，貴宗的光榮。晉宋時，同一曾祖或高祖的族兄弟，習慣稱對方一家爲宗或華宗。如謝瞻、謝靈運，同一高祖謝裒，謝瞻《於安成答靈運》：「華宗誕吾秀，之子紹前胤。」可證。長沙公陶氏嫡系，稱宗自不待言。

〔一六〕伊，語助詞。余，我輩。遘，相遇。

〔一七〕在長忘同，長，尊長。同，同族。《逸周書·大聚解》：「合族同親，以敬爲長。」詩用此義，言長沙公居全族尊長地位，忘却陶淵明是同族之親。又《左傳》：「在上不忘降。」曹植詩：「在貴多忘賤。」與此句法同。

〔一八〕三湘，指長沙封地，李注：「《寰宇記》：湘潭，湘鄉，湘源爲三湘。」

〔一九〕九江，陶淵明居地。

〔二〇〕行李，使人。吴注：「《左傳》：行李之往來。又：亦不使一介行李告于寡君。注：行李，使人也。李匡乂《資暇録》：孛，古使字，訛作李。」

〔二一〕簣，草編盛土器。進簣，加一簣土，有一次進度。《論語·子罕》：「譬如爲山，未成一簣。止，吾止也；譬如平土，雖覆一簣，進，吾往也。」進簣用此義。

〔二二〕款襟，開懷，指對面暢談。

酬丁柴桑〔一〕

有客有客，爰來宦李本、曾本、焦本作爰。曾本又注，一作官。蘇寫本作官。今從文館詞林。止〔二〕。秉文館詞林作執。直司文館詞林作思。聰〔三〕，惠于李本、曾本、焦本作于惠。文館詞林作爾惠。百里〔四〕，飡勝如歸〔五〕，聆曾本、焦本作矜。曾本又注，一作聆。善各本注，一作音。焦本云，矜善一作聆音。若始〔六〕。

匪惟文館詞林作怍，莫本云，一作怍。曾本云，一作忤。也諧〔七〕，李本、曾本、蘇寫本、文館詞林作諧也。曾本又注，一作也諧。屢有良游〔八〕。焦本云，宋本作游，一作由，非。李本、曾本、蘇寫本作由。曾本又注，一作游。文館詞林作遊。載言載眺，蘇寫本作載馳載驅。注，一作載言載眺。曾本云，一作載馳，一作載馳載驅。以寫我憂。放歡一遇〔九〕，既醉還休〔一〇〕。實欣心期〔一一〕，方從我遊。文館詞林作或悠。

〔一〕丁柴桑，古人習慣以地名示郡縣官職。丁柴桑，柴桑丁縣令。

〔二〕宦止，爲官。止，語助詞。

〔三〕秉直，持正。司聰，爲皇帝聽察民隱。《左傳·昭公九年》：「汝爲君耳，將司聰也。」

〔四〕惠于，惠在。百里，指縣令所轄地區。《蜀志·龐統傳》：「統以從事守耒陽令，在縣不治，免官。吴將魯肅遺先主書曰：龐士元非百里才也。」

〔五〕飡勝如歸二句，飡，同餐。勝，勝理，至言。《讀史述九章》：「共飡至言。」又《移居》：「此理將不勝。」飡勝如歸，是吸收勝理至言如同歸家那樣喜悦。

〔六〕聆，傾聽。聆善若始，是説傾聽善言如同第一次那樣新鮮。

〔七〕匪惟也諧，程傳：「非惟意與之諧。」逯按，潘岳《楊仲武誄》：「匪直也人。」蔡邕《議郎胡公夫人哀讚》：「匪惟驕之。」與此句法略同。

〔八〕良游，好的游賞。

〔九〕放歡，放開歡暢之懷。

〔一〇〕既醉還休，《五柳先生傳》：「既醉而退，曾不吝情去留。」與此略同。

〔一一〕心期，知心，神交。

答龐參軍

龐爲衛軍參軍〔一〕，從江陵使上都，過潯陽見贈。

衡門之下〔二〕，有琴有書，載彈載詠，爰得我娛。豈無他好，樂是幽居，朝爲灌園，夕偃蓬廬〔三〕。

人之所寶〔四〕，尚或未曾本云，一作非。珍。不有同愛，焦本作好。注，一作愛，非。曾本云，一作好。云蘇寫本、莫本作去。莫本注，一作云。胡以曾本云，一作已。親？我求良友，曾本云，一作朋。實覯懷人〔五〕。歡心孔洽〔六〕，棟宇惟蘇寫本、和陶本作唯。曾本云，一作爲。焦本云，一作爲，非。鄰〔七〕。

伊余懷人，欣德孜孜〔八〕。我有旨酒〔九〕，與汝樂之〔一〇〕。乃陳好言，乃著新詩。一日不見，如何不曾本云，一作弗。思。

嘉遊未斁〔一一〕，曾本云，一作數，又作款。誓將離分〔一二〕，曾本誤作分離。送爾于蘇寫本、莫本云，一作於。路，銜觴無欣，依依舊楚〔一三〕，邈邈和陶本作藐藐。曾本同，又注，一作邈。西雲〔一四〕，之子之遠，良話曷聞。昔我云曾本、莫本云，一作之。別，倉庚載鳴〔一五〕；今也遇之，霰雪飄零。大藩有命〔一六〕，作使上京。豈忘蘇寫本誤作妄。莫本云，一作妄。宴曾本云，一作燕。安，王事靡寧。

慘慘寒日，肅肅其風。翩彼方舟〔一七〕，容裔蘇寫本、莫本作容與。曾本云，一作與，一作融洩。江勗哉征人，在始思終。敬兹良辰，蘇寫本作晨。莫本注，一作晨。以保爾躬。

中〔一八〕。曾本云，一作冲冲。莫本同，并注，一作容裔江中。

〔一〕衞軍參軍，是時謝晦以衞軍將軍爲荆州刺史，龐爲其參軍。詳《事迹詩文繫年》。

〔二〕衡門，架横木的柴門。《詩經·陳風·衡門》：「衡門之下，可以棲遲。」

〔三〕偃，卧。

〔四〕人之所寶四句，古注：「《禮記·儒行》：儒有席上之珍以待聘。又曰：儒有不寶金玉而忠信以爲寶云云，其近人有如此者。又曰：儒有合志同方，營道同術云云，其交友有如此者。此四句蓋隱括其意。」

〔五〕覯，遇見。

〔六〕孔洽，甚投合。

〔七〕棟宇惟鄰，房舍相連而爲鄰居。

〔八〕欣德，好善，樂道。孜孜，不懈怠。

〔九〕旨酒，美酒。

〔一〇〕樂之，樂旨酒。之，代詞。

〔一一〕斁（yì 億），厭，膩。

〔一二〕誓將，逝將。逝，發語詞。

〔一三〕依依，留戀。　舊楚，指荆州江陵。

〔一四〕邈邈，遥遠貌。　西雲，指西荆風物。

〔一五〕倉庚載鳴，二月黄鶯於是鳴叫。倉庚，離黄，黄鶯。《禮記・月令》：「仲春之月，倉庚鳴。」注：「倉庚，離黄。」載，乃，於是。連詞。

〔一六〕大藩，藩王，指謝晦。時謝晦封建平郡王。

〔一七〕方舟，兩船相併。古代，大夫方舟，這裏尊稱龐之乘船。

〔一八〕容裔，容與。船緩行貌。吴注：「《西都賦》：汰瀺灂兮船容裔。注，容裔，船行貌。」逯按《楚辭・九章》：「舟容與而不進兮。」

勸　農〔一〕

悠悠上古，厥初生民〔二〕，李本、曾本、焦本俱作人。曾本又云，一作民，一作正人。傲然自足〔三〕，抱朴含真〔四〕。智巧既曾本云，一作未。萌，資待靡莫本云，一作無。因〔五〕。誰其莫本作能。贍之〔六〕？實賴哲人。

哲人伊何？時惟焦本作爲。后稷〔七〕；贍之伊何？實曰播植。李本、焦本作殖。舜既躬耕〔八〕，禹亦稼穡〔九〕，遠若周典〔一〇〕，八政始食〔一一〕。

熙熙令音〔一二〕，曾本、蘇寫本、和陶本作德。曾本又云，一作音。猗猗原陸〔一三〕。卉木繁榮，和風清穆。紛紛士女，趨蘇寫本作趣。時競逐〔一四〕，桑婦宵興〔一五〕，李本作征，蘇寫本同。曾本、莫本云，一作征。農夫野宿。

氣節易過〔一六〕，和澤難久。冀缺攜儷〔一七〕，沮溺結耦。曾本、莫本云，一作缺攜尚植，沮溺猶耦。相彼賢達〔一八〕，猶曾本、莫本云，一作尤。勤壟畝，矧伊衆庶〔一九〕，曳裾拱手〔二〇〕！

民生在勤，勤則不匱〔二一〕。宴曾本云，一作燕。安自逸，歲暮蘇寫本、莫本作莫。奚冀〔二二〕？擔和陶本作甔。焦本作儋。石不曾本云，一作弗。儲〔二三〕，飢寒交至。顧余李本作爾，蘇寫本同。曾本云，一作爾。儔列，能不懷愧。

孔耽道德〔二四〕，樊須是鄙〔二五〕；董樂琴書〔二六〕，田園曾本云，一作園井。弗李本作不，蘇寫本、焦本同。曾本云，一作不。履〔二七〕。若蘇寫本作苟。能超然，投迹高軌〔二八〕，敢不斂衽〔二九〕，敬讚和陶本作贊，曾本同。曾本又注，一作難讚。蘇寫本作歎，注，一作讚。德蘇寫本作厥。美〔三〇〕。

〔一〕勸農，勸勉農民勤力耕種。《漢書·召信臣傳》：「躬勸農，出入阡陌。」

〔二〕厥初，其初。

〔三〕傲然，高傲自足貌。

〔四〕朴，朴素。　真，自然，不虛僞。

〔五〕資待靡因，資，資給。《莊子·大宗師》：「堯何以資女？」注：「資者，給濟之謂。」待，需求。《易經·象上傳》："需有孚。"疏："需，待也。"靡因，無由，無從。《漢書·魏相傳》，集注："由，從也，因也。"這句是説供給需求無從出，即供求無條件。

〔六〕誰其，其語助詞，表詰問口氣。　贍，資給。

〔七〕時惟，是惟，是爲。　后稷，堯舜時農官。

〔八〕舜既躬耕，躬耕，親身耕種。《史記·五帝本紀》："舜耕歷山。"

〔九〕禹亦稼穡，稼，耕種；穡，收穫，是説禹亦參加農事，《論語·憲問》："禹稷躬稼，而有天下。"

〔一〇〕周典，《尚書·周書》。

〔一一〕八政，《尚書·周書·洪範》："三，八政。一曰食，二曰貨，三曰祀，四曰司空，五曰司徒，六曰司寇，七曰賓，八曰師。"　始食，以食爲第一。

〔一二〕熙熙，和睦歡樂貌。　令音，和善語音。

〔一三〕猗猗（yī yī依依），美盛貌。

〔一四〕趨時，趕農時。　競逐，前追後趕。

〔一五〕宵興，夜起操作。　此章寫古人耕作情景。

〔一六〕氣節易過二句，和澤，和洽遺澤。二句言堯舜之世一去不返。

〔一七〕冀缺攜儷，二句，冀缺，春秋時人。《左傳·僖公三十三年》："臼季使過冀，見冀缺耨。其妻饁之，敬，相待如賓。"言冀缺偕妻耕種。　沮溺結耦，《論語·微子》："長沮桀溺耦而耕。"二句是説末世始有隱士躬耕。

〔一八〕相彼，看他們。

〔一九〕矧（shěn 審），況且。　伊，此。

〔二〇〕曳（yè 頁）裾，拖起裳衣。　拱手，合手成拱，不操作勞動。

〔二一〕匱，貧乏。《左傳・宣公十二年》：「民生在勤，勤則不匱。」

〔二二〕冀，盼望。

〔二三〕擔（dǎn 丹），量名，兩石。擔與儋，古通。《漢書・楊雄傳》：「家産不過十金，乏無儋石之儲。」

〔二四〕耽（dān 單），喜好，迷戀。

〔二五〕樊須即樊遲，孔子弟子。樊遲曾向孔子求學稼，孔子鄙視他這一點，見《論語・子路》。

〔二六〕董，董仲舒，《漢書》本傳説他「下帷讀書，三年不窺園。」

〔二七〕弗履，足迹不到。

〔二八〕投迹，踏着古人足迹，即跟上的意思。　高軌，高貴道路。

〔二九〕敢不斂衽二句，斂衽，整飾衣襟。表示恭敬。

〔三〇〕德美，美德。吴注：「汪洪度曰：末章歇後語，言若果能超然投迹，如孔如董，即不稼穡，我敢不斂衽以敬讚之哉。言外見得若不能如孔如董，即不得藉口而舍業以嬉也。」

命　子 冊府元龜作訓子。

悠悠我祖，爰自陶唐。邈爲冊府作其。虞賓〔一〕，歷世曾本作世歷。注，一作歷世。重宋書作垂，冊府同。光〔二〕。御龍勤夏〔三〕，豕韋翼商。穆穆司徒〔四〕，厥族以昌〔五〕。

紛紛曾本作紛紜，宋書同。曾本又注，一作紛紛。戰國，漠漠衰周〔六〕，鳳隱於林〔七〕，幽人在丘。逸虬遶蘇寫本作撓，宋書、冊府同。雲〔八〕，奔鯨駭流〔九〕。天集有漢〔一〇〕，眷予蘇寫本、莫本作余。愍侯〔一一〕。

於赫愍侯〔一二〕，運當攀龍〔一三〕。撫劍風李本、蘇寫本、焦本作夙。宋書同。焦本又注，一作風，非。曾本云，一作夙。邁〔一四〕，顯茲武功。書曾本云，一作參。宋書作參。誓山河〔一五〕，曾本作河山。注，一作山河。啟土開封〔一六〕。亹亹丞相〔一七〕，允迪前蹤〔一八〕。

渾渾長源〔一九〕，鬱鬱李本、蘇寫本作蔚蔚。宋書同。洪柯〔二〇〕。宋書作河。群川載導〔二一〕，衆條載羅。時有語默〔二二〕，宋書作默語。運因宋書作固。隆窊〔二三〕。宋書作汙。在我中晉〔二四〕，業融長沙〔二五〕。

桓桓長沙〔二六〕，伊勳伊德〔二七〕。天子疇我〔二八〕，專征南國〔二九〕。功遂辭歸〔三〇〕，臨寵不忒〔三一〕。宋書作惑。孰謂斯心，曾本、蘇寫本云，一作遠。而近可宋書作可近。得〔三二〕。

肅矣我祖〔三三〕，慎終如始。直方二曾本云，一作三。臺〔三四〕，惠和千里〔三五〕。於穆李本、蘇寫本、焦本作皇，宋書同。曾本云，一作皇。仁册府作烈。考〔三六〕，淡焉虚止。寄迹風雲〔三七〕，宋書作夙運。冥李本、曾本、蘇寫本作寘。曾本又注，一作冥。焦本云，宋本冥，一作寘，非。按冥，六朝寫作寘，形近寘。兹愠喜〔三八〕。

嗟余寡陋〔三九〕，瞻望弗宋書作靡。及。顧慚華鬢〔四〇〕，負影蘇寫本作景。隻立。曾本云，一作貧賤介立。三千之罪〔四一〕，無後爲宋書作其。急。曾本作無復其急。注，一作無後爲急，一作後無其急。焦本云，一作無復其急，非。我誠念哉，呱聞爾泣〔四二〕。

卜云嘉日，占亦曾本云，一作云。宋書作爾。良時。名汝宋書作爾。曰儼〔四三〕，字汝蘇寫本作爾，宋書同。求焦本作永。思。温恭朝夕〔四四〕，念兹在兹。尚想孔伋〔四五〕，庶其企而。

厲夜生子〔四六〕，遽而求火。凡百有心〔四七〕，奚特宋書作待，册府同。於我。既見其生，實欲其可。人亦有言，斯情無假。

日居月諸〔四八〕，漸免於孩〔四九〕。福不虚至，禍亦易來。夙興夜寐，願爾斯才；爾之不才，亦已焉哉〔五〇〕！

〔一〕虞賓，指丹朱。堯禪位于舜，子丹朱即爲虞賓。《尚書·益稷》：「虞賓在位。」注：「虞賓，丹朱也。」堯爲陶唐氏。

〔二〕重光，謂功德再次顯著。《尚書·顧命》：「昔君文王武王，宣重光。」

〔三〕御龍勤夏二句，言御龍曾任職夏朝，豕韋又輔佐商朝。《左傳·襄公二十四年》：「范宣子曰：昔匄之祖，自虞以上，爲陶唐氏。在夏爲御龍氏。在商爲豕韋氏。在周爲唐杜氏。」

〔四〕穆穆司徒二句，司徒，指周時陶叔。

〔五〕厥族，其族，他的宗族。　以昌，以之昌盛。湯注：「《春秋傳》分康叔以殷民七族，陶氏、施氏云云。陶叔授民，命以康誥。杜注：陶叔司徒。」

〔六〕漠漠，寂寞無聞。

〔七〕鳳隱於林二句，謂戰國期間，陶氏人才皆未出仕。

〔八〕逸虬遶雲二句，逸，奔竄。逸虬遶雲，奔竄的虬龍蟠遶雲上。

〔九〕駭，驚起。奔鯨駭流，奔馳的鯨魚驚起浪濤。兩句形容周末群雄戰亂。李注：「二句喻狂暴縱横之亂也。」

〔一〇〕天集，上天成全。　有漢，漢。如稱有夏、有周。

〔一一〕眷，眷顧。　愍侯，陶舍。《史記·高帝功臣表》：「開封愍侯陶舍，以右司馬從漢破代，封侯。」

〔一二〕於赫，歎美詞。

〔一三〕攀龍，古注：「《後漢書·光武紀》：耿純曰，士大夫從大王於矢石之間，固望攀龍鱗附鳳翼。」

〔一四〕風邁，乘風邁進。形容英勇。

〔一五〕書誓山河，李注：「高帝與功臣盟，使黄河如帶，泰山如礪，國以永存，爰及苗裔。書誓山河，謂此盟也。」

〔一六〕啟土開封，啟土分封。

〔一七〕亹亹（wěi wěi 偉偉），勤勉貌。　丞相，指漢景帝時陶青。見《漢書·百官公卿表》。

〔一八〕允，信。　迪，跟上。

〔一九〕渾渾，大水流動貌。

〔二〇〕鬱鬱，茂盛貌。

〔二一〕群川載導二句，丁注：「群川導於長源，衆條羅於洪柯，喻枝派之分散，皆導源於鼻祖也。」

〔二二〕語默，出處，古注：「君子之道，或出或處，或默或語。」逯按，句出《易經·繫辭》。

〔二三〕隆窊（wā 挖）高出，窪下。　引申爲窮通貴賤。　古注：「《禮記·檀弓》：道隆則從而隆；道汙則從而汙。《說文》：汙邪下也。　窊、汙義同。

〔二四〕中晉，指東晉。　何焯曰：「漢季稱東漢爲中漢，此中晉所本。」

〔二五〕融，昭著。　長沙，陶侃封長沙公，追贈大司馬，謚曰桓。

〔二六〕桓桓，英武貌。

〔二七〕伊勳伊德，維勳維德。

〔二八〕疇，按等級世襲封土。《漢書·宣帝紀》：「大司馬光，功德茂盛，復其子孫，疇其爵邑。」張晏曰：「律，非始封，十減二。　疇者，等也。　言不復減也。」

〔二九〕專征，得專征伐之權。　南國，陶侃都督荆、湘、江等州軍事，故稱南國。

〔三〇〕功遂，功成。

〔三一〕不忒，無差錯。《詩經·曹風·鳲鳩》：「其儀不忒。」

〔三二〕而近可得，近，近世。謂近世不易得。

〔三三〕肅矣我祖，肅，嚴肅。陶淵明祖名茂，武昌太守。見《晉書·陶潛傳》。李注：「陶茂麟譜以岱爲祖。按此詩云，惠和千里，當從晉史以茂爲祖。陶茂爲武昌太守。」

〔三四〕直方二臺，直，正直。方，法則。二臺，按《漢官儀》，刺史治所爲外臺。東晉陶侃、庾亮等相繼兼任荆、江二州刺史。茂爲武昌太守，武昌屬江州，在荆、江二州刺史屬下，故曰二臺。這句是説陶茂之正直，爲二臺屬官模範。

〔三五〕惠和千里，千里指太守管轄區域。這句是説陶茂恩惠使全郡人民和悦。

〔三六〕於穆，贊美詞。　仁考，慈父。「生曰父，死曰考。」（《禮記·曲禮》）

〔三七〕寄迹風雲，暫時托身在仕途。古人常把當官叫作風雲際會，本之《易經·乾卦》「雲從龍，風從虎」。

〔三八〕冥兹愠喜，冥，冥昧，泯没。愠，惱怒。此句承上文，言陶父在仕途中完全泯没了喜和怒的界限，即失官没有惱怒表情，得官没有歡喜表情。愠喜二字用《論語·公冶長》令尹子文事。子文三次當令尹，無喜色；三次丢官，無愠色。

〔三九〕寡陋，無德無才。

〔四〇〕顧慚，但慚。

〔四一〕三千之罪二句，《晉書·謝尚傳》：「夫無後之罪，三千所不過。」丁注：「《孝經》：五刑之屬三千，而罪莫大於不孝。」

〔四二〕呱，呱呱，小兒哭聲。

〔四三〕名汝曰儼二句，名和字取《禮記·曲禮》「毋不敬，儼若思」之義。儼，恭敬。

〔四四〕温恭朝夕二句，是説時刻希望兒子能朝夕温和恭敬。

〔四五〕尚想孔伋二句，孔伋，字子思，孔丘之孫。庶，庶幾，希冀。企，盼望跟得上。而，語助詞。二句言希望陶儼能成爲肖孫。

〔四六〕厲，長癩病的人。丁注：「慧琳《一切經音義》十三卷，厲注引郭璞注《山海經》云：惡創也。《字書》：大風病也。」李注：「《莊子·天地篇》：厲之人，夜半生其子，遽取火而視之，汲汲然惟恐其似己也。」

〔四七〕凡百，代指君子。歇後語。《詩經·小雅·雨無正》：「凡百君子，各敬爾身。」

〔四八〕日居月諸，語用《詩經·邶風·日月》。居，諸，皆語助詞，如今呀啊字。

〔四九〕漸免於孩，孩，未及成童的幼年時期。免，除去。言已漸越過幼年階段，即將到八歲成童階段。《穀梁傳》注：「成童八歲以上。」

〔五〇〕亦已，也罷了。　焉哉，感歎詞。

歸　鳥

翼翼歸鳥〔一〕，晨去于林。遠之八表，近曾本云，一作延。憩雲岑〔二〕。和風不曾本作弗，注云，一作不。洽〔三〕，翻翮求心〔四〕。顧儔相鳴，景庇清陰〔五〕。

翼翼歸鳥，載翔載飛。雖不懷遊，見林情依。曾本云，一作飄零。案此當爲見林之異文。遇雲頡頏〔六〕，相鳴曾本云，一作鳴景。而歸。遐路誠悠〔七〕，性愛無遺〔八〕。

翼翼歸鳥，馴曾本云，一作相。蘇寫本、焦本云，宋本作相。案原字當作循，音訛爲馴，形誤爲相。《南史·劉霽傳》：「常有雙白鶴循翔廬側。」《梁書》循作馴。林徘徊〔九〕。豈思天路〔一〇〕，欣反曾本云，一作及。舊棲。雖無昔侶〔一一〕，衆聲每諧。日夕氣清，悠然其懷〔一二〕。

翼翼歸鳥，戢羽寒曾本云，一作騫。條〔一三〕。遊不曠林〔一四〕，宿則曾本云，一作不。蘇寫本作不。森標〔一五〕。晨風清興，好音時交。矰繳奚施〔一六〕，曾本作功。注，一作施。已卷李本云，卷與倦同。曾本、焦本作卷已。曾本又注，一作已卷。安勞〔一七〕？曾本、蘇寫本云，一作旦暮逍遥。

〔一〕翼翼，飛翔悠閒貌。

〔二〕憩（qì器），休息。　岑，高峯。

〔三〕和風，春風。與下氣清寒條等分寫歸鳥在四季中的遊託止息，以喻歸隱懷抱。吴師道《禮部詩話》謂此詩「具四時意」是也。

〔四〕翻翮求心，翻翮，掉轉翅膀。求心，追求所嚮往者。湯注：「託心歸而求志。下文豈思天路，意同。」

〔五〕景，影。　庇，隱藏。

〔六〕頡頏（xié háng 協杭）高下翻飛。《詩經·邶風·燕燕》：「燕燕于飛，頡之頏之。」傳：「飛而上者曰頡，飛而下者曰頏。」

〔七〕遐路，遠道，指天空。

〔八〕性愛，情愛。　無遺，達到極點。

〔九〕馴林，當作循林，即依附林叢。

〔一〇〕天路，天空。

〔一一〕昔侣，舊伴。

〔一二〕悠然，遥然；心情淡遠。

〔一三〕戢羽，斂翮。

〔一四〕曠林，深林。

〔一五〕森標，高柯。

〔一六〕矰繳奚施，矰繳（zèng zhúo 增卓），以絲繫矢的射鳥具。《史記・留侯世家》集解引韋昭：「繳，弋射也。其矢曰矰。」奚施，何所施用。以鳥之脱矰繳，比喻人之脱封建網羅。《感士不遇賦》：「密網裁而魚駭，宏羅制而鳥驚。彼達人之善覺，乃逃祿而歸耕。」

〔一七〕已卷安勞，卷與捲同，古通。安勞，焉勞，何勞。言已經卷藏在林，不勞弋者施矰繳。

陶淵明集卷之二

詩 李本作詩五言。

形影神〔一〕

貴賤賢愚，莫不營營以惜生〔二〕，斯甚惑焉。故極陳形影之苦〔三〕，言神辨自然以釋之〔四〕。好事君子，共取其心焉。

形贈影

天地長不没，山川無改曾本、蘇寫本云，一作如故。時。草木得常理〔五〕，霜露榮曾本云，一作憔。焦本云，一作憔，非。悴之。謂人最靈智，獨復不如蘇寫本作知。曾本同，又注，一作如。兹〔六〕！適見在世中〔七〕，奄去靡歸期〔八〕。奚覺無一人，親識曾本云，一作戚。豈相思？曾本、蘇寫本云，一作相追思。但餘平生物，舉目情悽洏〔九〕。我無騰化曾本云，一作雲。術〔一〇〕，必爾不復疑〔一一〕。願君取曾本云，一作憶。吾言，得酒莫苟辭。

影答形

存生不可言〔一二〕，衞生每苦拙〔一三〕。誠願游崑華〔一四〕，邈然茲道絶。與子相遇來，未嘗異悲悦〔一五〕。憩蔭和陶本作陰。曾本云，一作陰。若暫乖〔一六〕，止日終不別。曾本云，一作不擬別。此同既難常，黯曾本云，一作默。爾俱時滅〔一七〕。身没名亦盡，念之曾本云，一作此。五情熱〔一八〕。立善曾本云，一作命。有遺愛〔一九〕，胡可李本、焦本作爲。不自竭。酒云能消蘇寫本作銷。憂，方此詎曾本云，一作誰，又作誠。蘇寫本云，一作誠。不劣〔二〇〕！

神釋

大鈞無私力〔二一〕，萬物李本、焦本、和陶本作理。曾本同，又注，一作物。自森著〔二二〕。人爲三才中〔二三〕，豈不以我故。與君雖異物，生而相依附。結託善惡曾本、蘇寫本云，一作既喜。同，安得不相語！蘇寫本作與。曾本云，一作與。三皇大聖曾本云，一作德。人，今復在何處？彭祖愛李本、和陶本作壽。曾本同，又注，一作愛。焦本云，一作壽，非。逯案：愛應作受。音訛成壽，形訛成愛。永年〔二四〕，欲留不得住。老少同一死，賢愚無復和陶本作何足。數。日醉或能忘，將非促齡具〔二五〕？立曾本云，一作主。莫本云，一作至。善常所欣，誰當爲汝譽？甚念傷吾生〔二六〕，正宜曾本云，一作目。**委運去**〔二七〕。**縱浪大化中，不喜亦不懼，應盡便須**曾本云，一作復。**盡，無復獨多慮。**曾本云，一作無使獨憂慮。和陶本作事勿。

〔一〕此詩作於晉義熙九年（公元四一三）之頃。主旨是反對違反自然的宗教迷信。乃針對當時廬山釋慧遠的《形盡神不滅論》而發，亦涉及道教徒的「長生久視」説。慧遠作《形盡神不滅論》、《萬佛影銘》，以形影神三者宣揚佛教迷信，陶則反其意而用之。詳見《事迹詩文繫年》及拙作《形影神詩與東晉佛道關係》。

〔二〕營營，反復營求。　惜生，吝惜生命。

〔三〕極陳，着重陳述。

〔四〕自然，當時老莊玄學的自然觀。

〔五〕常理，永恒不變的道理。

〔六〕獨復不如茲，黄文焕曰：「今年既瘁之草木，明年復可發榮，人不能也。」

〔七〕適見，剛才看見。

〔八〕奄去，忽然去世。

〔九〕舉目情悽洏，悽，愴。洏（ér 而），流淚貌。

〔一〇〕騰化術，超越造化的方術。即不死之術。

〔一一〕爾，如此，指死亡。

〔一二〕存生，長生於世。丁注：「《莊子·達生篇》：世之人以爲養形足以存生，而養形果不足以存生，則世奚足爲哉！」

〔一三〕衛生，衛養生命。

〔一四〕崑華，崑崙，華山。遊崑華是説入山學仙。

〔一五〕悲悦，黄文焕曰：「形笑影亦笑，形哭影亦哭。悲悦二字善狀。」

〔一六〕憩蔭，休息在樹陰下。　乖，離，分開。

〔一七〕黯爾，黯然。

〔一八〕五情熱，丁注：「五情，謂喜、怒、哀、樂、怨。阮籍《辭蔣太尉辟命奏記》：憂望交集，五情相愧。《莊子》：我其内熱與？」

〔一九〕遺愛，留在後世的恩惠。

〔二〇〕方此，對比這。　詎，豈。　劣，低劣。謝靈運《遊名山志》：「吹臺有高桐，皆百圍。嶧陽孤桐，方此爲劣。」

〔二一〕大鈞，指天地造化。丁注：「大鈞，造化。賈子《鵩鳥賦》：大鈞播轉。如淳注：陶者作器於鈞上。此以造化爲大鈞。應劭曰：陰陽造化，如鈞之造物。」

〔二二〕森著，衆類林立。

〔二三〕三才，天、地、人。

〔二四〕彭祖，古代高壽的人。李注：「彭祖，姓籛，名鏗，顓頊元孫。堯封于彭城，歷夏經殷至周，年八百歲。」愛永年，愛當是受字之訛，謂彭祖受到八百歲高齡。《楚辭·天問》：「受壽永多，夫何久長？」此陶詩所本。

〔二五〕將非，難道不是。將，疑問發語詞。

〔二六〕甚念，過於念慮。

〔二七〕委運，任憑天命，聽憑自然造化。邱嘉穗《東山草堂陶詩箋》：「陶公有些卓識。其視白蓮社中人膠膠於生死者，正不值一笑耳。」

九日閑居

余閑居，愛重九之名。秋菊盈園，而持和陶本作時。醪靡由。古今歲時雜詠作時醪靡至。曾本云，一作時醪靡至。空服九歲時雜詠作陽。蘇寫本作其。華〔一〕，寄懷於言。歲時雜詠作時。

世短意恒李本、焦本、和陶本作常。多〔二〕，斯人樂久歲時雜詠作有。生。日月依辰至〔三〕，舉俗愛其名〔四〕。露淒暄風息〔五〕，氣澈曾本云，一作清，又作潔。天象明。往曾本云，一作去。燕無遺影，來雁有餘聲。酒能曾本云，一作常。祛和陶本作消。曾本云，一作消。百慮〔六〕，菊爲焦本作解，注，宋本作解，一作爲，非。曾本云，宋本作解。蘇寫本云，一作解。制頹齡〔七〕，如何蓬廬士，空視時運傾！塵爵恥虛罍〔八〕，寒華和陶本作花。徒自榮。斂襟獨閑謠，緬焉和陶本作爲，誤。起深情〔九〕。棲遲固多娱〔一〇〕，曾本云，一作虞。淹留豈無成〔一一〕？

〔一〕九華，九日之華，重九之華，即菊花。

〔二〕世短意恒多，李注：「古詩：生年不滿百，常懷千歲憂。而淵明以五字盡之。」

〔三〕依辰至，依照季節到來。

〔四〕舉俗愛其名，湯注：「魏文帝書云：九爲陽數，而日月並應，俗嘉其名，以爲宜於長久。」

〔五〕暄風，暖風。

〔六〕祛，除。

〔七〕菊爲制頹齡，制，禁制。頹齡，衰年。言服菊花可以禁制衰老。晉傅統妻《菊花頌》：「爰采爰拾，投之醇酒。服之延年，佩之黄耇。」

〔八〕塵爵恥虚罍，爵，酒器，塵爵，酒杯長久不用因而生塵。罍（léi 雷），大酒罇，大酒壺。言虚杯生塵是酒壺的恥辱。《詩經・小雅・蓼莪》：「缾之罄矣，惟罍之恥。」詩本此。

〔九〕緬焉，深思遐想貌。

〔一〇〕棲遲，隱居休息。

〔一一〕淹留豈無成，淹留，長期隱退。《楚辭・九辯》：「蹇淹留而無成。」此反其義而用之。

歸園田居五首

少無適俗韻〔一〕，曾本云，一作願。性本愛丘山。誤落塵網中，一去三十年〔二〕。羈曾本作羇。鳥戀曾本云，一作眷。舊林〔三〕，池魚思故淵，開荒南野曾本云，一作畝。焦本云，一作畝，非。際，守拙歸園田。方宅藝文類聚作澤。十餘畝〔四〕，草屋曾本云，一作舍。八九間，榆柳蔭後簷，李本作園。曾本同，又，注一作簷。焦本云，宋本作簷，一作園，非。和陶本作圃。桃李藝文類聚作竹。羅堂前。曖曖遠人村〔五〕，依依墟里烟〔六〕，狗吠深巷中，鷄鳴桑樹巔。户庭無塵雜，虚室有餘閑，久在樊籠裏〔七〕，復曾本、和陶本云，一作安。得返自然。

〔一〕適俗韻，韻，氣質，性格。《晉書·王坦之傳》：「人之體韻，猶器之方圓。」又《郗曇傳》：「性韻方質。」適俗韻，適應世俗的氣質性格。

〔二〕三十年，乃十年之誇詞。十而稱三十，古有其例。如《史記·匈奴傳》：「秦滅六國，而始皇使蒙恬將十萬之衆，北擊胡。」《蒙恬傳》則稱：「乃使蒙恬將三十萬衆，北伐戎狄。」可以作證。出仕十餘年，而誇言三十，極言其久。

〔三〕羈鳥，被束縛的鳥。羈（jī基），束縛。

〔四〕方宅十餘畝，謂宅地較寬。《晉書·吴隱之傳》：「數畝小宅，内外茅屋六間。」晉畝較現在小。

〔五〕曖曖，隱蔽貌。

〔六〕依依，偎依留戀貌。

〔七〕樊，籬障。《陶詩析義》：「沃儀仲曰：有適俗之韻則拙不肯守；不肯守拙，便機巧百端，安得復返自然。」

野外罕人事〔一〕，窮巷寡蘇寫本云，一作鮮。曾本云，一作解。輪鞅〔二〕。白日掩荊和陶本作柴。扉〔三〕，對酒各本作虛室。曾本、焦本云，一作對酒，今從一作。絶塵想。時復墟里人〔四〕，各本作曲中。曾本、焦本云，一作里人。今從一作。披草曾本云，一作衣。焦本云，一作披衣。共來往〔五〕。相見無雜和陶本云，一作別。言，但道桑麻長。桑麻日已長，我土蘇寫本、和陶本作志。曾本云，一作志。日已廣。常恐霜霰至〔六〕，零落同草莽。

〔一〕罕人事，古注：「《後漢書・賈逵傳》：此子無人事於外。章懷注：無人事，謂不廣交通也。」

〔二〕寡輪鞅，輪，車輪。鞅，駕車時馬頸上套用的皮帶，即馬頸套。二詞皆以部分代全體，指車馬而言。寡輪鞅，少車馬。

〔三〕荊扉，柴門。

〔四〕墟里人，鄉村農人。

〔五〕披草，草，指草衣。《世説新語・政事》注引王隱《晉書》：「草衣緼袍，不以爲憂。」又《晉書・袁宏傳》：「披草求君，定交一面。」披草共來往，與《移居》詩「相思則披衣，言笑無厭時」略同，寫與農耕者來往友誼。

〔六〕霰（xiàn限），雪粒。

種豆南山下〔一〕，草盛豆苗稀。晨興蘇寫本、和陶本作侵晨。曾本云，一作侵晨。理荒穢，帶曾本云，一作戴。月荷鋤歸。道狹草木和陶本云，一作不。長，夕露沾我衣；衣沾曾本云，一作我衣。不足惜，但使願無曾本云，一作莫。違。

〔一〕種豆南山，是即事，也是用典。表示唾棄富貴，種田自給。《漢書・楊惲傳》：「田彼南山，蕪穢不治。種一頃豆，落而爲萁。人生行樂耳，須富貴何時。」

久去山澤游，浪莽林野娱〔一〕。試攜子姪輩，披榛步荒墟〔二〕。徘徊丘壠間〔三〕，依依昔人居。井竈有遺處，曾本云，一作所。桑竹曾本云，一作麻。殘朽株。曾本云，一作樹木殘根株。焦本云，一作樹木殘根株，非。借問採薪者，此人皆焉如〔四〕？薪者向我言，死没無復餘。一世異朝市〔五〕，此語和陶本作言。曾本云，一作言。真不虛。人生似幻化〔六〕，終當歸空曾本云，一作虛。

焦本云，一作虛，非。**無**〔七〕。

〔一〕浪莽，與莽罠通，形容林野的廣大。《文選・吴都賦》：「相與騰躍乎莽罠之野。」注：「莽罠，廣大貌。」　娱，可娱。

〔二〕荒墟，荒廢村落。

〔三〕丘壠，墓地。《雜詩》：「百年歸丘壠。」《晉書・范甯傳》：「丘壟墳柏，皆已成行。」

〔四〕如，往。

〔五〕一世，三十年。　異朝市，市朝變遷。

〔六〕幻化，變化。　化指人事變化無常。

〔七〕空無，滅絶。　郗超《奉法要》：「一切萬有歸於無，謂之爲空。」支遁《詠懷》詩：「廓矣千載事，消液歸空無。」

悵和陶本作恨。**恨獨策還**〔一〕，**崎嶇歷榛曲**〔二〕。**山澗**蘇寫本、和陶本作澗水。曾本云，一作澗水。**清且淺，遇**焦本作可。注，一作遇，非。曾本云，一作可。**以濯吾足。漉**曾本云，一作撥，又作掇，又作擠。**我新熟酒**〔三〕，**隻鷄招近局**〔四〕。焦本作屬，注，一作局，非。曾本云，一作屬。**日入室中闇，荊薪代**曾本云，一作繼。**明燭。歡來苦夕短，已復至天旭。**

〔一〕策還，扶杖而還。

〔二〕崎嶇，高低不平。　榛（zhēn 針）曲，叢木地區。

〔三〕漉酒，以布漉酒。

〔四〕近局，近曲，近鄰。《釋名·釋言語》：「曲，局也，相近局也。」

遊斜川〔一〕

辛酉各本作丑。曾本云，一作酉。今從一作。又蘇寫本、和陶本丑下有歲字。正月五日，天氣澄和〔二〕，和陶本作穆。曾本云，一作穆。風物閑美〔三〕。與二三蘇寫本作一二。鄰曲，同遊斜川。臨長流，望曾歲時雜詠作層，蘇寫本同。曾本云，一作層。案層、曾同。城，魴鯉躍鱗和陶本誤作鮮。於將夕，曾本云，一作魴鯉躍日將於夕。水鷗乘和以翻飛。彼南阜者〔四〕，名實舊矣，不復乃爲嗟歎。歲時雜詠作咨嘆。若夫曾城〔五〕，傍無依接，獨秀中皋〔六〕，遙想靈山〔七〕，有愛嘉和陶本作佳。名。欣對不足，率共各本作爾。又曾本云，宋本作共，一作共爾。蘇寫本云，一作共。歲時雜詠共上有爾字，今從宋本作共。賦詩。悲日月之遂往，悼吾年之不留。各疏年紀鄉里，以記和陶本作紀。其時日。

開歲倏五十〔八〕，李本作日。曾本云，一作日。焦本云，宋本作十，一作日，非。吾生行歸休〔九〕。念之動中懷〔一〇〕，及辰和陶本作晨。曾本云，一作晨。爲茲遊〔一一〕。氣和天惟和陶本作維。曾本云，一作唯，一作候。澄，班坐依遠流〔一二〕。弱湍馳文魴〔一三〕，閑谷矯鳴鷗〔一四〕。迥澤散游目〔一五〕，緬然睇曾丘〔一六〕。雖微九重秀〔一七〕，顧瞻無匹儔〔一八〕。提壺接賓侶〔一九〕，歲時雜詠作客。引滿更獻酬〔二〇〕，未知從今去，當復曾本云，一作得。如此不？歲時雜詠作否，焦本同。中觴曾本、蘇寫本、焦本作腸。焦本並注，宋本作腸；一作觴，非。縱遙情〔二一〕，忘彼千載憂。且極今朝樂，明日非所求。

〔一〕詩爲陶淵明五十歲時作。原序干支時日有竄誤，應作正月五日辛酉，晉義熙十年（公元四一四）正月也。詳見《事迹詩文繫年》。

〔二〕澄和，清朗和暖。

〔三〕閑美，閑靜美麗。

〔四〕南阜，南山，指廬山。

〔五〕曾城，層城。傳説是崑崙山最高級，這裏指鄣山。山在廬山北，彭蠡澤西，一名江南嶺，又名天子鄣。《水經注》一河水崑崙虚條：「崑崙，説曰：崑崙之山三級。下曰樊桐，一名板桐；二曰玄圃，一名閬風；上曰層城，一名天庭，是謂太帝之居。」又《水經注》十五：「廬山之北有石門水。水出嶺，嶺端雙石高竦，其狀若門，因有石門之目。其水下入江南嶺，即彭蠡澤西天子鄣也。」晉廬山諸道人《遊石門詩序》：「石門在精舍南十餘里，一名鄣山。基連大嶺，體絶衆阜，此雖廬山之一隅，實斯地之奇觀。」又詩云：「褰裳思雲駕，望崖想曾城。」目鄣山爲曾城，與此詩同。

〔六〕皋(gāo 高),澤旁高地。

〔七〕靈山,指崑崙曾城。

〔八〕開歲,歲首,元旦。開歲倏五十,謂元旦以後即交五十歲。

〔九〕行歸休,行,將。歸休,歸而休息。行歸休,謂從此就要不再出仕。

〔一〇〕中懷,衷懷,心懷。

〔一一〕辰,吉日,指辛酉日。

〔一二〕班坐,列班而坐。

〔一三〕弱湍,微小的激流。馳,快速游走。

〔一四〕矯,高舉。

〔一五〕迴澤,廣闊的湖水。

〔一六〕睇,注視。曾丘,指鄣山。

〔一七〕九重,崑崙曾城九重。

〔一八〕無匹儔,没有配得上的。匹,配;儔,同輩。

〔一九〕接,接待。

〔二〇〕引滿,斟滿酒。《漢書·叙傳》:「引滿舉白,」師古注:「謂引取滿觴而飲,飲訖舉觴告白盡不

（否）也。」　獻酬，主客互相勸酒。

〔三〕中觴（shāng 商），飲酒中間。　縱，放開。　遥情，超世情懷。

示周續之祖企謝景夷三郎時三人共莫本作同。在城北講禮校書

李本作示周續之祖企謝景夷三郎。又注，時三人皆講禮校書。曾本、蘇寫本、和陶本並作示周掾祖謝。焦本作示周續之祖企謝景夷三郎。曾本云，一作示周續之祖企謝景夷三郎時三人共在城北講禮校書。今從之。〔一〕

負痾頽簷下〔二〕，終日無一欣。曾本云，一作終無一處欣。藥石有時閑〔三〕，念我意中人。相去不尋常〔四〕，道莫本作遊。路邈何曾本云，一作無，又作所。蘇寫本云，一作無。焦本云，一作無，非。因〔五〕？周生述孔業〔六〕，祖謝響然臻〔七〕。道喪向千載〔八〕，今朝復斯聞〔九〕。馬隊非講肆〔一〇〕，李本作肆。曾本、蘇寫本、和陶本、焦本並作肆。今從之。校書亦已勤。老夫有所愛〔一一〕，思與爾爲鄰；願言謝諸子〔一二〕，李本、曾本、焦本、和陶本作願言誨諸子。曾本又云，一作客，一作勉諸生，一作但願還渚中。蘇寫本作願言謝諸子。又注，一作願言誨諸子。今從蘇寫本作謝。從我潁水濱〔一三〕。

〔一〕蕭統《陶淵明傳》：「刺史檀韶苦請續之出州，與學士祖企、謝景夷三人共在城北講禮，加以讎校。所住公廨，近於馬肆。是以淵明示其詩云：周生述孔業，祖謝響然臻。馬隊非講肆，校書亦已

勤。」逯按周續之字道祖，與淵明、劉遺民並稱「尋陽三隱」。檀韶任江州刺史，始於晉義熙十二年。是年八月，劉裕興師北征，其子迎續之至建鄴，館於安樂寺講禮，月餘又回廬山。檀韶請其城北講禮，當即在此年冬。時淵明五十二歲。此詩可與《讀史述九章》「魯二儒」參讀。郎，對別人的尊稱。程傳：「三國及晉呼郎者，僅士之美稱。如《江表傳》孫策呼孫郎；《世説》桓石虔呼鎮惡郎是也。至隋唐乃定爲奴僕稱主人之辭。如云，足下非張卿家奴，何郎之有。」

〔二〕負痾，抱病。

〔三〕藥石，藥方，砭石，都是用來治病的。　有時閑，閑當作間，即有間斷。

〔四〕不尋常，不太近。八尺曰尋，兩尋曰常。

〔五〕邈何因，邈，遥遠；邈何因，什麼原因倒遥遠起來。

〔六〕述孔業，傳授孔子儒教。

〔七〕響然臻（zhēn 針），即響臻，音響應聲而至，謂祖、謝響應周續之號召。湯注：「孔融《薦禰衡表》：群士響臻。」

〔八〕向，將近。

〔九〕復斯聞，復聞斯。

〔一〇〕講肆，講席。

〔一一〕有所愛，意指圖書。

〔二〕願言謝諸子，願辭謝諸位夫子。《法書要録》：「想明日可謝諸子。」

〔三〕從我，任憑我。　潁水濱，指古代隱士許由耕田處。丁注：「《高士傳》：許由遁耕於中岳。堯又召爲九州長，由不欲聞之，洗耳於潁水。」

乞食

飢來驅我去，曾本、蘇寫本云，一作出。**不知竟何之！行行至斯里，叩門拙言辭。主人解**蘇寫本云，一作諧，曾本作諧，注云，一作解。和陶本作諧。**余意，**和陶本誤作音。**遺贈豈**和陶本作赴。**虚來？**蘇寫本作副虚期。曾本云，一作副虚期，一作豈虚期。逯按期字副字皆後人妄改。先改來爲期，不辭，遂又改豈爲副。**談諧**李本作談話。蘇寫本同。和陶本作談語。曾本、焦本作談諧。今從之。曾本云，一作諧語。**終日夕，**和陶本作久。**觴至**和陶本作舉。曾本云，一作舉。**輒傾杯。**曾本云，一作巵。逯按巵亦後人妄改。**情欣新知勸，**曾本云，一作歡。各本作歡。**言詠**焦本作興言。曾本云，一作興言。**遂賦詩。感子漂母惠**〔一〕**，愧我非韓才。**蘇寫本作韓才非。曾本云，一作韓才非。**銜戢**曾本云，一作戴人。莫本云，一作戴。**知何謝**〔二〕**，冥報以相貽**〔三〕**。**

〔一〕漂母惠，《史記·淮陰侯傳》：韓信「釣於城下。諸母漂，有一母見信飢，飯信。信曰：吾必有以重報母。」

〔二〕銜戢（jí集），感戴。是説對別人恩惠，銜之於口，戢之於心。

〔三〕冥報，死後報恩於幽冥。丁注：「如韓厥之夢杜回之躓是也。」

諸人共遊周家墓柏下〔一〕

今日天氣佳，清吹與鳴彈〔二〕。曾本云，一作蟬。感彼柏下人，安得不爲歡。清歌散曾本、蘇寫本云，一作發。新聲，緑曾本云，一作時。酒開芳顔。未知明日事，余襟曾本云，一作懟。良已殫〔三〕。

〔一〕陶注云：「《晉書・周訪傳》：陶侃微時，丁艱，將葬，家中忽失牛，遇一老父謂曰，前岡見一牛，眠山污中，其地若葬，位極人臣矣。又指一山云，此亦其次，當出二千石。侃以所指別山與訪，訪父死葬焉。果爲刺史。周、陶世婚，此所遊或即訪家墓也。」

〔二〕清吹，管樂器。如笙笛之類。鳴彈，弦樂器，如琴瑟琵琶之類。

〔三〕殫，（dān丹），竭盡。

怨詩楚調示龐主簿鄧治中〔一〕

天道幽且遠〔二〕，鬼神茫昧然〔三〕。結髮念善事〔四〕，僶俛六九曾本、蘇寫本云，一作五十。樂府詩集作五十。年〔五〕。弱冠逢世阻〔六〕，始室喪其偏〔七〕。炎火屢焚如〔八〕，曾本云，一作和。螟蜮恣中田〔九〕。風雨縱横至，收斂不盈廛〔一〇〕。蘇寫本誤作厘。夏日抱長李本、曾本、蘇寫本作長抱。曾本注，一作抱長。焦本云，一作長抱。飢〔一一〕，寒夜無被眠，造夕思鷄鳴，及晨願烏曾本云，一作景，又作烏。遷〔一二〕。在己何怨天〔一三〕，離憂悽目前。曾本云，一作在己何所怨，天愛悽目前。吁嗟身後名，於我若浮烟。慷慨曾本云，一作慨然。獨曾本、蘇寫本云，一作激。樂府詩集作激。悲歌，鍾期信爲賢〔一四〕。

〔一〕詩爲陶淵明五十四歲作。時晉義熙十四年（公元四一八）。怨詩楚調，清商三調有楚調。王僧虔《技録》：「楚調曲中有《怨歌行》。」按《怨歌行》亦稱《怨詩》。主簿、治中，皆官名，州設有此等官職。

〔二〕幽，曖昧。

〔三〕茫昧，渺茫幽隱。

〔四〕結髮念善事，與《戊申歲六月中遇火》「總髮抱孤介」略同。結髮、總髮，指十五歲。《儀禮·喪禮》：「斬衰布總。」注：「總，束髮也。」《大戴禮·保傅》：「束髮而就大學。」注：「束髮謂成童。」又《禮記·内則》：「成童舞象。」注：「成童，十五以上。」

〔五〕僶俛（mǐn miǎn 敏免），勤勞謹慎。《後漢書·班彪傳》：「密勿，猶僶俛也。」又《蔡邕傳》注：「密勿，祇畏。言勤勞戒懼也。」

〔六〕弱冠，二十歲。 逢世阻，即《有會而作》所謂「弱年逢家乏。」

〔七〕始室，三十歲。《禮記・曲禮》：「三十而有室，始理男事。」喪其偏，喪妻。《左傳・襄二十七年》：「及强而寡，娶東郭氏。」杜注：「偏喪曰寡。」

〔八〕炎火，指旱天烈日。《詩經・小雅・大田》：「秉畀炎火。」毛傳：「炎火，盛陽也。」 焚如，焚然。

〔九〕螟蜮，糟害禾苗的兩種昆虫。古注：「《詩・小雅》：去其螟螣，及其蟊賊，無害我田穉，田祖有神。秉畀炎火。毛傳，食心曰螟，食葉曰螣。《吕氏春秋・任地篇》：又無螟蜮，高誘注：食心曰螟，食葉曰蜮。漢明帝詔：去其螟蜮，及其蟊賊。字皆作蜮。」

〔一〇〕廛（chán 蟬），一個農夫的住室。《孟子・滕文公》：「願受一廛而爲氓。」因而又可作收穫量名，《詩經・魏風・伐檀》：「胡取禾三百廛兮。」

〔一一〕抱長飢，夏日天長，故忍飢亦久。

〔一二〕烏遷，太陽遷逝。

〔一三〕在己何怨天，是説受飢寒咎在自己，不曾怨天。束皙《貧家賦》：「何長夜之難曉，心咨嗟以怨天。」

〔一四〕鍾期，鍾子期，古音樂家伯牙的知音朋友。《列子・湯問》：「伯牙鼓琴，志在高山，鍾子期曰：峩峩然若泰山。志在流水，曰：洋洋然若江河。子期死，伯牙絶弦，以無知音者。」

答龐參軍〔一〕

三復來貺〔二〕，欲罷不能。自爾鄰曲〔三〕，冬春再交〔四〕，欵然良對，忽成舊游。俗諺曾本云，一作談。云，數面成親舊。和陶本無舊字。曾本云，或無舊字。況曾本云，一本又有其字。情過此者乎？人事好乖〔五〕，便當語離。楊公曾本云，一作翁。所歎〔六〕，豈惟常悲。吾抱疾多年，不復爲曾本云，一作屬。文。本既不豐〔七〕，復曾本云，一本復作兼茲。老病繼之。輒依周禮李本、焦本作孔。曾本同，又注，一作禮。蘇寫本云，一作孔。和陶本作禮。往復之義〔八〕，且爲別後相思之資。和陶本資下有乎字。

相知何必舊，曾本云，一作旦。按旦是早之壞字。莫本云，一作早。傾蓋定前言〔九〕。有客賞我趣，每每顧林園。談諧無俗調，所説聖人篇。或有數㪷蘇寫本、和陶本作斗。曾本、和陶本云一作斟。酒〔一〇〕，閑飲自歡然。我實幽居士〔一一〕，無復東西緣。物新人惟舊〔一二〕，曾本云，一作唯人舊。弱毫多曾本作夕。所宣〔一三〕。情通曾本云，宋本作懷。蘇寫本云，一作懷。焦本、莫本作懷。莫本又注，一作通。萬里外，形跡滯江山。曾本云，一作江山前。君其曾本云，一作期。愛體和陶本云，一作禮。素〔一四〕，來會在何年。

〔一〕此詩宋元嘉元年（公元四二四）春作，陶淵明六十歲。詳《事迹詩文繫年》。

〔二〕三復，再三展閲。來貺（kuàng 況），送來的贈品，指贈詩。

〔三〕自爾鄰曲，自從如此作隣；爾，如此。

〔四〕冬春再交，經過兩冬春，即兩年。

〔五〕好乖，好（hào 耗），容易。好乖，容易分離。

〔六〕楊公所歎，朱自清先生《評古直陶靖節詩箋定本》：「李公焕注：楊公，楊朱也。本書引《淮南子》楊子哭歧路故事，但未申其義。按《文選》有晉孫楚《征西官屬送於陟陽侯作詩》，起四句云：晨風飄歧路，零雨被秋草。傾城遠追送，餞我千里道。這裏的歧路，只是各自東西的歧路，而不是那可以南可以北的歧路了。可見這時候歧路一詞，已有了新的引申義，淵明所用便是這個新義。楊公所歎，只是歧路的代詞。」

〔七〕本，體質。

〔八〕周禮往復之義，《禮記·曲禮》：「禮尚往來。往而不來非禮也，來而不往亦非禮也。」

〔九〕傾蓋，代指一見如故。《史記·鄒陽傳》：「諺曰，有白頭如新，傾蓋如故。」古人乘車有蓋。道上相遇，停車對語，兩蓋剛一相傾，即成朋友，故言傾蓋如故。

〔一〇〕㪷，與斗同。

〔一一〕幽居，隱居。

〔一二〕物新人惟舊，物新，事物更新，指宋文帝繼位。人惟舊，指彼此當以舊誼爲重。吴注：「《尚書》：

人惟求舊，器非求舊惟新。」

〔三〕弱毫，筆。　多所宣，多寫信。

〔四〕體素，體質。

五月旦作和戴主簿〔一〕

虚舟縱逸棹〔二〕，回復遂無窮。發歲始焦本作若。曾本云，一作若。俯仰〔三〕，星紀奄將中〔四〕。南窗曾本云，一作明兩。歲時雜詠作明圃。罕悴曾本云，一作萃時。和陶本誤作粹。物，焦本作明兩萃時物。注，從宋本。一作南窗罕悴物，非。北林榮且豐。神萍李本、焦本作淵，曾本同，又注，一作萍光。和陶本作萍光，蘇寫本同，又注，一作神淵。今從歲時雜詠。寫時雨〔五〕，晨色奏景風〔六〕。既來孰不去〔七〕，人理固有終〔八〕。居常待蘇寫本誤作殆。其盡〔九〕，曲肱豈傷沖〔一〇〕。遷化或夷險〔一一〕，肆志無窊隆。即事如已歲時雜詠作似。曾本、和陶本作以。注，一作己。高〔一二〕，何必升華嵩〔一三〕。

〔一〕這首詩作於晉義熙九年癸丑（四一三），是年，陶淵明四十九歲。五月旦，五月一日。

〔二〕虚舟縱逸棹，空舟快棹，比喻迅速的時光。《莊子·列禦寇》：「汎若不繫之舟，虚而遨遊。」詩用此義。作者常用壑舟比喻時光運行，如《使都經錢溪》詩「終懷在壑舟，諒哉負霜柏」；《雜詩》「壑舟無須臾，引我不得住」。

〔三〕發歲，開歲，一年開始第一天，即元旦。　俯仰，低頭抬頭之間，指時間短暫。

〔四〕星紀，指癸丑年。　星紀，星次名。　古人把周天劃爲十二分次，以二十八宿位度把十二分次固定下來。　每分次有一專名，如星紀、玄枵等。　歲星運行一個分次，就是一年。　據《晉書·天文志》，自南斗十二度至須女七度爲星紀，於辰在丑。　知星紀爲丑年。　陶生平值丑年者，一爲隆安五年辛丑，時年三十七歲；一爲義熙九年癸丑，時年四十九歲；一爲宋元嘉二年乙丑，時年六十一歲。　陶與江州官吏往來，率在義熙年間，故知星紀指癸丑年。　將中，將到年中，指五月。

〔五〕神萍寫時雨，神萍，雨師。《楚辭·天問》：「蓱號起雨，何以興之？」王注：「蓱，蓱翳，雨師名也。雨師號呼，則雲起而雨下。」寫，同瀉，這句是説雨師降下及時大雨。

〔六〕晨色奏景風，景風，夏風。　李注：「《史記·律書》：景風者，居南方。　景者，言陽道竟，故曰景風。」丁注：「《易通卦驗》：夏至則景風至。」晨色奏景風，不可解。　疑晨色乃琴瑟的訛字。　鼓琴瑟奏夏至的景風。《周禮·春官·大司樂》：「孫竹之管，空桑之琴瑟，夏日至，於澤中方丘奏之。」《列子·湯問》：「師襄曰：子之琴何如？　師文曰：請嘗試之。　將終命宫而總四弦，則景風翔，慶雲浮。」

〔七〕既來孰不去，來去比喻生死。　丁注：「《莊子》：適來，夫子時也；適去，夫子順也。」

〔八〕人理固有終，丁注：「《列子·天瑞篇》：生者，理之必終者也。」

〔九〕居常待其盡，丁注：「《高士傳》：貧者，士之常也；死者，命之終也。　居常以待終，何不樂也？」

〔一〇〕曲肱（gōng 宫），用《論語》義，是説彎胳膊作枕頭。《論語·述而》：「飯蔬食，飲水，曲肱而枕之，樂亦在其中矣。」　沖，淡泊。

〔一一〕遷化或夷險二句，遷化，時運變化。夷，平順；險，艱阻。肆志，縱心任性。《四皓歌》：「富貴而畏人兮，不若貧賤之肆志。」窊（wā 挖），窪；隆，高。引申爲窮通、貴賤。兩句是説時運變化可能有順有不順，縱心任性便無所謂窮通貴賤。

〔一二〕即事，就事，對當前事物的認識。

〔一三〕華嵩，華山嵩山，指修仙練道處所。

連雨獨飲〔一〕曾本云，一作連雨人絶獨飲。

運生會歸盡〔二〕，終古謂之然〔三〕。世間有松喬〔四〕，於今定何間〔五〕？曾本云，一作聞。故老贈余酒，乃言飲得仙〔六〕；試酌百情遠，重觴忽忘天〔七〕。天豈去此哉！蘇寫本作天際去此幾。注，一作天豈去此哉。曾本注云，一作天際去此幾。任真無所先〔八〕。雲鶴曾本云，一作鴻。有奇翼，八表須臾還。自蘇寫本作顧。曾本云，一作顧。我抱兹獨，僶俛四十年。形骸久已化〔九〕，曾本云，一作形體憑化遷，又云形神久已死。心在和陶本作在心。曾本云，一作在心。復何言。

〔一〕這首詩作於晉元興三年（公元四〇四），陶淵明年四十歲。連雨，連日陰雨。

〔二〕運生會歸盡，是說有生必有死。

〔三〕終古，亘古，自古以來。

〔四〕松喬，赤松子、王喬，皆傳說中仙人。

〔五〕定何間，究竟在何處。以疑問口吻揭示神仙迷信的欺人。

〔六〕乃言飲得仙，古注：「《經傳釋詞》曰：乃，異之之詞也。直按：世之求仙者，如嵇叔夜輩，且以酒爲深讐，曰醴醪鬻其腸胃，曰旨酒服之短祚。今故老反以飲酒爲能得仙，故異之也。」

〔七〕重觴，連飲幾杯。

〔八〕任真無所先，古注：「《莊子·齊物論》郭象注：任自然而忘是非者，其體中獨任天真而已。」丁注：「《列子》：其在老耄，欲慮柔焉，物莫先焉。」

〔九〕形骸久已化二句，是說只要精神存在，像貌體質變了又有什麽說的。《莊子·齊物論》：「其形化，其心與之然，可不謂大哀乎？」陶反其意而用之。

移居二首

昔欲居南村〔一〕，非爲卜其宅〔二〕。聞多素心人〔三〕，樂與數晨夕〔四〕。懷此曾本云，一作茲。頗有年，今日從茲役〔五〕。弊莫本作敝。廬何必廣〔六〕，取足蔽牀席。鄰曲時時來，抗曾本云，一作話。言談在昔〔七〕。奇文共曾本云，一作互。欣賞，疑義相與析〔八〕。曾本云，一作斥。

〔一〕南村，李注：「即栗里也。」逯按：陶移居南村在義熙七年，時年四十八歲。詳見《事迹詩文繫年》。

〔二〕卜宅，用卜筮辨法選取吉宅。嵇康有《難宅無吉凶論》，主張卜宅，陶表示無此思想。又《左傳·昭公三年》：「非宅是卜，惟鄰是卜。」

〔三〕素心人，心地淡泊的人。

〔四〕數晨夕，算過了幾朝幾夕，言過日子。

〔五〕兹役，此次勞逸，指搬家。

〔六〕弊廬，破房舍，先人舊宅。《左傳·襄公二十三年》：「有先人之敝廬在。」

〔七〕抗言，高談。　在昔，古代。

〔八〕疑義，疑難問題。

春秋多佳日，登高賦新詩。過門更相呼，有酒斟酌之〔一〕。農務各自歸，閑暇輒相思；相思則披曾本云，一作拂。衣，言笑無厭時。此理將不勝〔二〕，無爲忽去兹。衣食當須紀〔三〕，焦本作幾，注云，宋本作幾，一作紀，非。曾本、和陶本云，一作幾。力耕不吾焦本作吾不。曾本云，一作吾不。欺〔四〕。

〔一〕斟酌，盛酒，行觴。

〔二〕此理將不勝，此理，此種生活道理。將，豈，難道。勝，强，高。這句是説這種生活道理難道還不高嗎？古注：「理勝蓋晉人常語。《晉書·庾亮傳》：舅所執理勝。《世説新語·文學篇》何晏條，勝理語弼，弼作難，一坐人便以爲屈。」

〔三〕紀，料理，《白虎通·三綱三紀》：「紀者，理也。」

〔四〕不吾欺，不會欺騙我。言力耕就有收成。

和劉柴桑〔一〕 李注：遺民嘗作柴桑令。

山澤久見招〔二〕，胡事乃躊躇〔三〕？直爲親舊故〔四〕，未和陶本誤作米。忍言索居〔五〕。良辰入奇懷，挈曾本云，一作策。杖還西廬〔六〕。荒塗無歸人，時時見曾本云，一作有。廢墟〔七〕。茅茨已就治〔八〕，新疇復應和陶本作舊。畬〔九〕。谷風轉淒薄〔一〇〕，春曾本云，一作嘉。醪解飢劬〔一一〕。弱女雖非男〔一二〕，慰情良曾本云，一作殊。勝無。栖栖世中事〔一三〕，歲月共相疏〔一四〕。耕織稱其用〔一五〕，過此奚所須。去去百年外，身名同翳如〔一六〕。

〔一〕劉程之，字仲思，彭城人。曾爲柴桑令，隱居廬山西林，自號遺民。與周續之、陶淵明等見稱「尋陽三隱」。多病，不以妻子爲意。詳《事迹詩文繫年》。又古注：「《隋書·經籍志》：梁有柴桑令劉遺民集五卷。」

〔二〕山澤，山林水澤，指隱士住所。　見招，給與召喚。

〔三〕胡事，何事，什麽緣故。

〔四〕直爲，只是爲了。

〔五〕索居，離群獨處。　李注：「時遺民招淵明廬山結白蓮社，淵明雅不欲預名社列，但時復往還於廬阜間。」

〔六〕西廬，靠近西林的廬舍。

〔七〕廢墟，荒丘。

〔八〕茅茨，草房。

〔九〕畬（yú魚），第三年治理田地。《説文》：「畬，三歲治田也。」

〔一〇〕谷風轉淒薄，谷風，東風，轉淒薄，變得寒冷。《詩經·邶風·谷風》：「習習谷風，以陰以雨。」言夫妻關係之變，詩用此義。

〔一一〕劬（qú渠），疲勞。

〔一二〕弱女雖非男二句，吴注：「王棠曰，柴桑有女無男，潛心白業，酒亦不欲，想必以無男爲恨，故公以達者之言解之。」逯按王説是。　又李注引趙泉山曰：「以弱女喻酒之醨薄。　飢則濡枯腸，寒則若挾纊，曲盡貧士嗜酒之常態。」逯按趙説穿鑿，非是。

〔一三〕栖栖，急遽不安。　世中事，人間仕宦。

〔一四〕共相疏，何焯曰：「共相疏，我棄世，世亦棄我也。」

〔一五〕稱其用，與用度相稱。

〔一六〕翳如，翳然，淹没。

酬劉柴桑

窮居寡人用〔一〕，**時忘**和陶本誤作志。**四運周**〔二〕。**櫚**蘇寫本作門。焦本作空。注，一作櫚，非。曾本云，一作門，又作空，或作簷。案紹興本作閭。**庭多落葉**〔三〕，**慨然知已秋。新葵鬱北墉**〔四〕，和陶本、焦本作牖。曾本、蘇寫本云，一作牖。**嘉穟養**蘇寫本作卷，和陶本同。焦本作眷。注，一作養，非。曾本云，一作卷，又作眷。**南疇**〔五〕。**今我不爲樂，知有來歲不？命室攜童弱，良日**蘇寫本作曰。曾本云，一作曰。**登遠遊**〔六〕。

〔一〕人用，人事作爲。

〔二〕四運周，四時循環。

〔三〕櫚庭，閭巷庭院。櫚通作閭。又按，櫚或原作櫩，櫩與檐同，屋檐也。故曾本云，或作簷，簷即櫩字。

〔四〕鬱北墉，鬱，積。北墉，北牆。陸機《園葵》詩：「幸蒙高墉德，玄景蔭素蕤。」

〔五〕南疇，即南畝。

〔六〕登遠遊，登時遠遊。《吴志·鍾離牧傳》注：「登皆首服。」

和郭主簿二首〔一〕

藹藹堂前曾本云，一作北。林〔二〕，中夏貯蘇寫本云，一作復。曾本云，一作復，又作駐，又作佇。清陰〔三〕。凱風因時來〔四〕，回飈開我襟〔五〕。曾本云，一作心。息交曾本云，一作友。遊閑業〔六〕，卧起弄書琴〔七〕。曾本云，一云息交逝閑卧，坐起弄書琴。逝一作誓，坐起一作起坐。焦本作息交逝閑卧，坐起弄書琴。又注，一作息交遊閑業，卧起弄書琴，非。園蔬有餘滋〔八〕，舊穀猶儲今。營己良有極〔九〕，過足非所欽。春曾本作舂。秫作美酒〔一〇〕，酒熟吾自斟。弱子戲我側，和陶本作前。曾本云，一作前。學語未成音。此事真復樂，聊用忘華簪〔一一〕。遥遥望白雲〔一二〕，懷古一何深。

〔一〕郭主簿名字事狀不詳。

〔二〕藹藹，繁盛貌。

〔三〕貯，儲存。

〔四〕凱風，南風。　因時，按照季節。

〔五〕回飈，旋風。

〔六〕閑業，指彈琴讀書等業藝。丁注：「閑業，當爲六藝，即下所謂弄書琴也。此即《論語》游於藝之意。」

〔七〕卧起，湯注：「《蘇武傳》：卧起操持。」

〔八〕餘滋，不盡的滋長繁殖。《國語・齊語》注：「滋，長也。」《文選・思玄賦》注：「滋，繁也。」

〔九〕營己，經營私人生活。　良，誠然。　極，極限。

〔一〇〕舂（chōng 充），舂米。搗掉穀類外殼。

〔一一〕華簪，華貴的髮簪。以官僚首飾代指富貴。

〔一二〕遥遥望白雲二句，朱自清先生《評古直陶靖節詩箋定本》：「按《莊子・天地篇》，華封人謂堯曰，夫聖人鶉居而鷇飲，鳥行而無章。天下有道，與物皆昌。千歲厭世去而上仙，乘彼白雲，至於帝鄉。三患莫至，身無常殃，則何辱之有。懷古也許懷的是這種乘白雲至帝鄉的人。」

和澤曾本云，一作風。**同**各本作周。曾本云，一作同，今從一作。**三春，華華涼**李本作清涼素。蘇寫本、焦本同。今從曾本作華華涼。焦本素下注，一作華，非。和陶本作清涼華。**秋節**〔一〕。曾本云，一作清涼華秋節，又作清涼素秋節。**露凝無游氛，天高風**焦本作肅。曾本云，一作肅。**景澈**〔二〕。曾本云，一作冽。**陵**曾本云，一作凌，又作峻。**岑聳逸峯**〔三〕**，遥瞻皆奇絶。芳菊開林耀**〔四〕**，青松冠巖列。懷此貞秀姿，卓爲霜**蘇寫本作山。注，一作霜。**下傑**〔五〕。**銜觴念幽人**〔六〕**，千載撫爾訣**〔七〕。**檢**曾本云，一作儉。陶詩彙注作簡。**素不獲展**〔八〕，**厭厭竟良**曾本云，一作終。**月**。

〔一〕華華涼秋節，華華原當作垂垂。華、垂舊書形近易訛。垂垂，漸漸。言漸近涼秋節氣。

〔二〕風景，當作夙景。蓋音近誤肅，形訛爲風。夙景，早晨景象。

〔三〕陵岑，高嶺。

〔四〕開林耀，當作耀林開。與冠巖列對文。江淹《雜詩》：「時菊耀巖阿，雲霞冠秋嶺。」與此句法同。

〔五〕卓，獨立貌。

〔六〕幽人，高隱之士。

〔七〕撫爾訣，撫，持，把握。爾，指松菊。訣，秘訣，要道。是説過去的隱士千百年來都把握着松菊傲霜之道。陶以松菊自勵節操。

〔八〕檢素，書信。展，開書信。檢素不獲展，謂未能展閲對方書信。方東樹《昭昧詹言》：「言不通訊問也。」陶注釋爲自檢平素，有懷莫展，亦通。

於王撫軍座送客〔一〕曾本云，一作座上。

秋曾本、蘇寫本、和陶本作冬。**日淒且厲，百卉具已腓**〔二〕。李本云，集本作冬，傳寫之誤。逯按冬當是秋字異文。**爰以履霜節**〔三〕，**登高餞將歸。寒氣冒山澤，游雲倏**曾本云，一作永。**無依。洲渚四**焦本、和陶本作思。注，一作四。**緬**和陶本作綿。曾本作思綿，又注，一作四緬。**邈**〔四〕，**風水互**和陶本誤作牙。**乖違**〔五〕。**瞻夕欣**李本、和陶本作欲。曾本同，又注，一作欣。蘇寫本、焦本作欣。**良讌**〔六〕，**離言**焦本作筵。**聿云悲。晨鳥暮來還，**曾本云，一作晨鷄總來歸。**懸車**焦本作崖。蘇寫本同，又注，一作車。曾本云，一作崖。**斂餘暉**〔七〕。**逝**焦本云，一作遊，非。曾本作遊，注，一作逝。**止判殊路**〔八〕，**旋駕悵遲遲。目送回舟遠，**曾本云，一作往。**情隨萬化遺。**

〔一〕王撫軍，江州刺史王弘。宋永初二年，王弘餞送謝瞻、庾登之於湓口，陶被邀在座。詳見《事迹詩文繫年》。

〔二〕百卉，百草。　腓（féi肥），病，變。意謂枯黃。《詩經·小雅·四月》：「百卉俱腓。」傳：「腓，病也。」又《釋文》引《韓詩》：「腓，變也。」

〔三〕履霜節，九月。《詩經·豳風·七月》：「九月肅霜。」

〔四〕洲渚，水中灘地，《爾雅·釋水》：「水中可居者，洲；小洲曰渚。」　緬邈，遥遠。

〔五〕風水，代指帆船活動。　乖違，離別。

〔六〕瞻夕欣良讌二句，離言，離焉。言，語助詞。聿，亦；云，曰。聿云悲，亦可謂悲矣。二句言良讌可喜，離別可悲。

〔七〕懸車，日落處。湯注：「《淮南子》：日至悲泉，是謂懸車。」

〔八〕逝止，行者、留者，亦兼指仕者、隱者。　判，判然。

與殷晉安别[一]

殷先作晉安南府長史掾，因居潯陽。後作太尉參軍[二]，移家東下，作此以贈。

遊好非少各本作久。曾本又云，一作少。今從一作。長[三]，一遇盡曾本云，一作定。殷勤。信宿酬清話[四]，益復知爲親。去歲家南里，薄作少時鄰[五]。負杖肆游從[六]，淹留忘宵晨。語默自殊勢[七]，和陶本作執。亦知當乖分[八]，未謂和陶本作禾黍。事已及，興言在兹春[九]。飄飄西來風，悠悠東去曾本云，一作歸東。雲。山川千里外，言笑難爲因[一〇]。良才曾本、蘇寫本云，一作才華。不隱世，江湖多賤貧。脱有經過便[一一]，念來存故人[一二]。

〔一〕這首詩作於晉義熙八年癸丑（公元四一二），陶淵明四十八歲。詳見《事迹詩文繫年》。晉安南府長史殷鐵，字景仁。

〔二〕太尉，指劉裕。

〔三〕少長，少久。《晉書·袁喬傳》：「與將軍游處少長。」

〔四〕信宿，一宿叫宿，再宿叫信。　酬，酬答。

〔五〕薄作，便作。

〔六〕游從，同游相隨。

〔七〕語默，仕隱。

〔八〕乖分，分離。吴注：「汪洪度曰：信宿而知爲可親，淹留而知其事乖，則其人品可見。」

〔九〕興言，興，作。指作别。言，語助詞。

〔一〇〕難爲因，難於有因緣。是説無因。

〔一一〕脱有，若有。古注：「脱與設音近義通。《史記・魏其武安侯傳》：設百歲後。《索隱》：設，脱也。」

〔一二〕存，存問。

贈羊長史〔一〕

左軍羊長史，銜使秦川〔二〕，作此與之。曾本、蘇寫本注羊名松齡四字。和陶本、李本注羊松齡三字。

愚生三季後〔三〕，慨然念黄虞〔四〕。得知千載外，蘇寫本作上。曾本云，一作上。正焦本作政。和陶本作上。曾本同。曾本又注，一作政。賴古人書〔五〕。賢聖留餘跡，事事在曾本云，一作有。中都〔六〕。豈忘游心目〔七〕，關河不可踰。九域甫已一〔八〕，蘇寫本作爾去。曾本云，一作尔去，一作一邕。逝將理舟輿〔九〕。聞君當和陶本作將。先邁，負痾不曾本云，一作弗。獲俱。路若經商山〔一〇〕，爲我少躊躇〔一一〕。多謝綺與角〔一二〕，曾本云，一作園。按角與甪通，音禄。精爽今何如〔一三〕？

紫芝誰復採〔一四〕，深谷久曾本云，一作又。應蕪。駟馬無貰和陶本誤作貫。患〔一五〕，貧賤有交娛〔一六〕，清謠結心曲〔一七〕，人乘古詩紀作乖，是。運見疏〔一八〕。擁曾本云，一作唯，又作歡。懷累代下〔一九〕，言盡意不舒。

〔一〕義熙十三年，太尉劉裕伐秦，破長安。江州刺史左將軍檀韶遣長史羊往關中稱賀，陶作此詩贈之。見《事迹詩文繫年》。

〔二〕銜使秦川，奉命出使秦川，秦川指關中一帶。《禮記·檀弓》：「銜君命而使。」

〔三〕三季，夏、商、周三代末葉。

〔四〕黄虞，黄帝、虞舜。

〔五〕正賴，正是依靠。李注：「山谷云：正賴古人書，蓋當時語，或作上賴，甚失語意。」

〔六〕中都，中州國都，指洛陽長安。

〔七〕游心目，縱目賞心。

〔八〕九域，九州。甫已一，初步已經統一。

〔九〕逝，語助詞。表示決絶。

〔一〇〕商山，亦名商嶺、商坂，地在今陝西商縣。秦末四皓隱居在此。

〔一一〕躊躇，停留。

〔一二〕多謝，多多以辭相問，多多致意。《漢書·李陵傳》：「霍子孟上官少叔謝女。」注：「謝，以辭相問也。」角（lù），角里先生。

〔一三〕精爽，精神氣魄。《左傳・昭公二十五年》：「心之精爽，是爲魂魄。」黄文焕曰：「沃儀仲曰：四皓不肯輕出，元亮不肯終仕，後人即前人精爽也。今何如，自評語。」

〔一四〕紫芝誰復採二句，《古今樂録》：「四皓隱居，高祖聘之，不出。作歌曰：漠漠高山，深谷逶迤。曄曄紫芝，可以療飢。唐虞世遠，吾將安歸？駟馬高蓋，其憂甚大。富貴而畏人兮，不若貧賤之肆志。」

〔一五〕駟馬無貰患，貰（shì世），寬縱，赦免，免除。《漢書・梁平王襄傳》：「得見貰赦。」注：「貰，寬縱也。」這句是説四匹馬的官車可坐，禍患不可免除。即「駟馬高蓋，其憂甚大」意。

〔一六〕交娱，連結不盡的快樂。

〔一七〕清謡，指四皓之歌。湯注：「天下分崩，而中州賢聖之跡不可得而見。今九土既一，則五帝之所連，三王之所爭，宜當首訪，而獨多謝於商山之人何哉？蓋南北雖合，而世代將易，但當與綺角游耳。」

〔一八〕人乘，當作人乖。人乖，古人不可再見。　運見疏，時代給予疏絶。

〔一九〕擁懷，積思。

歲暮和張常侍〔一〕

市朝悽舊人〔二〕，驟驥感悲泉〔三〕。明旦非今日，歲暮余何言。素顏斂光潤，白髮一已繁。闊哉秦穆談〔四〕，旅力豈未愆〔五〕。向夕長風起，寒雲没西山。厲厲焦本作洌洌。曾本云，一作洌洌，蘇寫本、和陶本同。氣遂嚴〔六〕，紛紛飛鳥還。民生鮮常和陶本誤作嘗。在，矧伊愁苦纏〔七〕。屢闕清酤至，無以樂當年。窮通靡攸蘇寫本作欣。注，一作攸。曾本云，一作欣。慮〔八〕，顦顇由化遷。撫己有深懷〔九〕，履運增慨然〔一〇〕。

〔一〕歲暮，除夕。

〔二〕市朝，指朝廷官府。《華陽國志》：「京師，天下之市朝也。」《感士不遇賦》：「閭閻懈廉退之節，市朝驅易進之心。」

〔三〕驟驥感悲泉，驟驥，快馬。悲泉，日落處。古人以過隙白駒比喻光陰迅速。湯注：「驟驥，言白駒之過隙也。」這句是説光陰迅速使人感歎暮年已到。

〔四〕闊，迂闊。

〔五〕旅力，膂力。愆，消失。《書經·秦誓》：「番番良士，旅力既愆，我尚有之。」

〔六〕厲厲，指寒氣凜冽。

〔七〕矧伊，況此。

〔八〕靡攸慮，無所慮，没什麼掛慮的。

〔九〕撫己，檢點自己。

〔一〇〕履運，逢年過節。湯注：「陶公不仕異代之節，與子房五世相韓之義同。既不爲狙擊震動之舉，又時無漢祖者可托以行其志，所謂撫己有深懷，履運增慨然，讀之亦可以深悲其志也矣。」

和胡西曹示顧賊曹〔一〕

蕤賓五月中〔二〕，清朝起南颸〔三〕，不駛亦不遲，飄飄吹我衣。重雲曾本云，一作寒。案寒字當是重之異文。蔽白日，閑雨紛微微。流目視西園，曄曄蘇寫本作奕奕。榮紫葵〔四〕。於今甚可愛，奈何當曾本云，一作後。蘇寫本云，一作行。復衰。曾本云，一作當奈行復衰。焦本云，一作當樂行復衰，非。感物願及時，每恨靡所揮〔五〕。悠悠待秋稼〔六〕，寥落將賒曾本云，一作奢。遲〔七〕。逸想曾本云，一作相。不可淹〔八〕，猖狂獨長悲〔九〕。

〔一〕西曹、賊曹，州從事官名。《宋書·百官志》：「江州又有别駕祭酒，居僚職之上。别駕西曹主吏及選舉事，即漢之功曹書佐也。祭酒分掌諸曹兵、賊、倉、户、水鎧之屬。」

〔二〕蕤賓，《月令》：「仲夏之月，律中蕤賓。」

〔三〕飋，涼風。

〔四〕曄曄，光華燦爛貌。

〔五〕靡所揮，没有舉杯飲的酒。

〔六〕待秋稼，等待秋收。

〔七〕寥落，稀疏衰落，指禾稼。　賒遲，過時，不及時。

〔八〕逸想，超世興致。

〔九〕猖狂，情懷激動。

悲從弟仲德〔一〕

銜哀過舊宅〔二〕，悲淚應心零。借問爲誰悲？懷人在九冥〔三〕。禮服名群從〔四〕，恩愛若同生。門前執手時，何意爾先傾。在數曾本作毁。注，一作數。竟不李本、焦本作未。曾本云，一作未。免〔五〕，爲山不及成〔六〕。慈母沉哀疢〔七〕，二胤纔數齡〔八〕。雙位曾本作泣。注，一作位。委空館〔九〕，朝夕無哭聲。流塵集虛坐，宿草旅曾本、蘇寫本云，一作依。前庭〔一〇〕。階除曠遊迹〔一一〕，園林獨餘情。翳然乘化去〔一二〕，終天不復形〔一三〕。遲遲將回步，惻惻悲襟盈。曾本、蘇寫本、焦本並云，一作衿涕盈。

〔一〕仲德，蘇寫本作敬德。按陶又一從弟名敬遠，當以作敬德者爲是。

〔二〕銜哀，懷着悲哀。

〔三〕九冥，九泉。

〔四〕禮服，五服親疏關係。

〔五〕在數，由於天數。

〔六〕爲山不及成，爲山，指建功立業。《論語・子罕》：「譬如爲山，未成一簣。」

〔七〕疚(jiù救)，痛苦。

〔八〕胤(yìn印)，後代。

〔九〕雙位，夫妻靈位。

〔一〇〕旅，寄生。

〔一一〕除，台階。

〔一二〕乘化去，隨造化逝去。

〔一三〕終天，終古，永久。

陶淵明集卷之三

詩五言

始作鎮軍參軍經曲阿〔一〕文選阿下有作字。此詩曾本在庚子詩後。

弱齡寄事外〔二〕，委懷在琴書。被褐欣自得，屢空常曾本云，一作恒，晏如〔三〕。時來苟冥文選作宜。曾本云，一作宜，又作且。會〔四〕，踠文選作宛。和陶本作婉。巒李本作婉孌。曾本、蘇寫本、焦本同。焦本又注，一作踠巒。憩通衢〔五〕。投策命晨裝〔六〕，暫與園田曾本云，一作田園。疏。眇眇孤舟逝，文選作遊。綿綿歸思紆〔七〕。我行豈不遥，登降各本作陟。曾本云，一作降。六臣本文選注云，五臣作陟。千里餘。目倦川文選作脩。塗異，曾本云，一作脩塗永。心念山澤居。望雲慚高鳥〔八〕，臨水愧游魚？真想初在襟〔九〕，蘇寫本、曾本云，一作在襟懷。誰謂形跡文選作迹。六臣本注云，五臣作蹟。曾本云，一作迹。拘〔一〇〕。聊且憑化遷〔一一〕，終返文選作反。六臣本注云，五臣作反。班生廬〔一二〕。

〔一〕鎮軍參軍，鎮軍將軍參軍的簡稱。晉安帝元興三年甲辰（公元四〇四），劉裕帥衆軍討桓玄，收復京邑，行鎮軍將軍。劉裕此次起事在京口，並在此坐鎮。京口在晉陵丹徒縣，曲阿在晉陵曲阿縣，彼此相距甚近。顏延之有《車駕幸京口三月三日侍遊曲阿後湖》詩，可證。

〔二〕弱齡，弱年，少年。寄事外，把身心放在人事之外。古注：「《晉書·樂廣傳》：與王衍俱宅心事外。」

〔三〕屢空，常年困乏。晏如，安然。

〔四〕時來苟冥會，時來，良時來臨。《文選·答魏子悌》：「過蒙時來會」，李善注：「富貴榮寵，時之暫來也，《漢書》蒯通曰：時乎，時不再來。」苟冥會，姑且暗去迎合。郭璞《山海經圖讚》：「數亦冥會」。

〔五〕踠轡憩通衢，踠（wǎn宛），屈。踠轡，紆轡，放鬆馬轡。指不得縱馬馳騁。以馬的鬆轡緩行，喻人的屈才從仕。《文選》李善注：「言屈長往之駕，息於通衢之中。通衢，仕路也。」

〔六〕投策，投杖。

〔七〕紆（yū迂），縈繞。

〔八〕望雲慚高鳥二句，言魚鳥無樊籠之苦，而自己落在塵網。

〔九〕真想，真樸思想，指隱居思想。曹植《辨問》：「君子隱居以養真也。」

〔一〇〕形跡拘，爲形跡所拘，即心爲形役。

〔一一〕化遷，造化運轉。陸機詩：「遷化有常然，盛衰自相襲。」

〔一三〕班生廬，班固所説的仁廬。《幽通賦》：「里上仁之所廬。」返上仁所廬，即《辛丑歲七月赴假還江陵》所謂「養真衡茅下，庶以善自名。」

庚子歲五月中從都還阻風於規林二首〔一〕

行行循歸路，計日望舊居。一欣侍温顔〔二〕，何校宣和本作清。蘇寫本云，一作清。曾本云，一作清。再喜見友于〔三〕。鼓棹路崎曲，指景限西曾本、蘇寫本云，一作四。隅〔四〕。江山豈不險，歸子念前塗。凱風負我心〔五〕，戢枻曾本云，一作世。守窮湖〔六〕。高莽眇無界〔七〕，夏木獨森疏〔八〕。誰言客舟遠，近瞻百里餘。延目識曾本、蘇寫本云，一作城。南嶺〔九〕，空歎將焉如〔一〇〕！

〔一〕庚子，晉安帝隆安四年（公元四〇〇），陶淵明三十六歲。是年以桓玄官使，從都還荆。詳見《事迹詩文繫年》。規林，今地不詳。詩云「延目識南嶺」，知距尋陽不遠。乃一津港，因風停泊於此。

〔二〕温顔，指母面。

〔三〕友于，兄弟。《書經·君陳》：「孝乎惟孝，友于兄弟。」以友于代兄弟，歇後語。丁注：「《後漢書》：陛下隆於友于，不忍遏絶。」崎曲，與崎嶇同，傾側不安。

〔四〕景，太陽。

〔五〕凱風，南風。這裏是用《凱風》詩，言感念母恩。《詩經·邶風·凱風》：「凱風自南，吹彼棘心。棘心夭夭，母氏劬勞。」負我心，壓在心頭。

〔六〕戢枻，收船，指不再仕宦。

〔七〕高莽，高大茂盛。

〔八〕森疏，繁茂扶疏。

〔九〕延目，遊目，遥望。南嶺，指廬山。慧遠《遊山記》：「自託此山二十三載。再踐石門，四遊南嶺，東望香鑪峯，北眺九江。」

〔一〇〕焉如，何往。

自古歎行役，我今始知之。山川一何曠〔一〕，巽坎難與期〔二〕。崩浪聒天響，長風無息時。久游戀所生〔三〕，如何淹在兹〔四〕。靜念園林好，人間良可辭。當年詎有幾〔五〕，縱心復何疑〔六〕。

〔一〕一何曠，多麽廣廓。

〔二〕巽（xùn 訓）坎，風水。《易經·説卦》：「巽爲風，坎爲水。」

〔三〕所生，指親母。

〔四〕淹，久留。

〔五〕當年，壯年。丁注：「晉人多以壯年爲當年。張華賦，惟幼眇之當年，是也。」

〔六〕縱心，放縱情懷。

辛丑歲七月赴假還江陵夜行塗口〔一〕

各本作塗中，誤。藝文類聚作塗口作。和陶本作塗中作口號。今從昭明文選。

閑居三十載〔二〕，遂曾本云，一作遠。與塵事冥〔三〕。詩書敦宿好〔四〕，林園和陶本作園林，類聚同。無世各本作俗。曾本云，一作世。文選作世，六臣本注云，五臣作俗。情。如何捨此去，遥遥至南文選作西。荆！叩枻新秋月〔五〕，六臣本文選作親月船。臨流別曾本云，一作引。友生。涼風起將夕，夜景湛虚明〔六〕；昭昭天宇闊，皛皛川上平〔七〕。懷役不遑寐〔八〕，中宵尚孤曾本云，一作向南。征。商歌非吾事〔九〕，依依在耦耕〔一〇〕。投冠旋舊墟〔一一〕，曾本、蘇寫本云，一作廬。不爲好爵縈〔一二〕。文選作榮。養真衡茅下〔一三〕，庶以善自名〔一四〕。

〔一〕辛丑，晉隆安五年（公元四〇一），陶淵明三十七歲。赴假，銷假赴官。陶是年假還，至七月赴江陵桓玄官府銷假。詳見《事迹詩文繫年》。塗口，《陶集》各本作塗中，誤。《昭明文選》作塗口，是蕭統選詩乃據所編《陶集》著録。《藝文類聚》作塗口作，證唐初《陶集》尚不作塗中，作塗中者，後人所改。《文選》李善注引《江圖》：「自沙陽縣下流一百一十里至赤圻，赤圻二十里至塗口也。」逯按：沙陽故址在今湖北嘉魚縣北，下游一百三十里即達武昌附近，是塗口距武昌不遠。《輿地紀勝》六十六鄂州塗口下注云：「在江夏南，水路五十里，一名金口，陶潛有塗口詩。」逯按：金口正在武昌迤西附近。又尋陽至武昌水路數百里，陶自尋陽出發，朋友臨流送行，不能遠至塗口。據《歸去來兮辭序》，陶之程氏妹居住武昌，則陶之赴假還江陵，曾在武昌停留。

〔二〕三十載，當作三二載。三二，六年。詳《事迹詩文繫年》。

〔三〕冥，冥漠，隔絶。

〔四〕敦，加厚。

〔五〕枻（yè夜），棹。

〔六〕湛，空明貌。

〔七〕皛皛（xiǎo xiǎo小小），皎潔明亮。

〔八〕懷役，惦念官家差使。　不遑，不暇。

〔九〕商歌，指求官干禄。《淮南·道應訓》：「甯戚商歌車下，而桓公慨然而悟。」許慎注：「甯戚，衞人，聞桓公興霸，無以自達，將車自往。」

〔一〇〕耦耕，并耕。《論語·微子》：「長沮、桀溺耦而耕」，耦耕用此義。

〔一一〕投冠，與挂冠略同，指辭官去職。

〔一二〕不爲好爵縈，好爵，高官厚禄。縈，牽挂。《詠貧士》：「好爵吾不縈。」《晉書·夏侯湛傳》：「好爵見縈。」

〔一三〕養真，養性修真。　衡茅，衡門茅舍。

〔一四〕庶，庶幾，將近，差不多。

癸卯歲始春懷古田舍二首〔一〕

在昔聞南畝，當年竟未踐。屢空既有人，春興豈自免〔二〕？夙晨裝吾駕，啓塗情已緬〔三〕。鳥哢歡新節，泠各本作冷。蘇寫本作泠，今從之。**風送餘善〔四〕。**曾本、焦本云，一作鳥弄新節令，風送餘寒善。曾本又云，令一作冷。**寒草**各本作竹。蘇寫本作草，又云，一作竹。又曾本云，一作草。焦本云，一作草，非。案草舊寫作艸，故訛竹。**被荒蹊〔五〕，地爲罕**曾本、蘇寫本云，一作幽。焦本云，一作幽，非。**人遠，是以植杖翁〔六〕，悠然不復返。即理愧通識〔七〕，所保詎乃淺〔八〕。**曾本云，一作成淺。

〔一〕癸卯，晉元興二年（公元四〇三），陶淵明三十九歲，懷古田舍，來故田舍，或回故田舍。《詩經・周頌・時邁》：「懷柔百神」，注：「懷，來也。」《釋名》：「懷，回也。亦言歸也。」

〔二〕春興，春耕。

〔三〕緬，超遠。

〔四〕泠風送餘善，言輕妙的風送來未盡的和意。泠（líng零），輕妙。《莊子・逍遥游》：「御風而行，泠然善也。」注：「泠然，輕妙之貌。」又《莊子・齊物論》：「泠風則小和。」

〔五〕蹊，小路。

〔六〕植杖翁，指隱士丈人。《論語・微子》：「遇丈人，以杖荷蓧」，又「植其杖而芸」。

〔七〕即理愧通識，即理，對事理的認識，愧通識，愧對通達有見識的人，古注：「魏晉之際，所謂通字，從後論之，每不爲佳號。《晉書・傅玄傳》：魏文慕通達，而天下賤守節。陶公所謂通識，殆即此流耳。」

〔八〕所保詎乃淺，古注：「《後漢書・逸民傳》：龐公者，劉表就候之，曰：夫保全一身，孰若保全天下乎？龐公笑曰：鴻鵠巢於高林之上，暮而得所棲，黿鼉穴於深淵之下，夕而得所宿。夫趣舍行止，亦人之巢穴也，且各得其棲宿而已，天下非所保也。因釋耕於壟上，妻子耘於前。」

先師有遺訓〔一〕，曾本云，一作成語。憂道不憂貧〔二〕。瞻望曾本云，一作仰瞻。邈難逮〔三〕，轉欲患李本作志。曾本、焦本、和陶本作患。曾本又云，一作思，又作志。焦本云，一作志，非。蘇寫本作思。長勤〔四〕。秉耒歡蘇寫本作力。曾本云，一作力。時務〔五〕，解顔勸農人〔六〕。平疇交遠風，良苗亦懷新。雖未量歲功〔七〕，即事多所欣。耕種蘇寫本作者，注云，一作種。曾本云，一作者。有時息，行者無問津〔八〕。日入曾本云，一作田人。相與歸，壺漿勞近鄰。長吟掩柴門，聊爲隴畝民。曾本云，一作人。

〔一〕先師，指孔丘。

〔二〕憂道不憂貧，《論語・衞靈公》：「君子謀道不謀食。耕也，餒在其中矣。學也，禄在其中矣。君子憂道不憂貧。」

〔三〕邈難逮，遥遠難以跟得上。

〔四〕長勤，長年勞苦。崔寔《政論》：「貧者，歷代爲虜，猶不贍於衣食。生有終身之勤，死有暴骨之憂。」

〔五〕時務，春季農活。丁注：「《後漢書・章帝紀》，方春東作，宜及時務。」

〔六〕解顔，開顔。

〔七〕歲功，一年收成。古注：「《漢書・律曆志》：立閏定時，以成歲功。」

〔八〕行者無問津，問津，問路。《論語・微子》：「長沮桀溺耦而耕。孔子過之，使子路問津焉。」

癸卯歲十二月中作與從弟敬遠

寢迹衡門下〔一〕，**邈與世相絶。顧盼**李本、曾本作眄。**莫誰知，荆扉晝常閉。**各本作閇。焦本作閉。曾本、蘇寫本云，一作荆門終日閇。閇音必結反。**淒淒**曾本云，一作慘慘。**歲暮風，翳翳經日**焦本作夕。注，一作日，非。曾本、蘇寫本云，一作夕。**雪**〔二〕。**傾耳無希聲**〔三〕，**在目皓**曾本云，一作浩。**已潔。**李本云，潔，或作結。曾本作結。**勁氣侵襟袖，簞瓢謝屢設**〔四〕。**蕭索空宇中**〔五〕，**了無一**

可悅〔六〕。歷覽千載書，時時見遺烈〔七〕。高操非所攀，謬李本作深。曾本、蘇寫本同，又注，宋本作謬。焦本作謬，並云，宋本作謬，一作深，非。得固窮節〔八〕。平津苟不由，〔九〕曾本云，一作申。棲遲詎爲拙？寄意一言外，茲契誰能別〔一〇〕！

〔一〕寢迹，埋没行踪。

〔二〕翳翳，隱蔽貌。

〔三〕傾耳無希聲二句，王念孫《王文簡公遺文》云：「無希聲當作希無聲。希無聲與皓已潔對文。希即無聲，皓即已潔，以希形容無聲，以皓形容已潔。《老子》：聽之不聞名曰希。河上公注，無聲曰希。」逯按：顔延年《贈王太常》：「蓄寶每希聲，雖秘猶彰徹。」希聲已爲當時詩人常語。無即希聲，皓即已潔。不必倒文。

〔四〕簞瓢，《論語・雍也》：「賢哉回也。一簞食，一瓢飲，在陋巷，人不堪其憂，回也不改其樂。」

〔五〕空宇，空室。

〔六〕了無，了，當時口語，與訖、竟相近。《世說・文學》：「庾子嵩讀《莊子》，開卷一尺許，便放去，曰：了不異人意。」

〔七〕遺烈，古烈士。

〔八〕謬得，胡亂得到。　固窮節，固守貧困節操。《論語・衛靈公》：「君子固窮，小人窮斯濫矣。」

〔九〕平津，大道。　由，遵從。

〔一〇〕契，體會。

乙巳歲三月爲建威參軍使都經錢溪〔一〕

我不踐斯境〔二〕，歲月好和陶本作耗。已積〔三〕。晨夕看山川，事事悉如昔。微雨洗高林，清飈矯雲翮〔四〕。眷彼品物存〔五〕，義風曾本云，一作在義。都未隔。伊余曾本云，一作余亦。何爲者，勉勵從茲役？一形似有制〔六〕，素襟不可易〔七〕。園田日夢想，曾本云，一作想夢。安得久離析。曾本、蘇寫本云，一作拆。終懷在壑各本作歸。曾本、蘇寫本云，一作壑。焦本云，一作壑，非。舟〔八〕，和陶本誤作州。諒哉宜曾本、蘇寫本云，一作負。焦本云，一作負，非。霜柏〔九〕。

〔一〕乙巳，晉義熙元年（公元四〇五），陶淵明四十一歲，建威參軍，建威將軍的參軍。時劉敬宣爲建威將軍、江州刺史。　錢溪，宣城南陵之梅根港。

〔二〕踐，足履。

〔三〕好，甚。古注：「《漢書》注韋昭曰：好，孔也。《毛詩傳》：孔，甚也。」

〔四〕雲翮，指高飛鳥。

〔五〕眷彼品物存二句，品物，人品事物。義風，正義風尚。二句是説喜愛此地人品事物還存在，正義風尚没有改變。李注引趙泉山曰：「此詩大旨，慶遇安帝光復大業，不失舊物也。」

〔六〕一形似有制，一形，個人形體。這句是説，個人形體似乎受到制約。古注：「《淮南子·道應訓》：以神爲主者，形從而利；以形爲制者，神從而害。又《詮言訓》：有形而制於物。」

〔七〕素襟，素心。

〔八〕在壑舟，在深谷激流中的舟，指時光流逝不停。

〔九〕諒哉，誠然。哉，嘆詞。　宜霜柏，宜，適應。天寒柏樹不凋，故曰宜霜。喻個人操守。

還舊居〔一〕

疇昔家曾本、蘇寫本云，一作居。上京〔二〕，六曾本云，一作十。焦本云，一作十，非。載去還歸。今日始復來，惻愴多所悲。阡陌不移舊〔三〕，邑屋或時非〔四〕。履歷周故居〔五〕，鄰老罕復遺。步步尋往迹，有處特曾本云，一作時。依依。流幻百年中〔六〕，寒暑日相推。曾本云，一作追。常恐大化盡〔七〕，氣力不及衰〔八〕。撥曾本、蘇寫本云，一作廢。置且莫曾本云，一作旦莫。蘇寫本云，一作旦暮。念，一觴聊可曾本云，一作一。揮〔九〕。

〔一〕此詩爲陶淵明五十歲時作品。

〔二〕上京，蓋柴桑一里名。李注謂：「《南康志》：近城五里，地名上京，亦淵明故居。」何注謂：「上京，即栗里原。」説法不一。

〔三〕阡陌（qiān mò千末），東西街道。

〔四〕邑屋，城市房舍。

〔五〕履歷，脚步經歷。周，徧。

〔六〕流幻，流動變化。

〔七〕大化盡，生命終了。

〔八〕衰，《禮記·王制》：「五十始衰。」

〔九〕揮，傾杯飲酒。

戊申歲六月中遇火〔一〕

草廬寄窮巷，甘以辭華軒〔二〕。正夏長風急，曾本云，一作至。林室頓燒燔〔三〕。一宅無遺宇，舫舟蔭門前。迢迢新秋夕〔四〕，亭亭月將圓〔五〕。果菜曾本、蘇寫本云，一作藥。始復生，驚鳥尚未還。中宵竚遥念〔六〕，一盼周九天。總髮抱孤介〔七〕，李本作念。焦本云，宋本作介，一作念，非。曾本作念，注，一作諸孤念，又作介。蘇寫本作念，注，一作諸孤。奄出四曾本云，一作門。十年〔八〕。形迹憑化往，靈府長獨閑〔九〕。貞剛自有曾本云，一作在。質〔一〇〕，玉石乃非堅。仰想東户時〔一一〕，餘糧宿中田，鼓腹無所思〔一二〕，曾本云，一作且無慮。朝起暮歸眠。既已不遇兹，且遂灌我李本作西。餘本作我。園。

〔一〕戊申，晉義熙四年（公元四〇八），陶淵明四十四歲。李注：「按靖節舊宅居于柴桑縣之柴桑里，至是屬回禄之變，越後年徙居於南里之南村。」逯按：遇火宅即園田居。

〔二〕華軒，軒，軒車，大夫車。華軒，華美的官家車子。

〔三〕頓，突然。

〔四〕迢迢，與遥遥同，形容秋夜長。

〔五〕亭亭，迥貌，遠貌。《文選·泛湖歸出樓中翫月》：「亭亭映江月。」注：「亭亭，迥貌。」

〔六〕竚，佇，久停。　遥念，遠念，遐想。

〔七〕孤介，孤獨耿介。

〔八〕奄出，忽遽越出，《方言》：「奄，遽也。陳、潁之間曰奄。」

〔九〕靈府，心神。《莊子·德充符》：「不可以入于靈府，」成玄英疏：「靈府者，精神之宅，所謂心也。」靈府長獨閑，即心有常閑。

〔一〇〕自有質，自有本性。

〔一一〕東户，傳説中的古太平時代。丁注：「《困學紀聞》十引《子思子》曰：東户季子之時，道上雁行而不拾遺，餘糧棲諸畝首。」

〔一二〕鼓腹，飽腹。

己酉歲九月九日〔一〕歲時雜詠日下有作字。

靡靡歲時雜詠作縻縻。秋已夕〔二〕，淒淒風露交〔三〕。歲時雜詠作調。蔓草不復榮，歲時雜詠作盛。園木歲時雜詠作林。蘇寫本同，又注，一作木。曾本云，一作林。空自凋。清氣歲時雜詠作風。曾本云，一作光。澄餘滓〔四〕，歲時雜詠作澤。杳曾本云，一作遥。然天界高〔五〕。哀蘇寫本作衆。曾本云，一作哀。蟬無留李本、蘇寫本作歸。曾本同，又注，一作留。焦本云，宋本作留，一作歸，非。響，叢歲時雜詠作征。曾本作燕。注，一作叢。焦本云，一作燕，非。雁鳴雲歲華紀麗作南。霄〔六〕。萬化相尋繹〔七〕，歲時雜詠作異。曾本云，一作異。人歲時雜詠作民。生豈不勞！從歲時雜詠作自。古皆有沒，念之中歲時雜詠作使。曾本云，一作令。心焦。何以稱歲時雜詠作報。我情，濁酒且曾本云，一作思。自陶〔八〕。千載非所知，聊以永今朝〔九〕。

〔一〕己酉，晉義熙五年（公元四〇九），陶淵明四十五歲。

〔二〕靡靡，遲遲。《詩經·王風·黍離》：「行邁靡靡。」傳：「靡靡，猶遲遲也。」已夕，已晚。

〔三〕淒淒，寒冷貌。

〔四〕餘滓，殘餘渣滓，指塵埃。

〔五〕杳然，遼遠貌。

〔六〕叢雁，衆雁。

〔七〕尋繹，循環往復。

〔八〕自陶，自樂。

〔九〕永今朝，永，詠。言歌詠今朝。《詩經·小雅·白駒》：「以永今朝。」

庚戌歲九月中於西田穫早稻〔一〕

人生歸有道〔二〕，曾本、蘇寫本云，一作事。衣食固其曾本云，一作無。端〔三〕。孰曾本、蘇寫本云，一作執。是都不營〔四〕，而以求自安！開春曾本、蘇寫本云，一作春事。案春事當是春理異文。理常業〔五〕，歲功聊可觀。晨和陶本作景。出肆和陶本作肆。微勤〔六〕，日入負禾李本作耒。焦本同，又注，一作禾，非。蘇寫本作耒，注，一作負禾。曾本云，一作耒。還。山中饒霜露，風氣亦先寒。田家豈不苦？弗獲曾本作穫，注，一作獲。辭此難；四體誠乃焦本作已。曾本云，一作已。疲〔七〕，庶和陶本、蘇寫本作交。無異患干〔八〕。曾本云，一作我患。案我患當是異患異文。盥濯曾本云，一作灌。案灌當是盥之異文。息簷下〔九〕，斗酒散襟李本、蘇寫本、和陶本、焦本作襟。曾本作襟，並云，一作劬，又作矜，又作襟。焦本云，一作劬，非。顏〔一〇〕。遥遥沮溺心，千載乃相關。但願長如此，躬耕非所歎。

〔一〕庚戌，晉義熙六年（公元四一〇）。陶淵明四十六歲。

〔二〕人生歸有道，方東樹《昭昧詹言》：「言人之生理，固有常道。」

〔三〕端，首，首要。

〔四〕孰是都不營，孰，誰。是，指衣食。這句是説誰連衣食都不經營。

〔五〕常業，指農業。

〔六〕肆微勤，盡微小勞力。《後漢書·周燮傳》：「下有陂田，常肆勤以自給」。《宋書·孔季恭傳》：「小民貧匱，宜微加資給，使得肆勤。」

〔七〕四體，兩手兩足。

〔八〕異患，非常禍患，指當時兵凶戰厄。 干，干涉。

〔九〕盥（guàn 貫），洗手。 濯（zhuó 啄），這裏指濯足。

〔一〇〕噤（jìn 襟），寒戰。

丙辰歲八月中於下潠田舍穫〔一〕

貧居依焦本云，一作事，非。**稼穡，**曾本、蘇寫本云，一作事耕稼。**勠力東林隈**〔二〕**。不言春作苦，常**曾本云，一作當。**恐負所懷。司田眷有秋**〔三〕**，寄**和陶本作奇。**聲與我諧**〔四〕**。飢者歡初飽，束帶候**和陶本作俟。曾本云，一作俟。**鳴雞。揚檝越平湖**〔五〕**，汎隨清壑迴**〔六〕**。嚼嚼**各本作鬱鬱。

又曾本云，一作皭皭，今從之。和陶本作醽酒。荒山裏〔七〕，猿聲閑且哀。悲風愛靜夜，曾本云，一作夜靜。焦本云，一作夜靜，非。林鳥喜晨開。曰余作此來〔八〕，三四星火頹〔九〕。姿年逝已老〔一〇〕。**其事未云乖**〔一一〕。遥謝荷蓧翁，聊得從君栖。焦本作棲。

〔一〕丙辰，晉義熙十二年（公元四一六），陶淵明五十二歲。　下潠（xùn 迅），湓水下汎地區。《一切經音義》五引《通俗文》：「水溢曰潠。」逯按：尋陽有湓水，有湓城。

〔二〕東林，廬山的東林。　隈，隅，旁邊。

〔三〕司田，司，主其事。司田，主管田地者。　有秋，秋稼豐收。

〔四〕寄聲，寄言，傳來的話。　諧，相合。

〔五〕檝（jí 疾），船槳。

〔六〕汎，汎船。　迴，迂迴。

〔七〕皭皭（jué jué 絶絶），白貌，荒蕪貌。

〔八〕曰余，伊余。曰，伊，皆助詞。　作此，指從事農耕。

〔九〕三四星火頹，火星下落已十二次，即已十二年。　星火，火星。

〔一〇〕姿年，面目年齡。

〔一一〕其事，這種事，指農耕。　未云乖，没有拋棄。乖，違棄，拋棄。言一直在勞動。

飲酒二十首〔一〕

余閑居寡歡，兼比曾本云，一作秋。焦本誤作此。夜已長〔二〕，偶有名酒，無夕不飲，曾本云，一作傾。顧影獨盡。忽焉復醉。既醉之後，輒曾本云，一作與。題藝文類聚作以。數句自娱，紙墨遂多。辭無詮次〔三〕，聊命故人書之，以爲歡藝文類聚作談。笑爾。和陶本作耳。

〔一〕這組詩作於三十九歲時。時晉元興二年癸卯（公元四〇三）。詳見《事迹詩文繫年》。

〔二〕比夜，頻夜，近幾夜。

〔三〕詮次，倫次。

衰榮無定在〔一〕，曾本、蘇寫本云，一作所。彼此更共之。邵生瓜田中〔二〕，寧似東陵時。寒暑有代曾本云，一作換。謝，人道每如兹。達人解其會〔三〕，曾本、蘇寫本云，一作趣。焦本云，一作趣，非。逝將不復疑。忽與一觴酒，日夕歡相持。和陶本作相歡持。曾本云，一作相遲，又作自持。

〔一〕無定在，無一定處所。

〔二〕邵生，召平。《史記·蕭相國世家》：「召平者，故秦東陵侯。秦破，爲布衣，貧，種瓜，長安城東。瓜美，故世俗謂之東陵瓜。」

〔三〕其會，這當中的理趣。

積善云有報〔一〕，夷叔在曾本云，一作飢。焦本云，一作飢，非。西山〔二〕。善惡苟不應，何事空立曾本云，一作立空。言〔三〕？九十行帶索〔四〕，飢寒況曾本、蘇寫本云，一作抱。當年〔五〕。不賴固窮節〔六〕，百世當誰傳。

〔一〕云有報，如果説有報應。

〔二〕夷叔在西山，夷叔，伯夷、叔齊。西山，首陽山，伯夷、叔齊餓死處。夷叔善而餒死，肯定無所謂報應。

〔三〕立言，樹立格言。蓋指「天道無親，常與善人」一類的格言。

〔四〕九十行帶索，指古隱士榮啟期。榮年九十，甚貧，以索爲帶。詳見「顔生稱爲仁」篇注。

〔五〕當年，壯年時代。

〔六〕賴，依靠。

道喪曾本、蘇寫本云，一作衰。向千載〔一〕，人人惜其情〔二〕。有酒不肯飲，但和陶本作唯。曾本云，一作惟。顧曾本云，一作願。世間名。所以貴我身，豈不在一生。一生復能幾，倏如和陶本作忽。流電驚〔三〕。曾本、蘇寫本云，一作倏忽若沉星。鼎鼎曾本云，一作訂訂。百年内〔四〕，持此欲何成！

〔一〕向，將近。

〔二〕惜其情，吝惜心之所好，指顧戀聲名。

〔三〕倏（shū 叔），忽然。

〔四〕鼎鼎，形容小人物得勢發舒。《禮記・檀弓上》：「鼎鼎爾，則小人。」注：「鼎鼎，謂大舒。」

栖栖焦本作棲棲。北窗炙輠録引作淒淒。失群鳥，日暮猶獨飛。徘徊曾本、蘇寫本作裴回。無定止〔一〕，夜夜聲轉悲。厲響思清晨〔二〕，北窗炙輠録引作越，注，顧刻作遠。遠去何所依，李本、曾本、蘇寫本、和陶本作厲響思清遠，去來何依依。曾本、蘇寫本注，一作厲響思清晨，遠去何所依。曾本又云，何所依又作求何依。焦本云，一作厲響思清遠，去來何依依，非。因李本作自。值北窗炙輠録作植，誤。孤生松，斂翮遥曾本云，一作更，又作終。蘇寫本云，一作終。來歸〔三〕。勁曾本云，一作動。風無榮木〔四〕，此蔭蘇寫本作廕。獨曾本云，一作交。不衰〔五〕。託身已得所，千載不北窗炙輠録作莫。曾本云，一作莫。相違〔六〕。

〔一〕徘徊，來回不定。

〔二〕厲響，激出音響，指急啼。盧諶《蟋蟀賦》：「厲清響以干霄，激悲聲以迄曙。」

〔三〕斂翮，整飭翅膀。

〔四〕勁風，冬日寒風。

〔五〕此蔭，指松樹蔭。

〔六〕不相違，不相隔離。

結廬在人境，而無車馬喧。問君何能曾本、蘇寫本云，一作爲。爾？心遠地自偏。採菊東籬下，悠然曾本云，一作時時。見文選作望，類聚同。曾本云，一作望。焦本云，一作望，非。南山〔一〕。山氣北窗炙輠録作色。日夕佳，飛鳥相與還〔二〕。此還李本、焦本作中。曾本云，一作中。和陶本作間。蘇寫本作中，注云，一作還。有真意〔三〕，欲辨已曾本、蘇寫本云，一作忽。忘言〔四〕。

〔一〕悠然，超遠貌。

〔二〕相與還，合群結夥而歸。

〔三〕真意，自然意趣。《莊子·漁父》：「真者，所以受于天也，自然不可易也。故聖人法天貴真，不拘于俗。」

〔四〕欲辨已忘言，是説歸鳥群使人感受到真樸自然意趣，忘了再去辨析。李善注：「言者，所以在意也；得意而忘言。」

行止千萬端〔一〕，**誰知非與是？是非苟相形**〔二〕，**雷同共譽毁**〔三〕！**三季多此事，達士**曾本云，一作人。**似不爾**〔四〕。**咄咄俗中愚**〔五〕，李本、蘇寫本、和陶本作惡，曾本注，一作愚。焦本云，宋本作愚，一作惡，非。**且當從黃綺**〔六〕。

〔一〕行止，指出處、趣舍兩種情況。

〔二〕苟相形，胡亂對比。

〔三〕雷同，人云亦云。丁注：「《禮》：毋剿説，勿雷同。注，雷之發聲，物無不同時應者。人之言，當各由己，不當然也。」雷同共毁譽，毁謗譽獎，舉世雷同，是説是非不分。《楚辭·九辯》：「世雷同而炫耀兮，何毁譽之昧昧。」

〔四〕達士，明達的人。不爾，不如此。

〔五〕咄咄（duō duō 多多），表示驚怪的感歎詞。俗中愚，世俗中的愚人。趙壹《刺世嫉邪賦》：「賢者雖獨悟，所困在群愚。」

〔六〕黃綺，黃公、綺里季夏，商山四皓之二。陶以四皓避秦，自喻不仕桓楚。桓玄篡晉，在此年冬。

秋曾本云，一作霜。**菊有佳色，裛露掇其英**〔一〕。**汎**李本誤作況。各本作汎。**此忘憂物**〔二〕，**遠我遺**曾本云，一作達。藝文類聚作達。**世情**〔三〕。**一觴雖**曾本云，一作聊。焦本云，一作聊，非。**獨進，杯**

盡壺自傾。日入群動息〔四〕，歸鳥趨和陶本作趣。林鳴；嘯傲東軒下〔五〕，聊復得此生〔六〕。

〔一〕裛（yì意），霑濕。裛露，霑帶露水。掇，選摘。

〔二〕汎，泡。忘憂物，指菊。

〔三〕遠，使之遠。遺世情，逃世心情。

〔四〕群動，各種物類活動。《文選》李注引杜育詩：「臨下覽群動。」

〔五〕嘯傲，傲然歌嘯。

〔六〕得此生，得到生之真意。

青松在東園，衆草没歲華紀麗作混。其李本作奇。曾本云，一作奇。姿。歲華紀麗作其奇。凝曾本、蘇寫本云，一作晨。和陶本作晨。霜殄異類〔一〕，卓然見高枝。連曾本、蘇寫本云，一作叢。林人不覺，和陶本作見。獨樹衆乃奇。曾本、蘇寫本云，一作知。和陶本作寄。提壺撫李本、焦本、和陶本作挂。蘇寫本、曾本作桂。注，一作撫。今從一作。寒柯，遠望時復爲〔二〕，曾本、蘇寫本云，一作復何爲。吾生和陶本作年。夢幻間，和陶本作去。何事紲塵羈〔三〕。曾本作羇。注，一作羈。蘇寫本作羇。

〔一〕異類，與松不同類的草木。

〔二〕遠望時復爲，時復爲遠望。

〔三〕紲塵羈，牽挂在人事糾纏。紲（xiè謝），捆索。

清晨聞叩門〔一〕，倒裳往自和陶本作自往。開〔二〕。問子爲誰歟？曾本、蘇寫本作與。田父有好懷。壺漿遠見候〔三〕，疑我與時乖〔四〕。繿和陶本作藍。縷茅簷下〔五〕，未足爲高栖〔六〕。一蘇寫本、和陶本作舉。曾本云，一作舉。世皆尚同〔七〕，願君汨其泥〔八〕。深感父老言，稟氣寡曾本、蘇寫本云，一作少。所諧〔九〕。紆轡誠可學〔一〇〕，違己詎非迷〔一一〕！且共歡此飲，吾駕不可回。和陶本、蘇寫本作迴。

〔一〕李注：「趙泉山曰：時輩多勉！靖節以出仕，故作是篇。」按《歸去來兮辭序》「親朋多勸余爲長吏」，此可代表。

〔二〕倒裳，用《詩經》「顛倒衣裳」語，表示急遽。

〔三〕壺漿，滿壺酒漿。見候，給予問候。

〔四〕與時乖，與人間世隔離。

〔五〕繿縷，衣服破爛貌。

〔六〕未足，未得，不算。高栖，高隱。

〔七〕尚同，主張同流合污。

〔八〕汨（gǔ古）泥，攪水使渾濁。《楚辭·漁父》：「屈原曰：舉世皆濁我獨清。漁父曰：世人皆濁，何不淈其泥而揚其波？」

〔九〕寡所諧，寡合，很少合得來的。

〔一〇〕紆轡，放鬆馬轡。馬轡鬆開，馬即不能馳走。此以馬的紆轡緩行，比喻人的委屈出仕。

〔一一〕違己，違背自己心願。

在和陶本作我。**昔曾遠遊**〔一〕**，直至東海隅**〔二〕**；道路迥且長，風波阻**曾本、蘇寫本云，一作起。焦本云，一作起，非。**中塗**〔三〕**。此行誰使然，似爲飢所驅。傾身營一飽**〔四〕**，少許便有餘。恐此非名計**〔五〕**，息駕歸閑居**〔六〕**。**

〔一〕李注：「趙泉山曰：此篇述其爲貧而仕。」

〔二〕東海隅，東海附近，指東晉京師建業一帶。

〔三〕風波阻中塗，中塗遇風波危險，指阻風於規林等事。陶有《庚子歲五月中從都還阻風於規林》詩誌其事。

〔四〕傾身，竭全身力氣。

〔五〕非名計，非求名良策。

〔六〕息駕，停止車駕，指脱離宦途。閑居，陶淵明住宅。

顏生稱爲仁〔一〕，榮公言有道〔二〕，屢空不獲年〔三〕，長飢至於曾本、蘇寫本云，一作凭。和陶本、焦本作于。老。雖留身後名，一生亦枯槁；死去和陶本作生死。何所和陶本作可。知，稱心固爲好。客曾本云，一作各，又作容。蘇寫本云，一作容。焦本云，一作各，非。養千金軀，臨曾本、蘇寫本云，一作幻。化消和陶本作銷。其寶〔四〕。曾本云，一作臨死鎮真寶。裸葬何必惡〔五〕，人當解意李本、和陶本作其。表〔六〕。曾本作其表。注云，一作意表。蘇寫本云，一作其表。

〔一〕顏生，顏回。　稱爲仁，以仁者見稱。《論語·雍也》：「回也，其心三月不違仁。」

〔二〕榮公言有道，榮公，榮啓期。　有道，有德行。《列子·天瑞》：「孔子遊於泰山，見榮啟期。鹿皮帶索，鼓琴而歌。孔子問曰：先生所以樂，何也？對曰：吾樂甚多：天生萬物，唯人爲貴，吾得爲人，一樂也；男女之別，男尊女卑，故男爲貴，吾得爲男矣，是二樂也；人生有不見日月，不免襁褓者，吾既已行年九十矣，是三樂也。貧者，士之常也；死者，人之終也。處常得終，當何憂哉！孔子曰：善乎！能自寬者也。」陶以榮公能安貧自樂爲有道。

〔三〕屢空，時常空乏。《論語·先進》：「回也，其庶乎？屢空。」　不獲年，不得長壽。《史記·仲尼弟子列傳》：「回年二十九，髮盡白。蚤死。」枯槁，乾枯憔悴。

〔四〕臨化，臨死。　消其寶，指死亡。　千金軀死亡，故曰銷寶。

〔五〕裸葬何必惡，裸葬，裸體埋葬。　惡，不好。《漢書·楊王孫傳》：「及病且終，先令其子曰：吾欲羸葬，以反吾真。死，則爲布囊盛尸，入地七尺，既下，從足引脱其囊，以身親土。」

〔六〕意表，意外之意。即言外之意。

長公曾一仕〔一〕，壯節忽失時〔二〕。杜蘇寫本作松。曾本云一作松。按舊書杜、松形近。門不復出，終身與世辭。仲理歸大澤〔三〕，高風始焦本云，一作如，非。曾本、蘇寫本云，一作如。在茲〔四〕。一往便當已〔五〕，何爲復狐疑〔六〕？去去當奚道，世俗久相欺。擺落悠悠談〔七〕，請從余所之〔八〕。

〔一〕長公，漢張摯。《史記・張釋之傳》：「其子曰張摯，字長公。官至大夫，免。以不能取容當世，故終世不仕。」

〔二〕壯節，壯烈氣概。　失時，喪失從政時機。

〔三〕仲理，後漢楊倫。《後漢書・儒林傳》：「楊倫，字仲理，爲郡文學掾，志乖於時，遂去職，不復應州郡命。講授於大澤中，弟子至千餘人。」

〔四〕高風，高尚聲名。　茲，這裏。指大澤。

〔五〕一往，一去，指退隱。

〔六〕狐疑，猶豫。

〔七〕悠悠談，流俗言論。《晉書・王導傳》：「悠悠之談，宜絶智者之口。」

〔八〕所之，所往。

有客常同止，趣舍李本作趨捨。曾本、蘇寫本、焦本作取捨。邈異境〔一〕。藝文類聚作景。一士長獨醉，一夫終年醒。醒醉還蘇寫本作遞。曾本云，一作遞。相藝文類聚作大。笑，發言和陶本作語。各不領〔二〕。規規一何愚〔三〕，兀傲差若曾本云，一作嗟無。穎〔四〕。寄言酣中客，日没燭當炳〔五〕。曾本作獨何炳。注，一作當秉，又作燭當炳。蘇寫本作可炳。注，一作何炳。焦本云，宋本獨何炳，一作燭當秉，非。

〔一〕趣舍邈異境，趣舍，趣赴舍棄。指出處，仕隱。邈異境，遠遠不同境界。王羲之《蘭亭序》：「趣舍萬殊。」

〔二〕領，領會。

〔三〕規規，見小怕事貌。《莊子・秋水》：「規規然自失也。」釋文：「驚視自失貌。」《荀子・非十二子》：「瞡瞡然」，注：「瞡瞡，小見之貌。」

〔四〕差若穎，較似聰明。

〔五〕燭當炳，燭應當點上。指夜裏要繼續飲酒。魏文帝曹丕《與吴質書》：「古人思炳燭夜遊。」

故人賞我趣，挈壺相與至。班荆坐松下〔一〕，數斟已復醉。父老雜亂言，觴酌失行次。不覺知有我，安知物爲貴。悠悠和陶本作呦呦。曾本、蘇寫本云，一作呦呦。迷所留〔二〕，曾本、蘇寫本云，一作之。**酒中有深味！**和陶本作固多味。曾本、蘇寫本云，一作固多味。

〔一〕班荆：荆，落葉灌木。班荆，鋪荆於地。《左傳·襄公二十六年》「班荆相與食，而言復故。」

〔二〕悠悠：一般趨附名利之輩。《列子·楊朱篇》：「悠悠者趨名不已。」迷所留，迷戀於他們所留連的。

貧居乏人工，灌曾本、蘇寫本云，一作卉。**木荒余宅。班班有翔鳥**〔一〕**，寂寂無行跡。宇宙一何悠**〔二〕**，**曾本、蘇寫本云，一作何悠悠。焦本作何悠悠，注，一作一何悠，非。**人生少至百**〔三〕**。歲月相催逼，**曾本云，宋本作從過。蘇寫本云，一作從過。焦本作從過。注，宋本作從過，一作催逼，非。**鬢邊早已白。若不委窮達**〔四〕**，素抱**曾本云，一作懷。**深可惜**〔五〕**。**

〔一〕班班有翔鳥二句：班班，鮮明貌。言貧宅有鳥來去，無人往還。

〔二〕一何悠：多麼悠久。

〔三〕百：百年。

〔四〕委：抛開。　窮達：指貧富貴賤的想法。

〔五〕素抱：樸素懷抱。

少年罕人事，遊好在六經〔一〕。行行向不惑〔二〕，淹留遂曾本、蘇寫本作自，注，一作遂。焦本云，一作自，非。無成〔三〕。竟抱固窮曾本、和陶本、焦本作窮苦。曾本又云，一作固窮。節，飢寒飽所更〔四〕。弊廬交悲風，荒草没前庭。披和陶本作被。褐守長夜，晨雞不肯鳴。孟公不在茲〔五〕，終以曾本云，一作已。翳吾情〔六〕。

〔一〕遊好，流連愛好。六經，《詩》、《書》、《易》、《禮記》、《樂記》、《春秋》。

〔二〕行行，漸漸。不惑，四十歲。《論語・爲政》：「四十而不惑。」

〔三〕淹留，長久隱退。遂無成，遂在功名事業上無所成就。《楚辭・九辯》：「蹇淹留而無成。」

〔四〕更，經歷。

〔五〕孟公，劉龔字。丁注：「《後漢書・蘇竟傳》：劉龔字孟公。《高士傳》：張仲蔚，平陵人。好詩賦，常居貧素，所處蓬蒿没人。時人莫識，惟劉龔知之。」

〔六〕翳，隱没。

幽蘭生前庭〔一〕，含薰待清風〔二〕。清風脱然曾本、蘇寫本云，一作若。至〔三〕，見别蕭艾中〔四〕。行行失和陶本誤作矢。故路，任道或能通〔五〕。曾本云，一作前道或能窮。覺悟當念還，鳥盡廢良弓〔六〕。

〔一〕幽蘭生前庭，借蘭自喻才德之高。《晉書·謝玄傳》：「安嘗戒約子姪，因曰：子弟亦何豫人事，而正欲使其佳。玄曰：譬如芝蘭玉樹，欲使其生於庭階耳。安悦。」

〔二〕薰，花香。

〔三〕脱然，儻然。

〔四〕見别，被區分。　蕭艾，惡草。比喻惡人。《楚辭·離騷》：「何昔日之芳草兮，今直爲此蕭艾也。」

〔五〕任道，信任真理。

〔六〕鳥盡廢良弓，《史記·淮陰侯傳》：「高鳥盡，良弓藏。」言封建君主以才士爲工具，天下定了，定天下的才士也被廢掉。

子雲性嗜酒〔一〕，家貧無由得。時賴好事人，載醪祛所惑〔二〕。觴來爲之盡，是諮曾本云，一作語。無不塞〔三〕；有時不肯言，豈不在伐國〔四〕。仁者用其心，何嘗失顯默〔五〕。

〔一〕子雲，漢揚雄字子雲。

〔二〕載醪，載酒，抬酒送到。　祛（qū區），除。　所惑，疑難問題。丁注：「《漢書·揚雄傳》：家素貧，嗜酒，人希至其門。時有好事者，載酒肴，從遊學。」

〔三〕是諮，凡是所詢問的。　無不塞，無不滿足要求。

〔四〕豈不在伐國，丁注：「《漢書・董仲舒傳》：聞昔者魯公問柳下惠：吾欲伐齊，如何？柳下惠曰：不可。歸而有憂色，曰：吾聞伐國不問仁人，此言何爲至於我哉？」

〔五〕何嘗失顯默，陶注：「載醪不卻，聊混迹於子雲；伐國不對，實希風於柳下。蓋子雲《劇秦美新》，正由未識伐國之義，必如柳下，方爲仁者之用心，方爲不失顯默耳。」

疇昔苦長飢〔一〕，**投耒去學仕**〔二〕。**將養不得節**〔三〕，**凍餒固**曾本、蘇寫本云，一作故。**纏己。是時向**和陶本作而。**立年**〔四〕，**志意多所**和陶本作尚多。**恥。遂盡介然分**〔五〕，**終死**焦本作拂衣。注，宋本拂衣，一作終死，非。曾本、蘇寫本云，一作拂衣。**歸田里。冉冉星氣流**〔六〕，**亭亭復一紀**〔七〕。**世路廓悠悠**〔八〕，**楊朱**和陶本作歧。焦本云，一作生，非。**所**和陶本作何。曾本云，一作疎。**以止**〔九〕。蘇寫本云，一作楊歧何以止。曾本云，一作楊歧何以止，又作楊生所以止。**雖無揮金事**〔一〇〕，文選注引作雖欲揮手歸。**濁酒聊**和陶本作猶。**可恃。**

〔一〕疇昔，過去。

〔二〕投耒，放下農具。　仕，從政，做官。

〔三〕將養，將亦養，將養，養活。指養活別人，《墨子・非命》：「將養老弱。」

〔四〕向立年，將近三十歲，即二十九歲。陶二十九始從政爲祭酒。

〔五〕遂盡介然分二句，吴注：「顧炎武曰：二句用方望《辭隗囂書》：雖懷介然之節，欲潔去就之分。」

〔六〕冉冉，漸漸。　星氣流，星宿節氣運行，指時光變化。

〔七〕亭亭，久遠的狀詞。《文選·長門賦》：「荒亭亭而復明」，李注：「亭亭，遠貌。」　一紀，指十年。《國語·周語》：「若亡國不過十年，數之紀也。」陶二十九始仕，至此一紀十年，與前篇「行行向不惑」相應。

〔八〕世路，世道。　悠悠，漫漫無際。

〔九〕楊朱所以止，李注：「《淮南·説林訓》：楊子見逵路而哭之，爲其可以南可以北。」這句是説世道多歧，所以楊子止步不前。

〔一〇〕揮金事，李注：「張協《詠二疏》詩云：揮金樂當年。」按疏廣歸老以後，酒食遊宴，用金甚多。

羲農去我久〔一〕，舉世少復真〔二〕！　汲汲曾本云，一作波波。魯中叟〔三〕，彌縫使其淳〔四〕。　鳳鳥雖不至〔五〕，禮樂暫得曾本、蘇寫本云，一作時。新。　洙泗輟微響〔六〕，漂流逮曾本云，一作待。狂秦〔七〕。　詩書復何罪，一朝成和陶本作作。灰塵。　區區諸老翁〔八〕，爲事誠殷勤〔九〕。　如何絶世下〔一〇〕，六籍無一親！　終日馳車走〔一一〕，不見所問曾本、蘇寫本云，一作憑。津〔一二〕。　若復不快飲，空負頭上巾〔一三〕。　但曾本云，一作所。恨多謬誤，君當恕醉人。

〔一〕羲農，伏羲神農。

〔二〕真，淳樸自然。

〔三〕汲汲，忽忙營求。　魯中叟，指孔丘。

〔四〕彌縫，彌補掩蓋。

〔五〕鳳鳥不至，指太平時代不到。《論語・子罕》：「鳳鳥不至，河不出圖，吾已矣夫。」

〔六〕洙泗，兩水名，代表兩個地區，孔丘設教處。在今魯南蘇北。　輟，停止。　微響，微言。　指孔丘教義。《漢書・藝文志》：「孔子没而微言絶。」

〔七〕漂流，時代流蕩下去。《感士不遇賦》：「世流蕩而遂徂。」

〔八〕區區，勤謹。　諸老翁，湯注：「似謂漢初伏生諸人。」

〔九〕爲事，辦事。　指口授傳經。

〔一〇〕絶世，衰世。

〔一一〕終日馳車走，指當時附炎趨勢的腐敗風氣。《晉書・王雅傳》：「以雅爲太子少傅。時王珣兒婚，賓客車騎甚衆。會聞雅拜少傅，迴詣雅者過半。時風俗頹弊，無復廉耻。」陶所見類此。

〔一二〕不見所問津，湯注：「蓋自況於沮、溺，而嘆世無孔子徒也。」

〔一三〕空負頭上巾，空負，白白辜負。何注：「史言先生取頭上葛巾漉酒，還復著之。」

止　酒〔一〕

居止次城邑〔二〕，逍遥自閑止〔三〕。坐止高蔭下，步曾本、蘇寫本云，一作行。止蓽門裏〔四〕。好味止園葵，大曾本、蘇寫本云，一作天。歡止稚子。平生不止酒，止酒情曾本、蘇寫本云，一作懼。無喜。暮止不安寢，晨止不能起。日日欲止之，營衛止不理〔五〕。徒知止不樂，未知曾本、焦本、蘇寫本、和陶本作信。焦本注，一作知，非。止利己。始覺止爲善，今朝真止矣。從此一止去，將止扶桑涘〔六〕。清顔止宿容〔七〕，曾本、蘇寫本云，一作客。奚止千萬祀〔八〕。

〔一〕止酒，停止飲酒。宋俞德鄰《佩韋齋輯聞》謂止猶「緜蠻黄鳥，止於丘隅」之止，非是。

〔二〕次城邑，居在城市。

〔三〕閑止，閑，閑静；止，語助詞。

〔四〕蓽門，荊棘竹枝編的門。

〔五〕營衛，氣血經脈。

〔六〕扶桑，日出的地方。　涘（sì寺），水涯。

〔七〕宿容，平日容顔。

〔八〕千萬祀，千萬年。逯按：廬山道人有詩每句着化字，此詩每句着止字，皆游戲之作。

述　酒〔一〕

儀狄造，杜康潤色之。上八字宋本云舊注。曾本、蘇寫本此下又注，宋本云，此篇與題非本意，諸本如此，誤。

重離照南陸〔二〕，鳴鳥聲相聞〔三〕。秋草雖未黄〔四〕，融風久已分。素礫皛曾本云，宋本作襟輝。蘇寫本云，一作襟輝。修渚〔五〕，南嶽無餘雲；豫章抗高門〔六〕，重華固靈曾本、蘇寫本云，一作虚。墳〔七〕。流淚抱中歎〔八〕，傾耳聽司晨。神州獻嘉焦本作佳。粟〔九〕，西靈曾本、蘇寫本云，一作雲，又作零。爲我馴。諸梁董師旅〔一〇〕，芈李本、焦本作羊。曾本同，又注，一作芈。蘇寫本云，一作羊，非。勝喪其身。山陽歸下國〔一一〕，成名猶不勤〔一二〕。卜生善斯牧〔一三〕，安樂不爲君〔一四〕。平王李本云，從韓子蒼本作王，舊作生。曾本、蘇寫本作生。去舊京〔一五〕，峽中納遺薰〔一六〕。雙陽各本作陵。曾本、蘇寫本云，一作陽。今從一作。甫云育〔一七〕，三趾顯奇文〔一八〕。王子愛清吹〔一九〕，日曾本云，一作星。中翔河汾。朱公練九齒〔二〇〕，閑居離世紛〔二一〕。峨峨西嶺曾本、蘇寫本云，一作四顧。内〔二二〕，偃息常蘇寫本作得。曾本云，一作得。所親〔二三〕。天容曾本云，一作客。自永固〔二四〕，彭殤非等倫〔二五〕。

〔一〕述酒，湯注：「晉元熙二年六月，劉裕廢恭帝爲零陵王。明年，以毒酒一甖授張禕，使酖王。禕自飲而卒。繼又令兵人踰垣進藥，王不肯飲，遂掩殺之。此詩所爲作，而以述酒名篇也。」原注：

「儀狄造，杜康潤色之。」儀狄、杜康，古代善釀酒者，酒由儀狄造出，再由杜康潤色。比喻桓玄篡位於前，劉裕潤色於後，晉朝終於滅亡。爲了篡位，桓玄曾酖殺司馬道子，劉裕曾酖殺晉安帝，都是用毒酒完成篡奪。所以陶以述酒爲題，以「儀狄造，杜康潤色之」爲題注。

〔二〕重離照南陸，寓言東晉孝武帝在位。司馬氏稱典午，午在南，於八卦爲離，東晉於西晉爲重。又司馬氏出於重黎，重黎，火正。《易經·説卦》：「離爲火。」故此重離可以寓言東晉。又孝武帝小字昌明。《易經·説卦》：「離爲火，爲日。」重離，重日，即昌字，此并託言昌明在位。

〔三〕鳴鳥聲相聞，陶注：「鳴鳥句蓋用《楚辭》：恐鶗鴂之先鳴兮，使夫百草爲之不芳。《月令》：仲夏之月，鵙始鳴，鳴則衆芳皆歇。」是説賢者逐漸減少。

〔四〕秋草雖未黄二句，鶗鴂鳴後，百草雖未黄落，但立春以來的融風（東北風）已經消散。融風兼指祝融之風。融風已分，指司馬氏威望已經掃地。

〔五〕素礫皛修渚二句，比喻桓玄得勢。素礫（lì力），白石。古人每以礫與玉並舉，礫指奸邪，玉比忠賢。《楚辭·惜誓》：「放山淵之龜玉兮，相與貴夫礫石。」范曄《黨錮傳贊》：「涇以渭濁，玉以礫貞；蘭蕕無並，消長相傾。」修渚（zhǔ主），長洲。以江陵九十九洲代指渚宮江陵。素礫皛修渚，是説桓玄盤據江陵竊謀篡奪。桓玄自稱荆州刺史後，曾增填九十九洲爲一百，爲其稱帝製造祥瑞。詳見盛弘之《荆州記》。桓玄此舉，陶淵明必有所聞。湯注：「修渚疑指江陵。」南嶽無餘雲，古注：「南嶽爲江南山鎮，故特標之。晉元帝即位詔，遂登壇南嶽，亦此意也。雲者，紫雲，數術家所謂王氣也。《藝文類聚》引庾闡《揚州賦》注云:「建康宫北十里有蔣山,元皇帝未渡江之年,望氣者云,蔣山上有紫雲,時時晨見云云。而元帝升位有紫雲,則王氣猶存,無餘雲,則王氣盡矣。」

〔六〕豫章抗高門,古注:「此著劉裕篡晉之階也。」《晉書》:義熙二年,論建義功,封裕豫章郡公。發迹豫章,遂干大位。故曰豫章抗高門也。《詩》:迺立皋門,皋門有伉。毛傳:王之郭門曰皋門。孔疏曰:皋高通用。《禮記·明堂位》:天子皋門。鄭注,皋之爲言高也。」逯按《晉書·桓玄傳》:玄竊據朝政後,即「諷朝廷以己平元顯功封豫章公」。可見桓玄、劉裕之篡,皆以封豫章爲始。抗者,分庭抗禮之抗,兩相對峙的意思。豫章兩個高門對峙,指劉裕繼桓玄之後正在篡奪。

〔七〕重華固靈墳,湯注:「重華,謂恭帝禪宋也。」吴正傳《詩話》:「重華句,恭帝廢爲零陵王,舜冢在零陵九疑,故云爾。」黄文焕曰:「固靈墳,隱言恭帝之死矣。」

〔八〕流淚抱中歎二句,湯注:「裕既建國,晉帝以天下讓而猶不免於弑,此所以流淚抱歎,夜耿耿而達曙也。」

〔九〕神州獻嘉粟二句,湯注:「義熙十四年,鞏縣人獻嘉禾,裕以獻帝,帝以歸於裕。」西靈,當作四靈,裕受禪文有「四靈效徵」之語。

〔一〇〕諸梁董師旅二句,諸梁,沈諸梁,葉公。芈勝,白公勝。《史記·楚世家》:「白公自立爲王。月餘,會葉公來救,共攻白公,殺之。」案:桓玄篡晉後稱楚,劉裕籍彭城爲楚人,故此以葉公、白公事寓言桓玄之篡及其爲劉裕所誅。

〔一一〕山陽歸下國，用劉賀被廢，昌邑除爲山陽郡故事，託言晉恭帝被廢爲石陽公。

〔一二〕成名猶不勤，不勤，不勞，不存問安慰。湯注：「《謚法》：不勤成名曰靈。古之人主不善終者有靈若厲之號。此正指零陵先廢而後弑也。曰猶不勤，哀怨之詞也。」

〔一三〕卜生善斯牧，卜生，卜式。善斯牧，善於牧羊。《漢書·卜式傳》：「式布衣草蹻而牧羊，上過其羊所，善之。式曰：非獨羊也，治民亦猶是也。以時起居，惡者輒去，毋令敗群。上奇其言，欲試以治民。」案：卜生所以爲善牧，在「惡者輒去」一條原則。而這條原則，數術家視爲改朝换代的手段。許芝奏啟曹丕應該代漢稱帝，曾引《京房易傳》云：「凡爲王者，惡者去之，弱者奪之，易姓改代，天命應常。」卜生善斯牧，寓言劉裕翦滅晉朝宗室之强者，如司馬休之等，爲篡奪作準備，如卜生「惡者輒去之」之善牧。

〔一四〕安樂不爲君，用劉賀臣安樂不盡忠言事，託言東晉臣僚不忠晉室。山陽、安樂事見《漢書·昌邑王賀傳》及《龔遂傳》。漢獻帝遜位爲山陽公，即襲用昌邑王故事。

〔一五〕平王去舊京，《晉書·安帝紀》：「元興二年十二月壬辰，(桓)玄篡，以帝爲平固王。辛丑，帝蒙塵于尋陽。」平王，喻平固王，指遜位之晉安帝。去舊京，去建業赴尋陽也。

〔一六〕峽中納遺薰，以越王子搜被迫爲王喻晉恭帝被迫繼位。《晉書·安帝紀》：「初讖言，昌明之後有二君。劉裕將爲禪代，故密令王韶之縊帝，而立恭帝，以應二帝。」史家謂恭帝之被迫繼位，同於王子搜之被迫爲王。《恭帝紀》史臣曰：「若乃世遇顛覆，則恭皇斯甚。於越之民，詎薰丹穴？」

越民薰丹穴，即指王子搜事。《莊子・讓王》：「越人三世弑其君，王子搜患之，逃乎丹穴。而越國無君，求王子搜不得，從之丹穴。王子搜不肯出，越人薰之以艾；乘以玉輿。王子搜援綏登車，仰天而呼曰：君乎！君乎！獨不可以舍我乎！」

〔一七〕雙陽甫云育二句，雙陽，重日，寓言昌字。甫云育，方曰有子。雙陽甫云育，寓言司馬昌明既已生子，似乎可以延長晉朝江山。據《晉書・孝武帝紀》，晉簡文曾見「晉祚盡昌明」的讖文。及子孝武帝生，無意中竟爲取名昌明。因流涕悲歎，以爲晉祚已盡。但是晉孝武死後，子安帝嗣位，晉朝並未盡於昌明，故曰雙陽云育。

〔一八〕三趾顯奇文，三趾，三足，指三足烏。直承上句昌明剛剛有子繼位，是説禪代之説又起。三足烏，晉初曾以之爲代魏的祥瑞。《晉諸公贊》：「世祖時，西域獻三足烏。遂累有赤烏來集此昌陵後縣。案昌爲重日，烏者，日中之烏，有託體陽精，應期曜質，以顯至德者也。」而今言奇文，是説讖緯之言，本爲晉瑞，今則反爲宋瑞矣。《宋書・武帝紀》：「晉帝禪位于王，詔曰，故四靈效瑞，川岳啟圖。瞻烏爰止，允集明哲，夫豈延康有歸，咸熙告謝而已哉！」延康有歸指漢禪魏，咸熙告謝指晉篡魏。可見宋人確認烏是代晉的祥瑞之一。

〔一九〕王子愛清吹二句，以神話故事託言晉恭帝遜位被害。王子，王子晉，託言東晉。日中，午，典午，亦託言晉。翔，遊遨。河汾，晉地。遊遨河汾，託言禪代事。《梁書・武帝紀》載禪位策云：「一駕河汾，便有窅然之志，暫適箕嶺，即動讓王之心。」逯按：《莊子・逍遥遊》：「堯往見四子於汾水之陽，窅然喪其天下焉。」此陶詩梁策之所本。二句以王子晉年十七而死喻晉朝在劉裕把持下十七年而亡，典午政權至此以禪代告終。

〔二〇〕朱公，陶自稱。湯注：「朱公者，陶也。」越范蠡自稱陶朱公，詩本此。　練九齒，齒，年，九齒，長年，練九齒，練養生術。

〔二一〕世紛，人間世糾紛。

〔二二〕峨峨，高大貌。　西嶺，西山。　伯夷、叔齊隱居西山，不食周粟，采薇充飢，終於餓死。詩以峨峨西山内言夷、齊節概。

〔二三〕偃息，卧牀不起。《詩經·小雅·北山》：「或偃息在牀。」陶六十歲前後，長期卧病。

〔二四〕天容，陶注説是天老、容成。天老、容成，傳説黄帝時二術士。逯按：天容，天人之容，即出衆人物的高大形象，指伯夷、叔齊。

〔二五〕彭殤，彭，老彭，彭祖。殤，夭亡的小兒。　非等倫，不一樣，不能等量齊觀。

責　子

李本、曾本、蘇寫本題下有注云，舒儼、宣俟、雍份、端佚、通佟，凡五人，舒、宣、雍、端、通，皆小名也。又曾本注，俟，一作俟。佟，一作俗。蘇寫本云，俟，一作俟。

白髮被兩鬢，肌膚不復實。雖有五男兒，總不好紙筆。阿舒已二八，曾本云，一作十六。懶惰故曾本云，一作固。無匹。阿宣行志學〔一〕，而不愛文術。雍端年十三，不識

曾本云，一作放。

六與七。通子垂九曾本云，一作六。齡〔二〕，但覓蘇寫本作念。注，一作覓。曾本云，宋本作念。梨與栗。天運苟如此〔三〕，且進杯中物。

〔一〕行，將要。　志學，指十五歲。

〔二〕垂，將及。

〔三〕天運，天命。

有會而作〔一〕

舊穀既没，新穀未登〔二〕，頗爲老農，而值年災，日月尚悠〔三〕，爲患未已。登歲之功〔四〕，既不可希，朝夕所資，煙火裁通〔五〕。旬日已來，始曾本云，一作日。念飢乏，歲云夕矣，慨然永懷〔六〕，今我不述，後生何聞哉！

弱年逢家乏，老至更長飢〔七〕。菽麥實所羨〔八〕，孰敢慕甘肥〔九〕！惄如亞九曾本、蘇寫本云，一作惡無。飯〔一〇〕，當暑厭寒衣。歲月將欲暮，如何辛苦曾本、蘇寫本云，一作足新。悲。常善粥者心〔一一〕，深念各本作恨。曾本云，一作念。今從何校宣和本。蒙袂非〔一二〕。嗟來何足吝〔一三〕，徒没空自遺〔一四〕。斯濫豈攸各本作彼，又曾本、蘇寫本云，一作攸。今從何校宣和本。志〔一五〕，固窮夙所歸〔一六〕。餒也已矣夫，在昔余多師。

〔一〕據史傳，江州刺史檀道濟，曾往候陶淵明，並饋以粱肉，陶麾而去之。詩蓋爲此類事而作，有會，有所領會。詩是寓有深意的。

〔二〕登，收成。

〔三〕悠，遠。久遠。

〔四〕登歲，豐收年。　功，收效。

〔五〕裁，纔。

〔六〕永懷，詠懷。

〔七〕更，經歷。

〔八〕菽，豆。

〔九〕甘肥，指粱肉。

〔一〇〕惄如，飢餓的狀詞。《詩經・周南・汝墳》：「惄如調飢。」　亞九飯，陶注：「《説苑》：子思居衛，三旬九遇食。澍常飢，亦三旬九食之亞也。」逯按：亞九飯終不可通，陶注牽強。三字原應作無惡飯，無惡飯與厭寒衣對舉，以寫衣食之缺，飢寒之切。無惡倒誤爲惡無，又誤作亞九耳。無，古或寫无，與九字形近易訛。

〔一一〕粥者心，施粥人心腸。丁注：「此指黔敖而言。《禮記・檀弓》：齊大飢，黔敖爲食於路，以待飢者而食之。有飢者，蒙袂輯屨貿貿然來。黔敖左奉食，右執飲，曰：嗟，來食！揚其目而視之，曰：「予惟不食嗟來之食，以至於斯也。」從而謝焉。終不食而死。」

〔一二〕深念蒙袂非，反語憤辭。

〔一三〕吝，恨。

〔一四〕徒没，白白死去。　自遺，自己給自己留下悲戚，指自己餓死。自遺，用《詩經·小明》「自詒伊戚」義，遺與詒通。

〔一五〕斯濫，《論語·衛靈公》：「君子固窮，小人窮斯濫矣。」濫，無操守。攸，所。

〔一六〕夙所歸，平素所嚮往者。

蜡日〔一〕

風雪送餘運〔二〕，無妨時已和。梅柳夾門植，一條有佳花。曾本云，一作葩。我唱爾言得，酒中適何海録碎事引作句。多！未能曾本云，一作知。明多少〔三〕，章山有奇歌〔四〕。

〔一〕蜡，年終祭名。

〔二〕餘運，歲暮。

〔三〕多少，指酒中快樂。

〔四〕章山，鄣山，即石門山。《水經注》二十九：「廬山之北，有石門水，其下入江南嶺，即彭蠡澤西天子鄣也。」廬山諸道人《遊石門山詩序》：「石門在精舍南十餘里，一名鄣山。」

陶淵明集卷之四

詩五言

擬古九首〔一〕

榮榮窗下曾本云，一作後窗。蘭〔二〕，密密堂前柳〔三〕。初與君别時，不謂行當久。出門萬里客，中道逢嘉友。未言心相醉，曾本云，一作解。不在接杯酒。蘭枯曾本云，一作空。柳亦衰，遂令此言負。曾本、蘇寫本云，一作時没身還朽。焦本云，一作時没身還朽，非。多謝諸少年，相知不中李本、焦本作忠。曾本云，一作相，又作在。焦本云，一作相，非。和陶本作在，注云，一作中。厚〔四〕。蘇寫本云，一作相厚。意氣傾人命〔五〕，離隔復何有〔六〕。

〔一〕九首當作於宋武帝永初元年（公元四二〇）前後。

〔二〕窗下蘭，蓋以庭蘭喻本人才德。見《飲酒》詩「幽蘭生前庭」篇注。

〔三〕堂前柳，陶宅前有五柳樹，此引以起興。又據《晉書》，陶侃嘗課諸營種柳，則此堂前柳，蓋在隱喻曾祖勳德名望。

〔四〕不中厚，不够厚道。

〔五〕傾人命，坑害人命。

〔六〕何有，有何難。《吴志·虞翻傳》：「孫權曰：曹孟德尚殺孔文舉，孤於虞翻何有哉！」

辭家夙嚴駕〔一〕，**當往志**蘇寫本作至。曾本云，一作至。**無終**〔二〕。**問君今何行？非商復非戎。**李本誤作戒。**聞有田子泰**〔三〕，李本、曾本、蘇寫本、焦本皆作春。曾本又云，一作泰。**節義爲士雄。斯人久已死，鄉里習其風。生有高世名，既没傳無窮。不學狂**曾本、蘇寫本云，一作驅。焦本云，一作驅，非。**馳子，直在百年中**〔四〕。

〔一〕夙嚴駕，夙，早晨。嚴駕，裝上車子。

〔二〕志無終，志，嚮往；無終，指田疇。

〔三〕聞有田子泰二句，李注：「田疇，漢北平無終人。時董卓遷帝于長安。幽州牧劉虞，欲遣使奔問行在，無其人。聞疇奇士，乃署爲從事。疇將行道，路阻絶，遂循間道至長安致命。」逯按：田疇字子泰，其行事見《魏志》。此詩是回憶元興三年東下參與劉裕起義兵事寫的。詳見《事迹詩文繫年》。

〔四〕直在百年中，謂死後即寂寞無聞。百年，一生。

仲春遘時雨〔一〕，始雷發歲華紀麗作鳴。東隅〔二〕。衆蟄各潛駭〔三〕，草木從横曾本云，一作此，一作是。蘇寫本云，一作此。和陶本云，一作是。焦本云，一作此，非。舒〔四〕。翩翩新來燕〔五〕，雙雙入我廬。先巢故尚在〔六〕，相將還舊居。自從分別來，門庭日荒蕪。我心固匪石〔七〕，君情定何如。

〔一〕仲春，二月。　遘時雨，遇到及時雨。

〔二〕始雷發東隅，始雷，二月春雷。發東隅，從東方響起。以二月春雷喻劉裕二月舉義兵。《晉書·五行志》：「桓玄初改年大亨，遐邇歡言曰：二月了。故義謀（劉裕舉義之謀）以仲春發也。」又據《歸去來兮辭序》，陶稱劉裕等爲諸侯，而《逸周書·時訓解》云：「雷不發聲，諸侯失民。」可見以「始雷發東隅」比喻劉裕起兵，亦本之《逸周書》。

〔三〕衆蟄，各種冬眠蟄蟲。　潛駭，暗中驚覺。

〔四〕從横，舒展貌。從即縱字。

〔五〕翩翩新來燕二句，喻晉安帝兄弟被遷尋陽。

〔六〕先巢故尚在二句，喻晉安帝復辟返京師。《宋書·武帝紀》：「晉安帝進宋公爵爲王，詔曰：相國宋公，拯朕躬於巢幕，迴靈命於已崩。」陶以巢燕比晉安帝，與此同。

〔七〕我心固匪石，《詩經·邶風·柏舟》：「我心匪石，不可轉也。」

迢迢百尺樓，分明望四荒〔一〕。暮作歸雲宅，朝爲飛鳥堂。山河滿目中，平原獨焦本作轉。曾本云，一作轉。茫茫〔二〕。古時功名士，慷慨爭此場；一旦百歲後，相與還北邙〔三〕。松柏爲人伐，高墳互和陶本作牙，案牙乃㸦之誤，㸦即互字。低昂；頹基無遺主〔四〕，遊魂在何方？榮華誠足貴，亦復可憐傷！

〔一〕四荒，遥遠的四方。

〔二〕茫茫，遠貌。蒼茫無邊。

〔三〕北邙，山名，在洛陽東北，後漢、西晉時代的墓地。

〔四〕頹基，傾塌的墳塋。

東方有一士，被服常不完。三旬九遇曾本云，一作過。食〔一〕，十年著一冠。辛苦曾本、焦本作勤。曾本又云，一作苦。無此比，常有好容顔。我欲觀其人，晨去越河關。青松夾路生，白雲宿簷端。知我故來意，曾本云，一作時。案時當爲來字異文。取琴爲曾本云，一作與。我彈：上絃驚别鶴，下絃操孤鸞〔二〕。願留就君住，從今至歲寒〔三〕。

〔一〕三旬九遇食，一月吃到九頓飯。用子思故事。《説苑·立節篇》：「子思居衛，貧甚，三旬而九食。」

〔二〕別鶴、孤鸞，琴曲名。這裏比喻孤高隱士。

〔三〕至歲寒，言堅持晚節。《論語·子罕》：「歲寒，然後知松柏之後凋也。」

蒼蒼谷中樹，冬夏常如茲。年年見霜雪，誰謂不知時〔一〕**？厭聞世上語，結友**和陶本作交。曾本云，一作交。**到臨淄**〔二〕**，稷下多談士**〔三〕**，指彼**蘇寫本作往。注，一作彼。曾本、和陶本云，一作往。**決吾**曾本云，一作狐。**疑**〔四〕。曾本云，一作柏社決五疑。**裝束既有日，已與家人辭；行行停出門，還坐更自思。不怨道里長，但畏人我欺；萬一不合意**〔五〕**，永爲世笑之。**焦本作嗤，注，一作之，非。曾本云，一作嗤。**伊懷難具**蘇寫本作誰與，注，一作難具。**道，爲君作此詩。**

〔一〕湯注：「前四句興而比，以言吾有定見而不爲談者所眩，似謂白蓮社中人也。」逯按：釋慧遠在廬山結白蓮社，以佛教義討論人生問題，參與者多貴族名士，有如齊之稷下。《蓮社高賢傳》云：「時遠法師與諸賢結蓮社，以書招淵明。淵明曰：若許飲則往。許之，遂造焉。忽攢眉而去。」此詩所指當即此一班和尚名士。湯説甚爲有見。又白蓮結社在義熙九年前後。

〔二〕臨淄，戰國時齊國都城。

〔三〕稷下，地名，在臨淄城内。《史記·孟荀列傳》：「齊之稷下，如淳于髡、慎到、環淵、接子、田駢、騶奭之屬，各著書言治亂之事，以干世主。」

〔四〕決吾疑，解決我的疑難問題。

〔五〕不合意，與談士們意見不合。

日暮天無雲，春風扇微和。佳人美清夜〔一〕，達曙酣且歌〔二〕。歌竟長歎息，持此感人多。皎皎文選、玉臺新詠作明明。雲間月，灼灼葉中華〔三〕，和陶本作花。文選、玉臺新詠同。豈無一時好，不久當如何！

〔一〕美，贊美，喜愛。

〔二〕達曙，直到天明。　酣，飲酒。

〔三〕灼灼，燦爛貌。

少時壯且厲〔一〕，撫劍獨行遊。誰言行遊曾本云，一作道。近？張掖至幽州〔二〕。飢食首陽薇〔三〕，渴飲易水流。不見相知人，惟見各本云，一作純是。和陶本作純見。古時丘。路邊兩高墳，伯牙與莊周。此士難再得，吾曾本云，一作君。行欲何求。

〔一〕厲，猛烈。

〔二〕張掖至幽州，以遠遊言出仕謀取功名之切。一指有志立邊功，爲國申威。《漢書·地理志》：「張掖郡，故匈奴昆邪王地，武帝太初元年開。」應劭曰：「張國臂掖，故曰張掖也。」一指本人有幽州田子泰義行。詳「辭家夙嚴駕」篇注。

〔三〕飢食首陽薇二句，湯注：「首陽、易水，亦寓憤世之意。」逯按：此憤世之意，分見《述酒》及《詠荊軻》詩。

種桑長江邊〔一〕，三年望當採〔二〕。枝條始欲茂，忽值山河曾本、蘇寫本云，一作川。**改。柯葉自摧折〔三〕，根株浮滄海。春蠶既無食，寒衣欲誰待？本不植高原，今日復何悔！**

〔一〕種桑長江邊，比喻東晉偏安江南。西晉初，人們率以桑爲晉之祥瑞。傅咸《桑樹賦序》云：「世祖（司馬炎）爲中壘將，於直廬種桑一株。迄今三十餘年，其茂盛不衰。」又賦云：「惟皇晉之基命，爰於斯而發祥。」詩本此義而申言東晉。

〔二〕三年望當採，寓言劉裕立晉恭帝既已三年，似可作出成績。黄文焕曰：「劉裕以戊午年十二月，立琅邪王德文，是爲恭帝。庚申二年而裕逼禪矣。帝之年號雖止二年，而初立則在戊午，是已三年也。望當採者，既經三年，或可以自修内治，奏成績也。長江邊豈種桑之地，爲裕所立，而無以防裕，勢終受制。」

〔三〕柯葉以下六句，程傳曰：「柯葉枝條，蓋指司馬休之之事。休之拒守荆州，而道賜發宣城，楚之據長社。迨劉裕克江陵，奔亡相繼，而晉祚始斬，故以春蠶無食，寒衣無待況之。其必作於元熙以後無疑也。」姚培謙《陶謝詩集》：「翁同龢曰：此數首皆在晉亡之後，故有飢食首陽薇，忽值山河改之語。」按諸家注，此詩作於永初元年前後無疑。

雜詩十二首

人生無根蔕〔一〕，飄如陌上塵。分散逐風轉，此已非常身〔二〕。落地爲蘇寫本作流落成。曾本云，一作流落成。焦本云，一作流落成，非。兄弟〔三〕，何必骨肉親！得歡當作樂〔四〕，斗酒聚比鄰。盛年不重來，一日難再晨；及時當勉勵〔五〕，歲月不待人。

〔一〕無根蔕，與草木各連根蔕者不一樣。

〔二〕非常身，常身，合乎常理的實體。指具有根蔕而一枯一榮的草木等植物。非常身，指異於植物的人類。《形影神》：「草木得常理，霜露榮悴之。謂人最靈智，獨復不如茲。」可與此互證。

〔三〕落地爲兄弟，落地，一落胎胞。爲兄弟，《論語・顔淵》：「四海之内，皆兄弟也。」陶用此義又有引申。

〔四〕得歡，遇到歡悦時。

〔五〕勉勵，勉勵爲善事。

白日淪西河〔一〕，何校宣和本作阿。曾本云，一作阿。素月出東嶺。遥遥萬里暉，李本、曾本、焦本作輝。蘇寫本、和陶本作暉。蕩蕩曾本云，一作迢迢。空中景。風來入房户，夜中蘇寫本作中夜。曾本云，一作中夜。枕席冷。氣變悟時易〔二〕，曾本、蘇寫本云，一作異。不眠知夕和陶本作夜。永。欲言無予曾本云，一本或，又作餘。蘇寫本作余。和〔三〕，揮杯勸孤影。日月擲曾本云，一作㮰，又作掃。人去〔四〕，有志不獲騁〔五〕。念此懷悲悽，終曾本作中。注，一作終。曉不能靜〔六〕。

〔一〕淪，落。

〔二〕時易，時節變。

〔三〕無予和，無和予者。

〔四〕擲，抛開。

〔五〕騁，馳騁，盡量奔跑。

〔六〕終曉，從夜直到天亮。

榮華難久居，盛衰不可量。昔爲三春蕖，曾本云，一作英。今作秋蓮房。嚴霜結野草，枯悴未遽央〔一〕。日月有環周，焦本作環復周。注，宋本環復周，一作有環周，非。曾本云，一作復，又作還復周。蘇寫本云，一作復。我去不再陽〔二〕。眷眷往昔時，憶此斷人腸。

〔一〕遽央，馬上完了。黄文焕曰：「半死半生之況，尤爲慘戚。未遽央三字，添得味長。」

〔二〕再陽，復生。古注：「《莊子・齊物論》：近死之心莫使復陽也。《釋文》：陽謂生也。陸士衡《短歌行》：華不再陽。」

丈和陶本誤作文。夫志四海〔一〕，我願不知老〔二〕。親戚共一處，子孫還相保。觴絃肆朝日〔三〕，罇中酒不燥。緩帶盡歡娱，起晚眠常早。孰若當世士，冰炭滿懷抱〔四〕。百年歸曾本、蘇寫本云，一作掃。焦本云，一作掃，非。丘壟〔五〕，曾本云，一作掃壟。用此空名道〔六〕！

〔一〕丈夫志四海，是説别人。

〔二〕我願不知老，古注：「《論語》：發憤忘食，樂以忘憂，不知老之將至云爾。」

〔三〕觴絃，杯酒絃歌。　肆朝日，肆，陳列；朝日當作朝夕。

〔四〕冰炭，水火相激，指内心衝突。

〔五〕丘壟，指墳墓。

〔六〕空名，丈夫虚名。

憶我曾本云，一作爲，又作昔。蘇寫本云，一作昔。少壯時，無樂自和陶本作亦。欣豫〔一〕。猛志逸四海〔二〕，騫曾本、蘇寫本云，一作輕。翮思遠翥〔三〕。荏苒歲月頹〔四〕，此心稍已去；值歡無復娛〔五〕，每每多憂慮。氣力漸衰損，轉覺日不如。壑舟無須臾〔六〕，引我不得住〔七〕。前塗當幾許？未知止泊曾本、蘇寫本云，一作宿。處。古人惜寸陰〔八〕，念此使人懼。

〔一〕無樂，雖無可樂事。

〔二〕逸四海，超越四海。

〔三〕騫（qiān千）翮（hé禾），高舉翅膀。　遠翥（zhù助），遠飛。

〔四〕荏苒（rěn rǎn忍染），逐漸。　歲月頹，時光淪没。

〔五〕值歡，遇到歡心事。

〔六〕壑舟，代指時光。以大壑急流之船，比喻時光飛逝。　須臾，短暫時間。

〔七〕不得住，不得常住不變。

〔八〕惜寸陰，《晉書·陶侃傳》：「大禹聖者，乃惜寸陰；至於衆人，當惜分陰。」古注：「《淮南子》：聖人不貴尺之璧，而貴寸之陰，時難得而易失也。」

昔聞長老李本、曾本、蘇寫本、焦本作者。曾本、蘇寫本注，一作老。言〔一〕，掩耳每曾本云，一作常。不喜。奈何五十年〔二〕，忽已親此事。求我盛年曾本、蘇寫本云，一作時。歡〔三〕，一毫無復意〔四〕。

去去轉欲遠，此生豈焦本作難。注，一作豈，非。曾本、蘇寫本云，一作難。再值〔五〕。傾家持李本、曾本、蘇寫本、和陶本作時。又曾本云，一作特，又作持此。按持此當是持作異文。焦本云，一作時，非。作蘇寫本云，一作持此。樂〔六〕，竟和陶本作競。此歲月駛〔七〕。有子不留金，何用身後置！蘇寫本云，宋本作事。曾本云，一作事。

〔一〕昔聞長老言，丁注：「陸機《歎逝賦序》：昔每聞長老，追計平生同時親故，或凋落已盡，或僅有存者。」

〔二〕五十年，陸游《劍南詩稿·讀淵明詩》：「淵明甫六十，遽覺前途迮。作詩頗感慨，自謂當去客。」逯按：前途窄、當去客，皆見下篇，則此五十年當時刻本蓋有作六十年者，故放翁云云。

〔三〕盛年歡，李注：「男子自二十一至二十九則爲盛年。」

〔四〕一毫無復意，無復一毫意。

〔五〕再值，再遇到。

〔六〕傾家，傾家蕩産，用盡家財。　持作樂，持傾家之資飲酒作樂。

〔七〕駛，快速如馬跑。

日月不肯遲，四時相催迫。寒風拂枯條，落葉掩曾本、蘇寫本云，一作滿。長陌〔一〕。弱質與曾本作興。注，一作與。焦本云，一作興，非。運頹〔二〕，曾本云，一作頽齡。玄鬢早已白。素標插人曾本云，一作君。**頭**〔三〕**，前塗漸就窄。家爲逆旅舍**〔四〕**，我如當去客。去去欲何之，南山有舊宅**〔五〕**。**

〔一〕陌，東西街道。

〔二〕與運頹，隨着時間衰老。

〔三〕素標，指白髮。

〔四〕逆旅舍，迎賓客店。古注：「《列子·仲尼篇》：處吾之家，如逆旅之舍。」

〔五〕南山，指廬山。舊宅，當指陶氏墓地。

代耕本非望〔一〕**，所業在田桑。躬親**和陶本作耕。**未曾替**〔二〕**，寒餒**蘇寫本作餧。**常糟糠。豈期過**曾本云，一作遇。**滿腹，但願**和陶本作就。曾本云，一作就。**飽粳糧。御冬足**曾本云，一作禦冬乏。**大布**〔三〕**，粗絺以應陽**〔四〕**。正**蘇寫本、焦本作政。曾本云，一作政。和陶本作止。**爾不能得**〔五〕**，哀哉亦可傷！人皆盡獲宜，拙生失其方**〔六〕**。理也可奈何，且**焦本云，一作足，非。**爲陶一觴。**

〔一〕代耕，指當官。官吏取俸，不耕而食，故曰代耕。《孟子·萬章》：「下士與庶人在官者同祿，祿足以代其耕也。」本非望，原非所望。

〔二〕替，廢棄。

〔三〕大布，粗布。《左傳·閔公二年》杜注：「大布，粗布。」

〔四〕陽，夏日。

〔五〕正爾，正是如此。

〔六〕拙生，拙於謀生。

遥遥從羈役〔一〕，一心處兩端〔二〕。掩淚泛東逝〔三〕，李本作遊，餘本作逝，今從之。順流追時遷〔四〕。日没星與昴〔五〕，勢翳西山巔〔六〕。蕭條隔天涯〔七〕，惆悵念常飡。和陶本作餐。慷慨思南歸，路遐無由緣〔八〕，關梁難虧替〔九〕，絶音寄斯篇。

〔一〕羈役，旅外差役。

〔二〕一心處兩端，黄文焕曰：「身在途而心在家也。」

〔三〕東逝，東下。

〔四〕追時遷，跟着時光轉徙。

〔五〕星與昴，昴，星名。《詩經·召南·小星》：「嘒彼小星，維參與昴。夙夜宵征，實命不猶。」此以星與昴指宵征之苦。

〔六〕勢翳西山巔，勢，指參、昴星宿形勢，翳，隱没。此句是説星昴隱没于西山頭。

〔七〕蕭條，荒涼寂寥。

〔八〕路遐，路遠。　無由緣，無從遵循。

〔九〕關梁難虧替，關梁，關津，水陸要道。　虧替，破損，廢除，即平除。　關梁難于平除，即水陸不易通行。何注：「《楚辭》所謂關梁閉而通。」

閑居執蕩志〔一〕，**時駛不可稽**〔二〕。**驅役無停**曾本、蘇寫本云，一作休。**息**〔三〕，**軒裳逝**曾本云，一作遊。**東崖**〔四〕。**泛舟擬董司**〔五〕，各本作沉陰擬薰麝。又曾本云，一作泛舟擬董司。**寒氣激我懷**。曾本、蘇寫本云，一作泛舟董司寒，悲風激我懷。焦本云，一作泛舟擬董司，悲風激我懷。**歲月有常御**〔六〕，**我來淹已彌**〔七〕。**慷慨憶綢繆**〔八〕，**此情久**曾本云一作少。**已離**〔九〕。**荏苒經十載，暫爲人所羇**。和陶本作羈。**庭宇翳餘木，倏忽日月虧**〔一〇〕。

〔一〕執，堅持。　蕩志，狂放的意志。

〔二〕時駛，時光疾速。　稽，停留。

〔三〕驅役，差遣徭役。

〔四〕軒裳，軒，車；裳，車帷。　逝東崖，去東海角落。指當時建康一帶。

〔五〕擬董司，擬當是詣之訛字。　詣，去見尊長。　董司，都督軍事者。《晉書·謝玄傳》：「復令臣荷戈前驅，董司戎首。」據《晉書·安帝紀》，元興三年，劉裕伐桓玄，爲使持節、都督揚徐兗豫青冀幽并八州諸軍事，董司當指劉裕。

〔六〕常御，常規的運行。

〔七〕彌，滿期。

〔八〕綢繆，指經營國事。

〔九〕此情，指作官心情。

〔一〇〕倏忽，快速的狀詞。　日月虧，歲月消耗殆盡。

我行未云遠〔一〕，回顧慘風涼〔二〕。春燕應節起，高飛拂塵梁。邊曾本云，一作皃。案六朝人寫邊爲邉，遂誤皃字。雁悲曾本云，一作照。無所〔三〕，代謝歸北鄉〔四〕；離鵾鳴清池〔五〕，涉暑曾本云，一作暮。經秋霜〔六〕。愁人難爲辭，遥遥春曾本云，一作喜。夜長。

〔一〕未云遠，不久。云，語助詞。

〔二〕慘，悽然。涼風的狀詞。

〔三〕無所，無住處。

〔四〕代謝，更迭，輪换。言一群飛去，一群又到。

〔五〕鵾，水鳥。

〔六〕涉暑，經歷暑天。

嫋嫋松標雀〔一〕，各本作崖。曾本云，一作雀，今從之。婉孌柔童子〔二〕。年始三五間〔三〕，喬柯何可倚〔四〕？蘇寫本云，一作柯。條何滓滓，曾本、焦本同。曾本、焦本又云，又作華柯真可寄。養色含津氣〔五〕，粲然有心理〔六〕。和陶本無此篇。

〔一〕嫋嫋（niǎo niǎo 鳥鳥），幼小柔弱貌。

〔二〕婉孌（wǎn luán 宛巒），年輕貌美。《詩經·大雅·甫田》：「婉兮孌兮。」傳：「婉孌，少好貌。」

〔三〕三五間，十五歲左右。

〔四〕喬柯，高枝。

〔五〕津氣，靈氣。

〔六〕粲然，鮮明貌。　心理，神理。

詠貧士七首

萬族各初學記作皆。有託〔一〕，孤雲獨無依。曖曖空初學記作虛。中滅〔二〕，何時見餘初學記作殘。暉〔三〕。文選作輝。朝霞開宿霧，衆鳥相與飛；遲遲出林翮，未夕蘇寫本作久。曾本云，一作久。復來歸。曾本、蘇寫本云，一作未夕已復歸。焦本云，一作已復歸，非。量力守故轍〔四〕，豈不寒與飢？知音苟不存，已矣何所悲。曾本、蘇寫本云，一作當告誰。

〔一〕萬族，萬物。

〔二〕曖曖，雲影昏暗貌。

〔三〕餘暉，殘餘日光。

〔四〕故轍，平素生活道路。

此詩孤雲、出林翮，皆作者自比。

淒厲曾本云，一作戾。初學記作戾。**歲云**初學記作將。**暮**〔一〕，**擁**曾本云，一作短。焦本云，一作短，非。**褐曝前**初學記誤作抱南。**軒**〔二〕。**南**初學記作前。**圃無遺秀**〔三〕，**枯條盈北園。傾壺絕**曾本云，一作㢮。**餘瀝**〔四〕，**闚竈不見煙。詩書塞座外，日昃不遑研。**初學記作白日去不還。**閑**李本誤作間。**居非陳厄**〔五〕，**竊有慍見言。何以慰吾懷**〔六〕？**賴古多此賢。**

〔一〕淒厲，寒冷貌。

〔二〕曝，晒太陽。

〔三〕遺秀，餘穗。

〔四〕餘瀝，殘餘酒滴。

〔五〕閑居非陳厄二句，《論語·衛靈公》：「在陳絕糧，從者病，莫能興。子路慍見曰：君子亦有窮乎！子曰：君子固窮，小人窮斯濫矣。」詩本此又有引申。

〔六〕何以慰吾懷二句，此賢，指下列各篇所詠古人。時無知音，故舉古人以自慰。

榮叟老帶曾本、蘇寫本云，一作縈。**索**〔一〕**，欣然方彈琴；原生納決履**〔二〕**，**李本、和陶本作屨。曾本、蘇寫本作屨。注云，一作履。**清歌暢商**李本、蘇寫本、和陶本作高。焦本云，宋本商，一作高，非。**音。重華去我久**〔三〕**，**曾本云，一作去我重華久。**貧士世相尋**〔四〕**。弊襟**初學記作斂袂。**不掩肘**〔五〕**，藜羹常乏**初學記作乏恒。**斟**〔六〕**。豈忘襲輕裘**〔七〕**？苟得非所欽**〔八〕**。賜也徒能辯**〔九〕**，乃不見吾心。**

〔一〕榮叟，榮啓期，注見《飲酒》詩。

〔二〕原生，原憲。古注：「《韓詩外傳》曰：原憲居魯，子貢往見之。原憲應門，振襟則肘見，納履則踵決。子貢曰：嘻！先生何病也？憲曰：憲貧也，非病也！仁義之匿，車馬之節，憲不忍爲也。子貢慚，不辭而去。憲乃徐步曳杖，歌商頌而返。聲淪於天地，如出金石。」

〔三〕重華，帝舜。

〔四〕相尋，相繼。

〔五〕不掩肘，蓋不住胳膊。

〔六〕藜羹，藜，紅心灰莛，藜羹，灰莛菜湯。常乏斟，菜湯缺乏米糝。《墨子·非儒》：「藜羹不糂。」

《呂覽》引作斟，《説文》：「糂，以米和羹也。古文糂從參。」《晉書・庾衮傳》：「歲大饑，藜羹不糝。」又《桑虞傳》：「日以米百粒，用糝藜藿。」

〔七〕襲，服用。

〔八〕苟得，苟且取得。

〔九〕賜，子貢，孔丘弟子。能辯，善巧辯。《史記・仲尼弟子列傳》：「子貢利口巧辭，孔子常黜其辯。」《論語・子罕》：「子貢曰：有美玉於斯，韞匵而藏諸，求善賈（價）而沽諸？子曰：沽之哉！沽之哉！我待賈者也。」詩言賜辯，蓋指此。

安貧守賤者，自古有黔婁〔一〕。好爵吾不縈〔二〕，李本、曾本、蘇寫本、和陶本作榮。藝文類聚作弗營。厚饋曾本云，一作餽。吾不酬〔三〕。一旦壽命盡，蔽覆李本、曾本、蘇寫本、焦本作弊服。仍焦本作乃，藝文類聚同。曾本、蘇寫本云，一作蔽覆乃。焦本作弊服乃，注云，一作蔽覆仍，非。不周〔四〕。豈不知其極〔五〕，非道故無憂〔六〕。從來將千載，未復見斯和陶本作茲。儔〔七〕。朝與仁義生，夕死復何求？

〔一〕黔婁，丁注：「《高士傳》：黔婁先生者，齊人也。修身清節，不求進於諸侯。魯恭公聞其賢，遣使致禮，賜粟三千鍾，欲以爲相，辭不受。齊王又禮之，以黃金百斤聘爲卿，又不就。」

〔二〕好爵，好的爵位。　不縈，不係戀於心。

〔三〕不酬，不接受。

〔四〕蔽覆仍不周，破衣被蓋不緣身體。《列女傳·魯黔婁妻傳》：「先生死，曾子與門人往弔之。其妻出户，曾子弔之。上堂，見先生之尸在牖下。枕墼席稾，緼袍不表。覆以布被，手足不盡斂，覆頭則足見，覆足則頭見。」

〔五〕極，窮極。

〔六〕非道故無憂，用《論語》「憂道不憂貧」義，貧與道無關，所以不憂。

〔七〕斯儔，這等人物。

袁安困蘇寫本作門。曾本云，一作門。積雪〔一〕，邈然不可干；阮公見錢入〔二〕，即日棄其官。芻藁和陶本作蓲蒿。曾本、蘇寫本云，一作蓲蒿。有常温〔三〕，採莒和陶本作之。曾本、蘇寫本云，一作采之。足朝飡〔四〕。和陶本作餐。豈不實辛苦，所懼非飢寒。貧富常交戰〔五〕，道勝無戚曾本、蘇寫本云，一作厚。焦本云，一作厚，非。顔。至德冠邦和陶本作鄉。閭〔六〕，清節映西關〔七〕。

〔一〕袁安，字劭公。後漢汝南南陽人。《汝南先賢傳》：「時大雪，洛陽令自出案行。至袁安門，無有行路，謂安已死。令人除雪入户，見安僵卧，問何以不出？答曰：大雪，人皆餓，不宜干人。令以爲賢，舉爲孝廉。」

〔二〕阮公二句，其人其事不詳。

〔三〕芻藁有常温，芻藁，乾草禾稭。古注：「《史記·秦始皇本紀》：下調郡縣，轉輸芻藁，案芻藁本供馬食，而貧者藉之以眠，故曰有常温也。」

〔四〕採莒足朝飡，古注：「何焯曰：莒，疑作稆《後漢書·獻帝紀》：尚書郎自出採稆。注云：稆音吕，與穭同。案《晉書·殷仲堪傳》，抄略所得，多採稆飢人，又《隱逸·夏統傳》，每採稆求食。採稆二字，史傳常見，莒爲稆之訛無疑矣。」

〔五〕貧富常交戰，何注：「《韓非子》曰：子夏曰：吾入見先王之義，出見富貴，二者交戰於胸，故臞；今見先王之義戰勝，故肥也。」

〔六〕冠邦閭，爲本郡本村之冠，指袁安。

〔七〕西關，蓋指阮公故里。

仲蔚愛窮居〔一〕，遶宅和陶本作屋。初學記同。生蒿蓬。翳然絶交游，賦詩頗能工。舉世無知者，和陶本作音。曾本云，一作音。焦本云，一作音，非。止曾本云，一作正。有一劉龔。此士胡獨然〔二〕？實由罕所同。介焉安其業〔三〕，曾本云，一作棄本安其末。所樂非初學記誤作相。窮通〔四〕。人事固以蘇寫本、和陶本作已。曾本云，一作已。初學記作已。拙，聊得長相初學記作自。從。

〔一〕仲蔚，張仲蔚。後漢人。丁注：「《高士傳》：張仲蔚者，平陵人也。隱身不仕，善屬文，好詩賦。常居窮素，所處蓬蒿没人。時人莫識，唯劉龔知之。」

〔二〕獨然，單獨如此。

〔三〕介焉，形容耿介的狀詞。

〔四〕所樂非窮通，湯注：「《莊子》：古之得道者，窮亦樂，通亦樂，所樂非窮通也。」

昔在曾本、蘇寫本云，一作有。**黄子廉**〔一〕，**彈冠佐名州**〔二〕。**一朝辭吏歸，清貧略難儔**〔三〕。**年饑感仁妻**〔四〕，曾本、蘇寫本云，一作人事。**泣涕向我流。丈夫雖有志**〔五〕，**固爲兒女**曾本、蘇寫本云，一作孫。**憂。惠孫一晤歎**〔六〕，**腆贈竟莫酬**〔七〕。**誰云固窮難？**曾本、蘇寫本云，一作節。**邈哉此前**李本作何。餘本作前，今從之。**修**〔八〕。

〔一〕黄子廉，湯注：「《三國志·黄蓋傳》云：南陽太守黄子廉之後。」王應麟《困學紀聞》：「《風俗通》云：潁川黄子廉每飲馬輒投錢于水。」逯案：上述黄子廉與陶所言未知是否一人。

〔二〕彈冠，彈去塵土使冠整潔，是説就要出仕。《漢書·王吉傳》：「王陽在位，貢公彈冠。」

〔三〕難儔，難比，難等同。

〔四〕仁妻，善良妻子。

〔五〕丈夫雖有志二句，程傳：「丈夫二句，其妻之言也。」

〔六〕惠孫，不詳。

〔七〕腆贈，厚饋。竟莫酬，終於未接受。

〔八〕前修，前代賢人。

詠二疏〔一〕

大象轉四時〔二〕，功成者自去。借問衰曾本、蘇寫本云，一作商。周來，幾人得其趣？游目漢廷中，二疏復此舉。高嘯返舊居，長揖儲君傅〔三〕。餞送傾皇朝，華軒盈道路。離別情所悲，餘榮何足和陶本作肯。顧〔四〕。事勝感行人〔五〕，賢哉豈常譽！厭厭閭里歡〔六〕，所營非近曾本云，一作正。務〔七〕。促席延故老，揮觴道平素。問金曾本云，一作爾。終寄心〔八〕，清言曉未悟〔九〕。放意樂餘年，遑恤身後慮〔一〇〕。誰云其人亡，久而道彌著。

〔一〕二疏，疏廣、疏受，漢蘭陵人。《漢書·疏廣傳》：「廣字仲翁，爲太子太傅。兄子受，爲太子少傅。在位五歲。廣謂受曰：知足不辱，知止不殆。今仕宦至二千石，名位如此，不去懼有後悔。即日上疏乞骸骨，宣帝許之。公卿大夫、故人邑子，設祖道供帳東都門外，送者車數百輛。觀者皆曰：賢哉二大夫。廣歸鄉里，日令家供具設酒食請族人與相娱樂。」

〔二〕大象，天。《老子》：「執大象。」王注：「大象，天象之母也。」功成者自去，《老子》：「功成名遂身退，天之道。」湯注：「蔡澤云：四時之序，功成者去。」

〔三〕長揖，辭謝。　儲君傅，太子師傅。

〔四〕何足，和陶本作何肯，較勝。

〔五〕事勝，勝事。

〔六〕厭厭，安逸貌。

〔七〕近務，平凡事務。

〔八〕問金終寄心，因爲子孫託人問金，最後向人托出他的全盤心思。《疏廣傳》：「廣既歸鄉里，日令家供具設酒食，請族人故舊賓客，與相娱樂。數問其家尚餘金有幾所，趣買以供具。居歲餘，廣子孫竊謂其昆弟老人廣所信愛者曰：子孫冀及君時，頗立産業基阯。今日飲食廢且盡，宜從丈人所，勸説君買田宅。老人即以閒暇時爲廣言此計。廣曰：我豈老悖不念子孫哉？顧自有舊田廬，令子孫勤力其中，足以供衣食，與凡人齊。今復增益之，以爲贏餘，但教子孫怠惰耳。」

〔九〕曉未悟，曉示不明白的人。

〔一〇〕遑恤身後慮，那有暇憂慮身後。《詩經·邶風·谷風》：「遑恤我後。」箋：「遑，暇也。恤，憂也。」此句本此，而變「我後」爲「身後慮」。慮，與恤重複。

詠三良〔一〕

彈冠乘通津〔二〕，但懼時我遺。服勤盡歲月〔三〕，常恐功愈微。忠曾本、蘇寫本云，一作中。情謬獲露〔四〕，遂爲君所私〔五〕。出則陪文輿，入必侍丹帷；箴規嚮已從，計議初無虧。曾本云，一作物無非。一朝長逝後〔六〕，願言同此歸。厚恩固曾本、蘇寫本云，一作心。難忘，君曾本云，一作顧。命蘇寫本云，一作顧命。安可違！臨穴罔惟焦本作遲。曾本、蘇寫本云，一作遲。疑〔七〕，投義志攸希〔八〕。荆棘籠高墳，黄鳥聲正悲。良人不可和陶本誤作丁。贖〔九〕，泫然沾和陶本作霑。我衣〔一〇〕。

〔一〕三良，秦國子車氏三子奄息、仲行和鍼虎。《左傳·文公六年》：「秦伯任好卒，以子車之三子爲殉。國人哀之，爲之賦《黄鳥》。」逯按：《黄鳥》詩載《詩經·秦風》。魏曹植等曾作《三良》詩。

〔二〕彈冠，代言出仕爲官。《漢書·王吉傳》：「王陽在位，貢公彈冠。」王貢交好，王既出仕，貢禹彈去冠上塵土，言亦準備登朝。　通津，交通要道，指宦途。

〔三〕盡歲月，一年到頭。

〔四〕謬，妄。自謙語。　獲露，得到表白。

〔五〕私，親暱。

〔六〕一朝長逝後四句，古注：「《史記正義》引應劭曰：秦穆公與群臣飲，酒酣，公曰：生共此樂，死共此哀。於是奄息、仲行、鍼虎許諾。及公薨，皆從死。」

〔七〕臨穴，身臨壙坑。《詩經·黄鳥》：「臨其穴，惴惴其栗。」罔惟疑，無所疑慮。又何焯曰：「惟，思也。」無思疑，亦可通。

〔八〕攸希，所希。

〔九〕不可贖，不可贖買。《詩經·黄鳥》：「彼蒼者天，殲我良人。如可贖兮，人百其身。」

〔一〇〕泫然，流涕貌，此以狀詞代指流涕。

詠荆軻〔一〕

燕丹善養士，志在報和陶本作服。强嬴〔二〕。招集百夫良〔三〕，歲暮得荆卿。君曾本、蘇寫本云，一作之。子死知己，提劍出燕京；素驥鳴廣陌〔四〕，慷慨送我行。雄髪指危冠〔五〕，猛氣衝李本作充。餘本作衝，今從之。長纓〔六〕。飲餞易水上，四座列群英。漸離擊悲筑，宋意唱高聲〔七〕。蕭蕭哀風逝〔八〕，曾本、蘇寫本云，一作起。淡淡寒波生。商音更流涕，羽奏壯士驚。心曾本、蘇寫本作公。知去不歸，曾本、蘇寫本云，一作一去知不歸。且有後曾本、蘇寫本云，一作百。世名。登車何時顧，飛蓋入秦庭〔九〕。凌厲越萬里〔一〇〕，逶迤過千城。圖窮事自至〔一一〕，豪主正怔營〔一二〕。惜哉劍術疏〔一三〕，奇功遂不成！其人雖已没，千載有餘情。曾本、蘇寫本、焦本云，一作斯人久已没，千載有深情。

〔一〕荆軻，戰國末刺客，自齊入燕，燕人稱之荆卿。好擊劍，與市中狗屠及高漸離交好。燕太子丹曾召見他，待以上賓之禮。荆軻後答應太子要求，決計赴秦，劫持秦王。臨行，衆賓客皆白衣素冠，于易水旁爲他餞别。荆軻至秦，事敗被殺。詳見《史記·刺客列傳》。

〔二〕强嬴，强秦。秦王姓嬴。

〔三〕百夫良，超越百人的勇士。

〔四〕素驥，白馬。廣陌，大道。

〔五〕危冠，高冠。

〔六〕纓，繫冠的絲繩。

〔七〕宋意唱高聲，湯注：「《淮南子》：高漸離、宋意，爲擊筑而歌於易水之上。筑，樂器名，似箏，細頸，以竹鼓之。」

〔八〕蕭蕭哀風逝四句，丁注：「《水經注》：荆軻歌，高漸離擊筑，宋意和之，爲壯聲，士髮皆衝冠；爲哀聲，士皆垂涕泣。又前而歌曰：風蕭蕭兮易水寒，壯士一去兮不復還。復爲羽聲慷慨，士皆瞋目，髮盡上指冠。於是荆軻就車而去，終已不顧。」

〔九〕飛蓋，車蓋如飛。

〔一〇〕凌厲，奮迅貌。

〔一〕圖窮，丁注：「秦王發圖，圖窮而匕首見。因左手把秦王之袖，而右手持匕首揕之。未至身。秦王驚起，袖絶，軻逐秦王，王環柱而走。」

〔二〕怔營，驚慌貌。

〔三〕疏，差。李注：「魯勾踐聞荆軻之刺秦王曰：惜哉，其不講於刺劍之術也。」

讀山海經十三首

孟夏草木長，遶屋樹扶疏〔一〕。衆鳥欣有託，吾亦愛吾廬。既耕亦曾本、蘇寫本云，一作且。已種，時文選作且，藝文類聚同。還讀我書。窮巷隔深轍〔二〕，頗迴故人車〔三〕。歡然焦本、和陶本作言。焦本又云，一作然。酌春酒，摘我園中蔬。微雨從東來，好風與之俱。泛覽周王傳〔四〕，曾本云，一作典。流觀山海圖〔五〕。俯仰終宇宙〔六〕，不樂復曾本云，一作將。何如？

〔一〕扶疏，繁茂。

〔二〕窮巷隔深轍，深轍，大車的車轍；車大轍深。古人常以門外多深轍，表示貴人來訪的多。李善注：「張負隨陳平至其家，乃負郭窮巷。以席爲門，門外多長者車轍。《韓詩外傳》：楚狂接輿妻曰：門外車轍何其深。」詩言隔深轍，是説無貴人車到窮巷。

〔三〕頗迴故人車，迴，轉回，掉轉。這句是説連故人的車子也掉頭他去。把故人不來故意説成是由於窮巷隔深轍。

〔四〕周王傳，指《穆天子傳》。

〔五〕山海圖，指《山海經圖》。丁注：「畢沅曰：《山海經》有古圖，有漢所傳圖。十三篇中，《海内》、《海外》所説之圖，當是禹鼎也。《大荒經》已下五篇所説之圖，當是漢時所傳之圖也。漢時所傳，亦有《山海經圖》，頗與古異。劉秀又依之爲説，即郭璞、張駿見而作注者也。」

〔六〕俯仰，低頭抬頭之間。

玉和陶本作王。**臺**曾本、蘇寫本作堂。注，一作臺。焦本云，一作堂，非。**凌霞秀**〔一〕，**王**和陶本作生。**母怡**曾本、蘇寫本云，一作積。**妙顏**〔二〕。**天地共俱生，不知幾何年。靈化無窮已**〔三〕，**館宇非一山**〔四〕，**高酣發新謡**〔五〕，**寧效俗中言。**

〔一〕玉臺，西王母居地，《山海經·西山經》：「又西三百五十里曰玉山，是西王母之所居也。」玉臺當本此。　凌霞，高出雲霞以上。

〔二〕妙顏，神仙姿貌。

〔三〕靈化，神靈變化。

〔四〕館宇非一山，湯注：「《山海經》云：處崑崙之丘。郭璞注云：王母亦自有離宫別館，不專住一山也。」

〔五〕高酣，高會酣飲。發新謠，《穆天子傳》載西王母爲穆王作謡云，「白雲在天，丘陵自出。道里悠遠，山川間之。將子無死，尚復能來。」新謡指此。

迢遞槐曾本、蘇寫本云，一作槐。和陶本云，一作淮。**江嶺**〔一〕，**是謂玄圃丘。西南望崑墟**，曾本、蘇寫本云，一作崙。焦本云，一作崙，非。**光氣難與儔。亭亭明玕照，落落清瑶流。恨不及周穆，託乘一來游**〔二〕。

〔一〕迢遞，遥遠。槐江嶺，《山海經・西山經》：「槐江之山，其上多藏琅玕黄金玉，實惟帝之平圃，神英招司之。爰有滛水，其清洛洛。」注：「平圃，即玄圃。滛，音遥」。

〔二〕託乘，託附天子的後車。託乘一來遊，厭棄世俗，所以希求遠遊。

丹木生何許〔一〕？**迺在密**李本、焦本作峚。李本注，音密。**山陽。黄花復朱實，食之壽命長。白玉**和陶本作王。**凝素液，瑾瑜發奇**曾本云，一作其。**光。豈伊君子寶**〔二〕，**見重我軒黄**〔三〕。曾本、蘇寫本云，一作皇。

〔一〕丹木，《山海經・西山經》：「峚山上丹木，黄華而朱實，其味如飴，食之不飢。丹水出焉，西流注於稷澤，其中多白玉，是有玉膏，黄帝是食是享。是生玄玉，瑾瑜之玉爲良，堅栗精密，濁澤而有光，五色發作，以和柔剛。君子服之，以禦不祥。」

〔二〕豈伊，豈彼。

〔三〕軒黄，黄帝軒轅。

翩翩三青鳥〔一〕，毛色奇曾本、蘇寫本、焦本云，一作甚。可憐。朝爲王母使，暮歸和陶本作登。三危山。我欲因此鳥，具曾本云，一作期，又作且。蘇寫本云，一作且。向王母言〔二〕：在世無所須〔三〕，曾本云，一作願。唯酒與長年。曾本、蘇寫本云，一作唯願此長年。

〔一〕三青鳥，《山海經·西山經》：「三危之山，三青鳥居之。」又《海内北經》：「其南有三青鳥，爲西王母取食，在崑崙墟北。」

〔二〕具，完全。

〔三〕須，需。

逍遥蕪皋上〔一〕，杳然望扶木〔二〕。洪柯百萬尋〔三〕，森散覆暘谷〔四〕。靈人侍曾本、蘇寫本云，一作待。按侍字六朝常寫作待。丹池〔五〕，朝朝爲日浴。神景曾本云，一作願。一登天〔六〕，何幽不見燭〔七〕。

〔一〕蕪臯，陶注：「蕪當作無，《東山經》：無臯之山，春望榑木」。

〔二〕扶木，即榑木。

〔三〕洪柯，大枝。　尋，八尺。

〔四〕森散，扶疏，枝葉四佈。　暘谷，傳説日出的地方。《淮南子·天文訓》：「日出於暘谷，浴於咸池，拂於扶桑，是謂晨明。」

〔五〕靈人，指羲和。　丹池，《山海經》作甘淵。《山海經·大荒南經》：「甘水之間，有羲和之國。有女子名羲和，方（爲）日浴於甘淵。羲和者，帝俊之妻，生十日」。

〔六〕神景，指太陽。

〔七〕何幽不見燭，幽，陰。見燭，被照到。《晉書·庾羲傳》：「明鑒天挺，無幽不燭。」

粲粲三珠樹〔一〕，**寄生赤水陰；亭亭凌風桂，八幹共成林**〔二〕。**靈鳳撫雲舞**〔三〕，初學記作儀。**神鸞調**初學記作垂。**玉音，雖非世上寶，**初學記誤作實。**爰得王母**曾本云，一作子。**心。**

〔一〕三珠樹，《山海經·海外南經》：「三珠樹在厭火北，生赤水上。其爲樹如柏，葉皆如珠。」

〔二〕八幹共成林，《山海經·海内南經》：「桂林八樹，在賁隅東」。注：「八樹而成林，言其大也。」

〔三〕靈鳳撫雲舞二句，《山海經·海外西經》：「㦸民之國，爰有歌舞之鳥：鸞鳥自歌，鳳鳥自舞。」

自古皆有没，和陶本作歿。何人得曾本、蘇寫本云，一作河氏獨。靈長〔一〕？不死復曾本云，一作亦。不老，萬歲如平常。赤泉給我飲〔二〕，員丘焦本誤作兵。足我糧。方與三辰游〔三〕，壽考曾本云，一作老。豈渠央〔四〕。

〔一〕靈長，神聖長壽。《世説新語·黜免篇》載晉簡文帝答桓温曰：「若晉室靈長，明公便宜奉行此詔；如大運去矣，請避賢路。」

〔二〕赤泉給我飲二句，《山海經·海外南經》：「交脛國，不死民在其東。其爲人，黑色，壽不死。」注：「有員丘山，上有不死樹，人食之乃壽；亦有赤泉，飲之不老。」

〔三〕三辰，日、月、星。

〔四〕渠央，遽央，馬上完了。

夸父誕宏志〔一〕，乃與日競走。俱至虞淵曾本云，一作泉。下〔二〕，似若無勝負。神力既殊妙〔三〕，傾河焉足有〔四〕？餘迹寄鄧林，功竟在身後。

〔一〕夸父，神人名。《山海經·海外北經》：「夸父與日逐走。入日，渴欲得飲。飲於河渭，河渭不足，北飲大澤。未至，道渴而死。棄其杖，化爲鄧林。」注：「夸父，神人之名也。」誕，誇張。

〔二〕虞淵，傳説日落處。《山海經·大荒北經》：「大荒之中，有山名曰成都。有人名曰夸父，不量力，欲追日景，逮之於禺谷。將飲河而不足也，將走大澤，未至，死於此。」注：「禺淵，日所入也。今作虞。」

〔三〕殊妙，絶妙，不同於平凡。

〔四〕焉足有，何足之有。就是不足。

精衛銜微木〔一〕蘇寫本、和陶本作石。**將以填滄海；形夭無**李本、焦本作刑天舞。**干戚**〔二〕，曾本、蘇寫本、和陶本作千歲。**猛志故常在！同物既無慮**〔三〕，**化去不復**曾本、蘇寫本云，一作何復。**悔。**和陶本誤作梅。**徒設**曾本云，一作役，又作使。蘇寫本云，一作役。**在昔心**〔四〕，**良晨詎可待？**

〔一〕精衛，鳥名。《山海經・北山經》：「發鳩之山有鳥焉。其狀如烏，文首，白喙，赤足，名曰精衛。其鳴如詨。是炎帝之少女，名曰女娃。女娃遊於東海，溺而不返，故爲精衛。常銜西山之木石以堙於東海。」

〔二〕形夭無干戚二句，莫友芝翻宋刊本《陶淵明集》引曾紘云：「《讀山海經》詩，其間有一篇云：形夭無千歲，猛志固常在。且疑上下文義不甚相貫，遂取《山海經》相校，經中有云：刑天，獸名也，口中好銜干戚而舞。乃知此句是刑天舞干戚，故與下句猛志固常在相應。五字皆訛，蓋字畫相近，無足怪者。」畢沅《山海經》注：「舊本俱作形夭，案唐《等慈寺碑》正作形夭。依義夭長於天。始知陶詩形夭無千歲，千歲則干戚之訛，形夭是也。」逯按：畢説是。據《山海經・海外西經》：

「形夭與帝爭神，帝斷其首，葬之常羊之山，乃以乳爲目，以臍爲口，操干戚以舞。」詩强調形夭猛志常在，作無干戚亦可，作舞干戚更生動。

〔三〕同物既無慮二句，同物既無慮，即既無慮同物。無慮，都凡，概略，一般。二句是説，女娃、形夭既一般是生物，死是無可懷疑的。

〔四〕徒設在昔心二句，昔，與夕通。《莊子·天運篇》：「則通昔不寐矣。」可證。上句昔與下句晨字對文，古人每以夕喻死，以晨喻生，晉陸機《挽歌》：「大暮安可晨。」這二句是説徒然設下這種死亡後的想法，復生哪能盼到。

臣危各本作巨猾。和陶本云，一作目危，曾本、蘇寫本於猾字下注云，一作危。和陶本同。今按巨、目皆臣之訛，猾危之誤。**肆威暴**〔一〕，**欽駓**和陶本云，一作飲鳩。**違帝旨**〔二〕。**窫窳强能變**〔三〕，**祖江遂獨死。明明上天鑒，爲惡不可履**〔四〕。**長枯固已劇**〔五〕，**鵕鶚**曾本、蘇寫本、和陶本並作鵜。注云，一作鵕鶚。**豈**和陶本作安。**足恃**〔六〕。

〔一〕臣危，人名。《山海經·海内西經》：「貳負之臣曰危。危與貳負殺窫窳，帝乃梏之疏屬之山，桎其右足，反縛兩手與髮，繫之山上木。」

〔二〕欽駓，人名。《山海經·西山經》：「鍾山之子曰鼓，其狀人面而龍身，是與欽駓殺葆江於崑崙之陽。帝乃戮之鍾山之東，曰嶢崖。欽嶢化爲大鶚。鼓亦化爲鵕」。注：「葆江或作祖江。」

〔三〕窫窳(yà yǔ亞雨)，《山海經・海内南經》：「窫窳，龍首，居弱水中，食人。」注：「窫窳，本蛇身人面，爲貳負臣(危)所殺，後化而成此物也。」

〔四〕履，行。

〔五〕長枯，枯當作梏，指臣危被梏。　劇，痛苦。

〔六〕鵕鶚，指欽駓與鼓的變形。

鵃曾本、蘇寫本作鴅。和陶本作鵬。**鵝**李本、焦本云，當作鴟鵃。曾本、蘇寫本云，一作鳴鵠。**見城邑**〔一〕，**其國有放士**〔二〕。**念彼**曾本云，一作昔。**懷王**和陶本作玉。**世**〔三〕，曾本云，一作母。**當時**曾本云，一作亦得。**數來止**〔四〕？蘇寫本云，一云念彼懷王時，亦得數來止。**青丘有奇鳥**〔五〕，**自**和陶本作目。**言獨見爾**，和陶本作理。注，一作爾。曾本、蘇寫本云，一作理。**本爲迷者生，不**和陶本作欲。**以喻君子。**

〔一〕鵃鵝，鴸鳥。《山海經・南山經》：「柜山有鳥，其狀如鴟而人手，名曰鴸。見則其縣多放士。」

〔二〕放士，被放逐的人士。

〔三〕懷王，楚懷王。

〔四〕數來止，止，語助詞。楚懷王時，屈原放逐，故疑心此鳥頻來楚國。

〔五〕青丘有奇鳥，《山海經·南山經》：「青丘之山有鳥也，其狀如鳩，其音若呵，名曰灌灌，佩之不惑。」

巖巖曾本、蘇寫本、和陶本云，一作悠悠。**顯朝市**〔一〕**，帝者慎**曾本、蘇寫本云，一作善。**用才。何以廢**和陶本作放。**共鮌？重華爲之來。仲父**蘇寫本作文。曾本云，一作文。**獻誠言**〔二〕**，姜公乃見猜**〔三〕**。臨没告飢渴**〔四〕**，當復何及哉！**

〔一〕巖巖顯朝市，巖巖，高大嚴峻貌。《詩經·節南山》：「節彼南山，維石巖巖。赫赫師尹，民具爾瞻。」這裏用《詩經》義，以巖巖代表顯赫大臣們。顯朝市，在朝市露頭角。

〔二〕仲父，管仲。

〔三〕姜公，齊桓公。《史記·齊世家》：「管仲病，桓公問易牙、開方、豎刀，仲對曰：非人情，不可近。桓公不用仲言，卒用三子。桓公卒，尸蟲出於户。」

〔四〕臨没告飢渴，《吕氏春秋·知接篇》：「公有病，易牙、豎刀、常之巫，相與作亂，塞公門。有一婦人，踰垣入，至公所，公曰：我飢欲食。婦人曰：我無所得。公又曰：我渴欲飲。婦人曰：我無所得。公曰：何故？對曰：易牙、豎刀、常之巫相與作亂，塞宫門，築高牆，不通人，故無所得。公慨焉歎曰：死者有知，我何面目見仲父乎！蒙衣袂而絶於壽宫。」

擬挽歌辭三首　文選引第三首，作挽歌詩。樂府詩集作挽歌。

有生必有死，早終非命促〔一〕。昨暮同爲人，今旦在曾本云，一作作。鬼録。魂氣曾本、蘇寫本云，一作魄。散何之，枯形寄空木〔二〕。嬌兒索父啼，御覽作號。良友撫樂府詩集作拊。我哭。得失不復知，是非安能覺。千秋萬歲後，誰知榮與辱。但恨在世時，飲酒不得足。曾本、蘇寫本云，一作常不足。樂府詩集作恒不足。

〔一〕非命促，言生死屬於自然。

〔二〕枯形，死尸。

在昔無酒飲，今但焦本作旦。注云，宋本旦，一作但，非。曾本云，一作旦。樂府詩集云，一作但恨。湛空觴〔一〕。春醪生浮蟻〔二〕，何時更曾本、蘇寫本云，一作復。能嘗？肴案盈樂府詩集云，一作列。我前，親舊樂府詩集作戚。注云，一作舊。哭我傍。欲語口無音，欲視眼無光。昔在高堂寢，今宿荒草鄉。荒草無人眠，極視正茫茫。各本無此二句，今從樂府詩集。李本、曾本、蘇寫本云，一本有荒草無人眠，極視江茫茫二句。曾本、蘇寫本又云，極又作直。一朝出門去，曾本云，一作易。歸來樂府詩集作家。注云，一作來。良李本、焦本作夜。曾本、蘇寫本作良，今從之。未央。

〔一〕湛，澄清。

〔二〕浮蟻，酒熟，糟浮酒面而似蟻。

荒草何茫茫，白楊亦蕭蕭。嚴霜九月中，送我出曾本云，一作來。遠郊。四面無人居，高墳正嶕嶢〔一〕。馬爲仰天鳴，樂府詩集作鳥爲動哀鳴。注，一作馬爲仰天鳴。風爲御覽作日。自蕭條。曾本云，一曰鳥爲動哀鳴，林爲結風飈。蘇寫本、焦本同。幽室一已閉〔二〕，千年不復朝。千年不復朝，賢達無奈何。向來相送人，各自文選作已。曾本、蘇寫本云，一作已。樂府詩集作以。注，一作已。初學記作亦，御覽同。還文選作歸，御覽同。其家。親戚或餘悲，他人亦已歌〔三〕。死去何所道，託體同山阿。

〔一〕嶕嶢，高聳貌。

〔二〕幽室，壙坑。

〔三〕已歌，已在歌唱，没有悲哀了。《論語·述而》：「子於是日哭，則不歌。」陶本此。

聯 句

鳴雁乘風飛，去去當何極。念彼窮居士，如何不歎息。淵明雖欲騰九萬〔一〕，扶摇竟何曾本、蘇寫本云，一作無。**力！遠招王子喬，**曾本云，一作晉。**雲駕庶可飭**〔二〕。悟之 **顧侶正徘徊**曾本云，一作離離，又作爭飛。**離離翔天側。**曾本云，一作附羽天池側。蘇寫本云，一作顧侶正離離，附羽天池側。**霜露豈不切，**焦本作霜落不切肌。曾本、蘇寫本云，一作霜露不切肌。**徒愛雙飛翼。**循之 李本、曾本、蘇寫本作務從忘愛翼。曾本、蘇寫本又云，一作徒愛雙飛翼。**高柯擢條幹**〔三〕，**遠眺同天色。思絕慶未看**〔四〕，**徒使生迷惑。**淵明 曾本、蘇寫本無淵明二字。

〔一〕騰，高飛。

〔二〕雲駕，雲車。　飭，整飭車駕。

〔三〕擢，挺出。

〔四〕慶未看，未詳。

陶淵明集卷之五

賦辭 李本此列卷六，目録題作雜文。

感士不遇賦〔一〕 李本此下有并序二字。

昔董仲舒作《士不遇賦》〔二〕，司馬子長又爲曾本、蘇寫本云，一作悲。之〔三〕。余嘗以三餘之日〔四〕，講習之暇，讀其文，慨然惆悵。夫履信思順〔五〕，生人之善行；抱朴守静〔六〕，君子之篤素。蘇寫本作業。注，一作素。曾本云，一作業。焦本云，一作素業。自真風告逝〔七〕，大僞斯興〔八〕，閭閻懈廉退之節〔九〕，曾本云，一作廉退之文節。市朝驅易進之心〔一〇〕。懷正志道之士，或潛玉於當年〔一一〕；潔己清操之人，或没世以徒勤〔一二〕。曾本云，一作想。曾本、蘇寫本云，一作懷正志道之士，或潛於當年；潔己清操之人，或没於往世。故夷皓有安歸之嘆〔一三〕，三閭發已矣之哀〔一四〕。悲夫！寓形百年〔一五〕，而瞬息已盡；立行之難，而一城莫賞〔一六〕。此古人所以染翰慷慨〔一七〕，屢伸而不能已者也。夫導達意氣，其惟文乎？撫卷躊躇，遂感而賦之。

〔一〕本篇約寫於義熙二年（公元四〇六），陶淵明四十二歲，彭澤歸田後之次年。

〔二〕董仲舒，漢武帝時人。著有《春秋繁露》。他的《士不遇賦》見《古文苑》。

〔三〕司馬子長，司馬遷，字子長。漢武帝時史學家，著有《史記》。曾作《悲士不遇賦》，殘文見《藝文類聚》。

〔四〕三餘之日，何注：「《魏志》：董遇曰：讀書常用三餘。冬者，歲之餘；夜者，日之餘；風雨者，時之餘。」

〔五〕夫履信思順，生人之善行，履信，實踐信字，即守信義。思順，考慮順字，即講忠孝。以順字賅忠孝，用《左傳》義。《左傳》隱公三年傳：「君義、臣行、父慈，子孝、兄愛、弟敬，所謂六順也。」此句與賦文所謂「原百行之攸貴，莫爲善之可娱。發忠孝於君親，生信義於鄉閭」。前後照應。

〔六〕抱朴，保持淳朴。篤素，純志。《禮記·儒行》：「篤行而不倦。」疏：「篤純也。」《後漢書·張衡傳》：「必旌厥素爾。」注：「素志也」。

〔七〕真風，淳朴風俗。

〔八〕大僞，人世僞詐。

〔九〕閭閻，代指鄉里，與市朝對舉。　廉退，廉潔謙讓。

〔一〇〕易進，徼倖升官。

〔一一〕潛玉，藏玉，指隱居不作官。《論語·子罕》：「有美玉於斯，藴櫝而藏諸？」

〔一二〕徒勤，白白勞苦。

〔一三〕夷皓有安歸之嘆，何注：「《史記》：伯夷、叔齊隱於首陽山，作歌曰：神農虞夏忽焉没兮，我安適歸矣！《高士傳》：四皓逃入藍田山，曰：唐虞世遠，吾將安歸。」

〔一四〕三閭發已矣之哀，三閭，大夫，屈原。何注：「屈原《離騷》，其亂曰：已矣哉！國無人莫我知兮，又何懷乎故都。」

〔一五〕寓形，托身。

〔一六〕一城莫賞，城賞，指錫土封侯。

〔一七〕翰，筆。染翰，濡筆，著墨作文章。

咨大塊之受氣〔一〕，何斯人之獨靈！禀神智以藏照〔二〕，曾本、蘇寫本云，一作往。秉三五而垂名〔三〕。或擊壤以自歡〔四〕，或大濟於蒼生；靡潛躍之非分〔五〕，常傲然以稱情〔六〕。世流浪而遂徂〔七〕，物群分以相形〔八〕。密網裁而魚駭〔九〕，宏羅制而鳥驚。彼達人之善覺〔一〇〕，乃逃禄而歸耕。山嶷嶷而懷影〔一一〕曾本云，一作褐。川汪汪而藏聲。望軒唐而永嘆〔一二〕，甘貧賤以辭榮。淳李本誤作渟。餘本作淳。源汨焦本云，一作恒。曾本云，一作消。以長分〔一三〕，美惡作以曾本云，一作紛其；其又作然。蘇寫本云，宋本作紛其。焦本云，一作紛其。異途。原百行之攸貴，莫爲善之可娱。奉上天曾本云，一作天地。之成命，師聖人之遺書。發忠孝於君親，生信義於鄉閭。推誠心而曾本云，一作以。獲顯，不矯然而祈譽〔一四〕。嗟乎！雷同毀異〔一五〕，物惡其上〔一六〕，妙算者謂迷〔一七〕，直道者云妄。坦曾本、蘇寫本、焦本云，一作恒。至公而無猜〔一八〕，卒蒙耻以受謗〔一九〕。雖懷瓊曾本云，一作瓌，又作瑤。而握蘭〔二〇〕，徒芳潔而誰亮〔二一〕。哀哉！士之不遇，已不蘇寫本無不字。在炎帝帝魁之世〔二二〕。獨祇修以自勤〔二三〕，豈三省之或廢〔二四〕；庶進德以及時〔二五〕，時既至而不惠〔二六〕。李本作急。餘本作惠，今從之。無爰曾本誤作奚。注，一作爰。生之晤曾本云，一作格。言〔二七〕，念張季之終蔽；愍馮叟於郎署〔二八〕，賴魏守以納計。雖僅然於必知，曾本云，一作智。亦苦心而曠歲。審夫市之無虎〔二九〕，曾本云，一作有獸。眩三夫之獻説〔三〇〕。悼賈傅之秀朗〔三一〕，紆遠轡於促界。悲董相之淵致〔三二〕，屢乘危而幸濟。感哲人之無偶，曾本、蘇寫本云，一作遇。淚淋浪以灑袂〔三三〕。承前王之清誨〔三四〕，曰天道之無親；澄得一以作鑒〔三五〕，恒輔善而佑仁〔三六〕。夷投老以長飢〔三七〕，回早夭而又貧〔三八〕；傷請車以備槨〔三九〕，悲茹薇而殞身；雖好學與行義，何死生之苦辛！疑報德之若茲，懼斯言之虛陳〔四〇〕。何曠世之無才，罕無路之不澀〔四一〕。伊古人之慷慨，病曾本、焦本云，一作痛。奇名之不立〔四二〕。廣結髮以從政〔四三〕，不愧賞於萬邑〔四四〕；屈雄志於戚豎〔四五〕，竟尺土之莫及〔四六〕。留誠信於身後，動李本、曾本作慟。蘇寫本、焦本作動。曾本注，一作動。衆人之悲泣。商盡規以拯弊〔四七〕，言始順而患入。奚良辰之易傾，胡害勝其乃急〔四八〕。蒼旻遐緬〔四九〕，人事無已。有感有昧〔五〇〕，疇測其理〔五一〕。寧固窮以濟意，不委曲而曾本云，一作以。累己。既軒冕之非榮〔五二〕，豈緼袍之爲耻〔五三〕。誠謬會以取拙〔五四〕，且欣然而曾本云，一作於。歸止〔五五〕。擁孤襟以畢歲〔五六〕，謝良價於朝市〔五七〕。

〔一〕咨，嘆。　大塊，大地。

〔二〕藏照，藴藏智力。

〔三〕三五，三才五常。三才，天、地、人；五常，仁、義、禮、智、信。人以具三才五常之德著稱，故曰秉三五而垂名。

〔四〕或擊壤以自歡二句，是説黎民過歡樂生活，君主作贍給人民的事。李注：「《韻語陽秋》曰：《藝經》云：壤，以木爲之。前廣後狹，長尺四寸，闊三寸，其形如履。將戲，先側一壤於地，遠三四十步，以手中壤擊之，中者爲上，蓋古戲也。」逯按：《帝王世紀》云：「帝堯之世，天下太和。百姓有八九十老人擊壤而歌。」賦文本此。

〔五〕靡潛躍之非分，潛躍，以鱗甲類的出没比喻人們出仕和退隱兩種情況。《易經·乾卦》：「潛龍，勿用，陽在下也，或躍在淵，進無咎也。」這句是説不論作官爲民，没有什麽不合本分的。

〔六〕傲然，高傲自足貌。

〔七〕世流浪而遂徂，流浪，漂蕩不定。徂，一去不返。

〔八〕物群分以相形，物群分，指人類劃分等級集團；相形，高低對比。

〔九〕密網裁而魚駭二句，指封建政治法律，對人民來説如同網羅之於魚鳥。

〔一〇〕善覺，容易覺悟。

〔一一〕山嶷嶷而懷影二句，嶷嶷，高峻貌。懷影，山高陰影常存，有如將陰影懷抱着。汪汪，汪洋，大水貌。藏聲，川廣不聞聲響，有如將聲響隱藏起來。兩句即今俗語所謂「不顯山，不露水」，表示度量深沉，不見聲色。

〔一二〕軒唐，軒轅、唐堯。

〔一三〕淳源，清源。汩，流急變濁。

〔一四〕祈譽，追求名譽。

〔一五〕毁異，誹謗異己。

〔一六〕物惡其上，物泛指人。這句是説人們總容易嫉妬勝過自己的人。《晉書·袁宏傳》：「人惡其上，世不容哲。」

〔一七〕妙算者，有深遠計劃的人。

〔一八〕坦至公，坦然公正。

〔一九〕卒蒙耻以受謗，終於受到耻辱與毁謗。按桓玄篡晉失敗，與玄有關係者率被株連治罪，陶一度仕玄，亦受譏議，故史傳謂其「少年薄宦，不潔去就之迹」。蒙耻受謗蓋指此。

〔二〇〕懷瓊握蘭，表示志潔行芳。

〔二一〕誰亮，誰諒，誰相信。

〔二二〕炎帝帝魁之世，何注：「張平子《東京賦》：仰不睹炎帝帝魁之美。注：炎帝，神農名。帝魁，神農後也。」

〔二三〕祇修，敬修。

〔二四〕三省，用三件事來反省。《論語·學而》：「曾子曰：吾日三省吾身：爲人謀而不忠乎？與朋友交而不信乎？傳不習乎？」三省指此。

〔二五〕庶進德以及時，庶，希冀。進德，增進品德。《易經·乾卦》：「君子進德修業，欲及時也。」

〔二六〕時既至而不惠，不惠，不順。《詩經·小雅·楚茨》：「孔惠孔時。」箋：「惠，順也」。不惠，不能順隨時機。

〔二七〕無爰生之晤言二句，晤言，當面交談。何注：「《漢書》：張釋之，字季。爲騎郎，十年不得調。中郎將爰盎，請徙釋之，補謁者。釋之言便宜事，文帝稱善。拜謁者僕射。」

〔二八〕愍馮叟於郎署二句，何注：「馮唐爲郎中署長，爲文帝言，雲中守魏尚坐上功首虜差六級，下吏，削爵罰太重。帝令唐持節赦尚，復爲雲中守，而拜唐爲車騎都尉。」納計，獻策。言因有獻策機會，才作車騎都尉。

〔二九〕審夫市之無虎二句，審夫，信乎。何注：「《韓非子》：龐共與太子質于邯鄲，謂魏王曰：今一人言市有虎，王信乎？曰：不。二人言，信乎？曰：不。三人言，信乎？曰：寡人信之。共曰：市無虎明矣。而三人言，成市虎，願王察之。」

〔三〇〕眩，迷惑。

〔三一〕悼賈傅之秀朗二句，賈傅，賈誼。誼曾爲梁懷王太傅，故稱賈傅。秀朗，英秀俊朗。紆遠轡，放鬆能行千里之轡，不讓駿馬奔馳，以駿馬踠轡緩行比喻才士的屈志仕途。促界，狹小地區，全句謂大才小用。

〔三二〕悲董相之淵致二句，董相，董仲舒。淵致，深沉態度。幸濟，徼倖渡過艱險。何注：「漢董仲舒爲江都王相。易王素驕，仲舒以禮誼匡正，王敬重焉。膠西王尤縱恣，仲舒復相膠西王，王善待之。仲舒恐久獲罪，病免。凡相兩國，輒事驕王。正身以率下，數上疏諫爭，教令國中，所居而治。」

〔三三〕袂，衣袖。

〔三四〕清誨，明確的教誨。指「天道無親，常與善人」。

〔三五〕澄得一以作鑒，澄，清，指天。《老子》：「天得一以清。」得一，得道。《淮南・精神訓》：「一生二。」注：「一，謂道也。」鑒，同監，監視。《詩經・大雅・烝民》：「天監有周。」箋：「監，視也」。這句是説據稱有道的清天是監視者。所謂「明明上天鑒」（見《讀山海經》）。

〔三六〕恒輔善而佑仁，恒，指天地之道，亦即天道，《易經・恒》：「天地之道恒，久而不已也。」這句是説據稱不變的天道是輔助善事保佑仁人的。

〔三七〕夷投老以長飢，夷，伯夷；投老，到老。

〔三八〕回，顔淵。

〔三九〕傷請車以備槨，《論語·先進》：「顔淵死，顔路請子之車以爲之椁。」注：「顔路，淵之父。請爲之椁，欲賣車以買椁。」椁與槨同。

〔四〇〕若兹，像這一樣，指伯夷餓死，顔淵早夭。　斯言，這種話，指「天道無親，常與善人」。

〔四一〕澀，艱澀，道路艱澀不易走。

〔四二〕病奇名之不立，病，憂，奇名，非常的聲譽，是説憂慮非常的聲譽没有樹立。

〔四三〕廣結髮以從政，廣，李廣。結髮，成童以後。從政，從軍征伐匈奴。何注：「漢《李廣傳》，武帝時征匈奴者，盡封侯，而廣不得爵邑。從大將軍衛青擊匈奴，失道。青使長史急責廣上簿。廣曰：廣結髮與匈奴大小七十戰，今幸從大將軍出，接單于兵。而大將軍徙廣部曲，行回遠，又迷失道，豈非天哉。遂引刀自剄。百姓聞之，老壯皆爲悲泣。贊曰：彼其中心誠信於士大夫也。」

〔四四〕不愧賞於萬邑，言封萬户侯亦無愧。

〔四五〕屈雄志於戚豎，戚豎，貴戚小人，指子蘭，上官大夫。這句是説屈原高出群小，立志爲雄。

〔四六〕尺土莫及，尺土未封，即一城莫賞。

〔四七〕商盡規以拯弊，商，西漢王商。盡規，盡力規劃。拯弊，拯救弊端。何注：「《王商傳》：成帝時，商爲左將軍，上美壯商之固守，數稱其議。後爲丞相，甚尊任之。而大將軍王鳳怨商，使人上書言商閨門內事。會日食，大中大夫張匡上書罪狀商，免相，發病嘔血死。」案曹操《整齊風俗令》云：「王商忠義，張匡謂之左道。此皆以白爲黑，欺天罔君者也。」

〔四八〕胡害勝其乃急，胡，何。害勝，讒害勝己者，即上文所謂物惡其上。這句話是説爲什麽讒害勝己者的人那樣偏急。

〔四九〕蒼旻遐緬，蒼天遥遠。

〔五〇〕有感有味，感，感應；昧，無感應。

〔五一〕疇，誰。

〔五二〕軒冕，軒車服冕，泛指官位爵禄。

〔五三〕緼袍，舊絮衣。《論語·子罕》：「衣敝緼袍，與衣狐貉者立而不耻者，其由也與？」

〔五四〕謬會，錯誤體會。指上文寧固窮以濟意等四句意旨。　取拙，守拙。指挂冠不仕。

〔五五〕歸止，解職歸里。止，語助詞。

〔五六〕擁孤襟，抱孤獨情懷。　畢歲，度過餘年。

〔五七〕謝良價於朝市，謝，謝絶。良價，善價。言已決心懷寶隱居，不再對朝市求善價。

閑情賦〔一〕

初張衡作《定情賦》〔二〕，曾本云，一無賦字。蔡邕作《靜情曾本云，一作檢逸。賦》〔三〕，曾本云，一無賦字。**檢逸辭而宗澹泊**〔四〕**，始則**曾本云，一本無檢逸辭而宗澹泊始則九字；則一作皆。**蕩以思慮**〔五〕**，而終歸閑正**〔六〕**。將以抑流宕之邪心**〔七〕**，諒有助於諷諫**〔八〕**。綴文之士，奕代**曾本云，一作世。**繼作**〔九〕**，並因**李本、焦本、曾本誤作固。**觸類**〔一〇〕**，廣其辭義**〔一一〕**。余園閭多暇，復染翰爲之**〔一二〕**。**曾本云，一作文。**雖文妙**曾本云，一作好學。**不足**〔一三〕**，庶不謬作者之意乎**〔一四〕**？**曾本云，一無乎字。

〔一〕閑情，防閑情思。與《定情》、《檢逸》取意相近。賦作於彭澤致仕以後，以追求愛情的失敗表達政治理想的幻滅。

〔二〕張衡，字平子。東漢文學家、科學家。所著《定情賦》，殘文見《藝文類聚》十八。

〔三〕蔡邕，字伯喈。東漢文學作者，所著《檢逸賦》，殘文見《藝文類聚》十八。

〔四〕檢，檢束。逸辭，放蕩的文辭。澹泊，恬靜寡慾。

〔五〕蕩以思慮，從放蕩方面構思。

〔六〕終歸閑正，末尾以雅正作結。即「曲終奏雅」的意思。

〔七〕流宕，放蕩。

〔八〕諒，料想。

〔九〕奕代，累世。繼作，何注：「賦情始楚宋玉，漢司馬相如、平子、伯喈繼之爲定靜之辭。而魏則陳琳、阮瑀作《止欲賦》，王粲作《閑邪賦》，應瑒作《正情賦》，曹植作《靜思賦》，晉張華作《永懷賦》，此靖節所謂奕世繼作，並因觸類，廣其辭義者也。」

〔一〇〕觸類，因心思相類而有感受。

〔一一〕廣其辭義，在内容形式方面加以擴大。

〔一二〕翰，筆毫，染翰，濡筆。

〔一三〕文妙，優美深刻。

〔一四〕不謬，不違背。

夫何瓌逸之令姿〔一〕，獨曠世以（曾本云，一作而。）秀群〔二〕。表傾城之豔（曾本云，一作令。）色〔三〕，期有德（曾本、蘇寫本云，一作聽。）於傳聞。佩鳴玉以比潔，齊幽蘭以爭芬；淡柔情於俗内〔四〕，負雅志於高雲。悲晨曦之易夕〔五〕，感人生之長勤〔六〕。同一盡（曾本、蘇寫本云，一作晝。）於百年，何歡寡而愁殷〔七〕。褰朱幃而正坐〔八〕，泛清瑟以自欣〔九〕；送纖指之餘好，攘皓袖（曾本、蘇寫本云，一作腕。）之繽紛〔一〇〕。瞬美目以流眄，含言笑而不分。曲調將半，景落西軒。悲商叩林〔一一〕，白雲依山。仰睇天路〔一二〕，俯促鳴絃〔一三〕。神儀嫵媚〔一四〕，舉止詳妍〔一五〕。激清音以感余，願接膝（曾本、蘇寫本云，一作手。）以交言。欲自往以結誓，懼冒禮之爲諐〔一六〕。（焦本作愆。）待鳳鳥（曾本、蘇寫本云，一作鳴鳳。）以致辭〔一七〕，恐他人之我先。意惶惑而靡寧，魂須臾而九遷〔一八〕。願在衣而爲領，承華首之餘芳；悲羅曾本、蘇寫本云，一作素。襟之宵離，怨秋夜之曾本云，一作其。未央。願在裳而爲帶，束窈窕之纖身；嗟温涼之異氣〔一九〕，或脱故而服新。願在髪而爲澤〔二〇〕，刷玄鬢於蘇寫本作以，曾本云，一作以。頽肩〔二一〕；悲佳人之屢沐，從蘇寫本作徒。白水曾本云，一作永日。以枯煎。願在眉而爲黛，隨瞻視以閑揚〔二二〕；悲脂曾本云，一作紅。粉之尚鮮，或取毁於華粧〔二三〕。願在莞而爲席〔二四〕，安弱體於三秋；悲文茵之代御〔二五〕，方經年而見求。願在絲而爲履，附素足以周旋；悲行止之有節，空委棄曾本云，一作余。於牀前。願在晝而爲影，常依形而曾本云，一作以。西東；悲高樹之多蔭，慨有時而曾本云，一作之。不同。願在夜而爲燭，照玉容於兩楹；悲扶桑之舒光〔二六〕，奄滅景而藏明。願在竹而爲扇，含淒飈曾本云，一作命淒風。於柔握〔二七〕；悲白露之曾本云，一作以。晨零，顧襟袖以曾本云，一作之。緬邈〔二八〕。願在木而爲桐，作膝上之鳴琴；悲樂極以哀來，終推我而輟音。考所願而必違，徒契闊各本作契契。曾本又云，一作契契，又作契闊。焦本又云，一作契闊，今從一作。以苦心〔二九〕。擁勞情而罔訴〔三〇〕，步容與於南林〔三一〕。栖木蘭之遺露〔三二〕，翳青松之餘陰。儻行行之有覿〔三三〕，交欣懼於中襟〔三四〕。李本、曾本、蘇寫本作襟。竟寂寞而無見，獨悁想曾本、蘇寫本云，一作摇摇。以空尋〔三五〕。斂輕裾以復曾本云，一作候。路，瞻夕陽而流歎。步徙倚以忘李本誤作志。趣〔三六〕，色慘悽蘇寫本作懍。曾本云，一作懍。而矜顔〔三七〕。葉燮燮以曾本云，一作而。去條〔三八〕，氣淒淒而就寒。日負影以偕沒，月媚景於雲端。鳥悽聲以孤歸，獸索偶而不還。悼當年之晚暮〔三九〕，恨兹歲之欲殫〔四〇〕。思宵夢以從之，神飄飖而不安。若憑舟之失棹〔四一〕，譬緣崖而無攀。于時畢昴曾本、蘇寫本云，一作夜景。盈軒〔四二〕，北風淒淒。惘惘曾本云，一作耿耿。不寐〔四三〕，衆念徘徊。起攝帶以伺晨，繁霜粲於初學記作以。素階。雞斂翅初學記作翼。而未鳴，笛流遠初學記作出聲。以曾本、蘇寫本云，一作遠嗷而。清哀，始妙密曾寫本、蘇寫本云，一作密勿。以閑和〔四四〕，終寥亮而蘇寫本作以。藏摧〔四五〕。意夫人之在兹，託行雲以送懷。行雲逝而無語，時奄冉而就過〔四六〕。李本、蘇寫本云，宋本云行雲逝而不我留，時亦奄冉而就過。曾本云，一本云云，同。徒勤思以自悲〔四七〕，終阻山而滯曾本、焦本作帶。曾本注，一作滯。河。迎清風以祛累〔四八〕，寄弱志於歸波〔四九〕。尤曾本云，一作遮。蔓草之爲會〔五〇〕，誦邵南之餘歌〔五一〕。坦萬慮以存誠，憩遥情於八遐〔五二〕。

〔一〕夫何，張、蔡各賦皆以「夫何」字開端。夫，彼。何，何其。　瓌逸，瓌奇俊逸。指女子美。　令姿，美容。

〔二〕曠世，絶世，當世無比。　秀群，群中之秀。

〔三〕傾城，代指女子美貌。《漢書・外戚傳》：「北方有佳人，絶世而獨立。一顧傾人城，再顧傾人國。」傾城本此。

〔四〕淡柔情於俗内二句，是説女子情操出衆的淡泊，懷抱淩雲的高尚志操。

〔五〕易夕，容易遲暮。

〔六〕長勤，長苦，勤苦居多。何注：「《楚辭》：惟天地之無窮，哀人生之長勤。」

〔七〕愁殷，愁多。

〔八〕褰（qiān 千）同搴，打開。

〔九〕泛清瑟，泛，一般地。這裏指一般地彈奏。瑟，樂器名。與琴相似。二十五絃。清瑟，高調的瑟。

〔一〇〕攘，卻袖捋臂。皓，潔白。繽紛，繁雜貌。

〔一一〕悲商，古人每以徵、角、商、羽表四方、四季。商，西方，秋季。悲商，悲淒的秋風。叩林，吹動樹林。

〔一二〕睇，凝視。

〔一三〕俯促，低頭急彈。

〔一四〕神儀，神情姿貌。嫵媚，美麗，嬌媚。

〔一五〕舉止，一動一靜。詳妍，安詳美麗。

〔一六〕愆，愆即愆字。過錯。

〔一七〕待鳳鳥以致辭二句，傳説帝嚳高辛氏用鳳皇傳送禮物娶得簡狄。《楚辭·離騷》：「鳳皇既受詒兮，恐高辛之先我」。這兩句是説有意送禮求婚，又怕別人已經先於自己。

〔一八〕九遷，九，表多數，九遷，很多變化。

〔一九〕温涼，冷煖，指氣候。

〔二〇〕澤，髮膏。《詩經·衛風·伯兮》：「自伯之東，首如飛蓬。豈無膏沐，誰適爲容。」膏即澤。

〔二一〕頹肩，柔肩。

〔二二〕閑揚，閑雅清揚。清揚，眉目秀麗。

〔二三〕取毁，被毁。

〔二四〕莞，蒲制粗席。《詩經·小雅·斯干》：「下莞上簟。」箋：「莞，小蒲之席也。」

〔二五〕文茵，皮褥。用虎皮爲之，有文采。代御，替换使用。

〔二六〕扶桑，傳説日出的地方。這裏代指太陽。

〔二七〕淒飆，涼風。

〔二八〕緬邈，遥遠。

〔二九〕契闊，勤苦。

〔三〇〕勞情，苦心。

〔三一〕容與，徘徊不定貌。

〔三二〕栖木蘭之遺露，何注：「《楚辭》：朝飲木蘭之墜露。」栖，休止。這句是説要在芳潔的地方休止。

〔三三〕儻，豈，難道。 行行，躑躅道中。 覿（dí 笛），會面。

〔三四〕交欣懼於中襟，即喜懼交集在心中。中襟，中懷，心中。

〔三五〕悁想，憂思。

〔三六〕徙倚，徘徊不進貌。　忘趣，忘了走路。

〔三七〕矜顏，莊顏，端正了容顏。

〔三八〕燮燮，葉落聲。

〔三九〕悼當年之晚暮，哀傷壯年的晚暮，是説老年已到。何注：「《楚辭》：恐美人之遲暮。」

〔四〇〕殫（dān單），盡。

〔四一〕棹，划船用具。

〔四二〕畢、昴，都是星宿名。

〔四三〕惆惆，炯炯，焦灼不安。

〔四四〕妙密，細緻。　閑和，閑雅和平。

〔四五〕藏摧，摧藏，悽愴。

〔四六〕奄冉，逐漸。

〔四七〕勤思，苦思。

〔四八〕袪累，清除憂慮。

〔四九〕寄弱志於歸波，將懦弱之情付之東流。

〔五〇〕尤蔓草之爲會，尤，咎責，不贊同。蔓草，《詩經·鄭風》之一篇。《詩序》云：「男女失時，思不期而會焉。」作者斥責這樣的男女私會。

〔五一〕誦邵南之餘歌，邵南，召南。召南餘歌，指的是《草蟲》、《行露》等篇，這些篇章都刺男女無禮私會。

〔五二〕憩，休止。　八遐，八方。

歸去來兮辭〔一〕文選無兮辭二字。

余家貧，耕植不足以自給。幼稚盈室，曾本云，一作兼稚子盈室。缾無儲粟〔二〕，生生所資〔三〕，未見其術。親故多勸余爲長吏，脱然有懷〔四〕，求之靡途。會有四方之事〔五〕，諸侯以惠愛爲德〔六〕，家叔以余貧苦〔七〕，遂見用爲李本、焦本作于。小邑。于時風波未靜〔八〕，心憚遠役，彭澤去家百里，公田之利，曾本云，一作秫。足以爲酒，曾本云，一作過足爲潤。嫩真子引舊本同。故便求之。及少日，眷然有歸歟之情。何則？質性自然〔九〕，非矯勵焦本作厲。所得〔一〇〕。飢凍雖切，違己交病。嘗曾本云，一作曾。從人事，皆口腹自役。於是悵然慷慨，深愧平生之志。猶望一稔〔一一〕，當斂裳宵逝。尋程氏妹喪于武昌，情在駿奔〔一二〕，自免去職。仲秋至冬，在官八十餘日。因事順心，命篇曰《歸去來兮》。乙巳歲十一月也〔一三〕。

〔一〕歸去來兮，來、兮並歎詞，以示興奮喜悦。《爾雅・釋訓》：「不誒，不來也。」《漢書・韋賢傳》注：「誒，歎聲。」以來爲歎詞，《莊子》已有其例。《莊子・人間世》：「嘗以語我來！」以來爲歎詞，寫歸去之興奮喜悦，劉向、張衡已然如此。《文選・思玄賦》：「迴志朅來從玄謀。」李善注：「劉向七言曰：朅來歸耕永自疏。」朅來即去來。王慶蕃《古文學餘》云：「於官曰去，於家曰來，故曰歸去來。」非是。

〔二〕缾，瓶，儲粟器。

〔三〕生生所資，生活所需用。

〔四〕脱然有懷，脱然，喜貌，舒暢貌。《淮南子・精神訓》：「則脱然而喜矣。」注：「脱，舒也。」這句是説很喜歡地有所考慮。

〔五〕四方之事，經營四方的大事，指劉裕等的起兵勤王。《晉書・虞潭傳》：「大駕逼遷，潭勢弱，乃固守以俟四方之舉。」是其例證。

〔六〕諸侯，指劉裕等。

〔七〕家叔，指陶夔。

〔八〕風波未靜，指討伐桓玄戰事。

〔九〕質性自然，性格真率。

〔一〇〕非矯勵所得，無法造作勉强。

〔一一〕一稔，一年。

〔一二〕駿奔，快走。《晉書・王述傳》：「急緩赴告，駿奔不難。」

〔一三〕乙巳，晉義熙元年（公元四〇六），然辭涉春耕，全文寫成在次年，陶淵明四十二歲。

歸去來兮，田園宋書作園田。將蕪胡不歸？既自以心曾本云，一作身。爲形役〔一〕，南史作既以自爲形役兮。奚惆悵而獨悲！悟已往之不諫，知來者之可追；實迷途其未遠，覺今是而昨非。舟遥遥宋書作超遥，是。以藝文類聚作而。輕颺，風飄飄而吹衣。問征夫以前路，恨晨光之熹曾本云，一作晞。宋書、晉書作希。微〔二〕。乃瞻衡宇〔三〕，載欣載奔〔四〕。僮僕歡晉書作來。迎〔五〕，稚子候門。三逕就荒〔六〕，松菊猶存〔七〕。携幼入室，有酒盈宋書作停。罇。引壺觴以宋書作而，南史同。自酌，曾本云，一作適。眄宋書作盻，六臣本文選同。庭柯以怡顔〔八〕。倚南窗以宋書作而，南史同。寄傲〔九〕，審容膝之易安〔一〇〕。園日涉以宋書作而，晉書同。成趣〔一一〕，曾本云，一作逕。門雖設而常關。策扶老以晉書作而。流憩〔一二〕，宋書作愒。時矯晉書作翹。首而藝文類聚作以。遐觀〔一三〕。雲無心以李本作而，晉書、藝文類聚同。出岫〔一四〕，鳥倦飛而知還。景翳翳以宋書作其，晉書、南史同。將入〔一五〕，撫孤松而宋書作以。盤桓〔一六〕。歸去來兮，請息交以宋書作而，南史同。絶游。世與我而宋書作以。相違〔一七〕，曾本、和陶本作遺，宋書、晉書同。復駕言兮焉求〔一八〕？悦親戚之情話，樂琴書以消憂。農人告余以春及，曾本云，一無及字，一作暮春，又作仲春。文選作春兮。宋書作上春。晉書作春暮。六臣本文選無及字。將有事於文選作乎，晉書同。南史作兮。西疇。或命巾車〔一九〕，文選江淹雜詩注引作或巾柴車。或棹孤宋書作扁，南史同。舟〔二〇〕。既窈窕以藝文類聚作而。尋宋書作窮，南史同。壑〔二一〕，亦崎嶇而經曾本云，一作尋。丘〔二二〕。木欣欣以向榮，泉涓涓而始流〔二三〕。善萬物之得時〔二四〕，藝文類聚作所。感吾生藝文類聚作年。之行休〔二五〕。已矣乎，寓形宇内曾本内下有能字。注云，一無能字。復藝文類聚復下有得字。幾時〔二六〕，曷宋書作奚。不委心任去留？胡爲乎和陶本、文選無乎字，宋書、南史同。遑遑和陶本作皇皇。兮曾本云，一無兮字。蘇寫本無兮字，文選、宋書、晉書、南史、類聚同。欲何之〔二七〕？富貴非吾願，帝鄉不可期〔二八〕。懷良辰以孤往，或植杖而耘和陶本作芸。耔〔二九〕。登東皋以舒嘯〔三〇〕，臨清流而賦詩。聊乘化以晉書作而。歸盡〔三一〕，樂夫天命復奚疑。曾本云，一作爲。

〔一〕以心爲形役，形，軀體，指口腹。心不願仕，而爲了口腹去作官，認爲是精神爲軀體所役使。

〔二〕熹微，即稀微，指早晨曙光蒙籠。

〔三〕衡宇，衡門窮舍。

〔四〕載欣載奔，則喜則奔，或又喜又跑。

〔五〕僮僕歡迎，蕭統《陶淵明傳》：「爲彭澤令，送一力給其子，書曰：此亦人子也。可善遇之。」僮僕指此力子。

〔六〕三逕，園庭内小路。《文選》李注：「《三輔決録》曰：蔣詡字元卿，舍中竹下開三逕，唯求仲、羊仲從之，皆挫廉逃名不出」。

〔七〕松菊猶存，陶東園有松菊。此句紀實，亦用以表示個人節概。

〔八〕眄，閑觀。何注：「《朱子語類》：張以道曰：眄庭柯，眄字讀如俛。讀作盼者，非。」

〔九〕寄傲，寄託高傲懷抱。

〔一〇〕容膝，指矮小房屋。《文選》李注：「《韓詩外傳》：北郭先生妻曰：今結駟列騎，所安不過容膝。」　審，誠然，真正是。

〔一一〕成趣，成趨，成了散步場所。《文選》李注：「《爾雅》曰：堂上謂之行，堂下謂之步，門外謂之趨，中庭謂之走。郭璞曰：此皆行步趨走之處，因以名。」

〔一二〕策，持。　扶老，鳩杖。《玉燭寶典》：「《風俗通》云：《周禮》：羅氏，獻鳩養老。漢無羅氏，故作鳩杖以扶老。《續漢書·禮儀志》：三老五更杖玉杖，長九尺，端以鳩爲飾。」

〔一三〕矯首，抬頭。　遐，遠。

〔一四〕岫，山巒。

〔一五〕翳翳，昏暗貌。

〔一六〕盤桓，徘徊。

〔一七〕相違，互相背棄。吴淇《六朝選詩定論》：「世與我違，即左太沖詩『身世兩相棄』、李白『君平既棄世，世亦棄君平』是也。」

〔一八〕駕言，代指出遊。《詩經・邶風・泉水》：「駕言出遊。」

〔一九〕巾車，有帷的車。

〔二〇〕棹，划船工具。這裏當動詞用。

〔二一〕窈窕，深邃。指壑。

〔二二〕崎嶇，傾側不平穩。

〔二三〕涓涓，細流的狀詞。

〔二四〕善，贊美。

〔二五〕行休，即將退休。

〔二六〕寓形宇内，托身人間世。

〔二七〕遑遑，怱遽。

〔二八〕帝鄉，神仙世界。

〔二九〕植杖，把杖立在地上。《論語・微子》：「植其杖而芸。」　耘耔，耘同芸，拔草。耔，以土培苗根。

〔三〇〕皋，水畔高地。　舒嘯，敞開嗓子歌嘯。

〔三一〕聊，姑且。　乘化，跟隨造化。

陶淵明集卷之六

記傳贊述

桃花源記〔一〕并詩

晉太元藝文類聚作康。中〔二〕，武陵人捕魚爲業〔三〕；緣溪行〔四〕，藝文類聚作從溪而行。忘路之遠近。忽逢桃花林夾岸，數百步中無雜樹，曾本云，一作草。以上十四字藝文類聚作桃花林夾兩岸，數百步無雜木。芳華李本、焦本作草。曾本、蘇寫本作華。焦本又云，一作華，非。鮮美，藝文類聚作芬曖。落英繽紛〔五〕。漁人甚異之〔六〕。復前行，欲窮其林。林盡水源，便得一山。山有小口，髣髴若有光。便捨船蘇寫本、和陶本作舡。從口入。初極狹，纔通人。復行數十步，藝文類聚作行四五十步。豁然開朗〔七〕。土地平曠，屋舍儼曾本云，一作晏，又作魚。然〔八〕。藝文類聚作連接。有良田、美池、桑竹之屬。阡陌交通〔九〕，雞犬相聞。其中往來種作，男女衣著和陶本作着。悉如外人。黄髮垂髫〔一〇〕，曾本云，一作髫亂。並怡然自樂。藝文類聚作並足。見漁人，乃大驚。問所從來，具答之。便要還家〔一一〕，爲李本、焦本無爲字。據曾本、蘇寫本補。設酒殺雞作食。村和陶本誤作材。中聞有此人，咸來問訊。自云先世避秦時亂，時亂藝文類聚作難字。率妻子邑人，來此絶境，不復出焉，遂與外人間隔。藝文類聚作隔絶。問今和陶本誤作令。是何世，乃不知有漢，無論魏晉。曾本、蘇寫本云，一本有等也二字。此人一一爲具言所聞，皆歎惋〔一二〕。餘人各復延至其家〔一三〕，皆出酒食。停數日，辭去。此中人語曾本、蘇寫本云，一本無語字。云：「不足爲外人道也。」既出，得其船，和陶本作舡。便扶和陶本作指。曾本、焦本、蘇寫本云，一作於。向路〔一四〕，處處誌之。及郡下，詣太守説如此。太守即遣人隨其往，尋向所誌，遂迷不復得路。南陽劉子驥〔一五〕，高尚士也。聞之，欣然規李本、蘇寫本作親。焦本云，一作親，非。曾本作規，今從之。往〔一六〕，曾本、蘇寫本云，一本有遊焉二字。未果〔一七〕，尋病終〔一八〕。後遂無問津者。

〔一〕《桃花源記》又見《搜神後記》。《搜神後記》所載多爲民間故事，此記亦當是根據民間故事寫成。沈德潛《古詩源》云：「此即羲皇之想也。必辨其有無，殊爲多事。」

〔二〕太元，晉孝武帝年號。共二十一年，相當於公元三七六至三九六年。

〔三〕武陵，今湖南常德。

〔四〕緣，遵循。溪，武陵附近有五溪。《水經注》：「武陵有五溪，謂雄溪、樠溪、酉溪、潕溪、辰溪，悉蠻夷所居。」

〔五〕繽紛，繁雜貌。

〔六〕異，駭異，奇怪。

〔七〕豁然，開闊貌。

〔八〕儼然，整齊貌。

〔九〕阡陌交通，阡陌，田間道。《史記·商君鞅傳》：「爲田開阡陌疆界。」《正義》云：「南北曰阡，東西曰陌。按謂驛塍也。」逯按：土地兼併、佃租剥削之弊，漢以後人多誤咎於秦之廢井田開阡陌。此云阡陌交通，亦意在反對秦制。

〔一〇〕黄髮，指老年人。人老，髮由白變黄。垂髫，髮下垂，尚未總角，指幼童。

〔一一〕要（yāo 腰），邀。

〔一二〕惋，惋惜。

〔一三〕延，約請。

〔一四〕向路，先前道路。

〔一五〕劉子驥，何注：「劉驎之，字子驥。《晉書》有傳。」

〔一六〕規往，規劃前去。

〔一七〕未果，未决，没有决定。

〔一八〕尋，不久。

嬴氏亂天紀〔一〕，賢者避其世。黄綺之商山〔二〕，伊人亦云逝〔三〕。往迹浸復湮〔四〕，來逕遂蕪廢。相命肆農耕〔五〕，日入從所憩〔六〕。桑竹垂餘蔭〔七〕，菽稷隨時藝。春蠶收長曾本云，一作良。絲，秋熟靡王税。荒路曖交通，雞犬互鳴吠。俎豆猶古法〔八〕，衣裳無新製〔九〕。童孺縱行歌，斑白歡遊曾本、蘇寫本云，一作迎。詣。草榮識節和，木衰知風厲。雖無紀曆誌〔一〇〕，四時自成歲。怡然有餘樂，于何勞智慧。奇蹤隱五百〔一一〕，一朝敞和陶本誤作敝。神界。淳薄既異源〔一二〕，旋復還幽蔽〔一三〕。曾本、焦本云，一作閉。借問游方士〔一四〕，焉測塵囂外。曾本云，一作塵外地。蘇寫本云，宋本作塵外地。願言躡輕風〔一五〕，高舉尋吾契〔一六〕。

〔一〕嬴氏，秦姓嬴，此指秦始皇。　亂天紀，擾亂上天紀律。
〔二〕黄綺，黄公、綺里季夏，商山四皓中的二人。
〔三〕伊人，彼人。　指避秦的桃花源人。
〔四〕往迹，過去來桃花源的人迹。　浸，漸。
〔五〕肆，致力。
〔六〕從所憩，任憑他們休息。
〔七〕餘蔭，不盡的陰影。
〔八〕俎豆，祭祀用的兩種禮器。　范縝《神滅論》斥責佛教徒云：「廢俎豆，列瓶鉢。」「俎豆猶古法」，當亦有爲而發。

〔九〕新製，新樣式。晉宋地主貴族多更改衣裝，以奇裝異服著稱。

〔一〇〕紀曆誌，曆書。

〔一一〕五百，五百年。自秦末至太元中約五百幾十年，這裏舉其大數。

〔一二〕淳薄既異源，桃花源淳厚，人間世澆薄。根源不同。

〔一三〕旋，尋，不久。

〔一四〕游方士，游於方外之士，即方士。《莊子·大宗師》：「孔子曰：彼游方之外者，而丘游方之内者。」注：「方，區域也。」這裏指道士和尚。

〔一五〕躡，蹈，踏上。

〔一六〕契，投契人。

晉故征西大將軍長史孟府君傳〔一〕

君諱嘉〔二〕，字萬年，江夏鄂人也〔三〕。曾祖父宗，以孝行稱，仕吴司空。李本作馬。餘本作空。焦本云，宋本作空，一作馬，非。世説賢媛篇注作司徒。祖父揖，元康中爲廬陵太守〔四〕。宗葬武昌新陽縣〔五〕，子孫家焉，遂爲縣人也。君少失父，奉母二弟居。娶大司馬長沙桓公陶侃第十女〔六〕，閨門孝友，人無能間，鄉閭稱之。曾本云，一作鄉里偉之。沖默有遠量〔七〕，弱冠，儔類咸敬之〔八〕。同郡郭遜，以清操知名，時在君右〔九〕。常歎君温雅平曠〔一〇〕，自以爲不及。遜從弟立，亦有才志，與君同時齊譽，每推服焉。由是名冠州里，聲流京邑。太尉潁川庾亮〔一一〕，以帝舅民望，受分陝之重〔一二〕，鎮武昌，并領江州。辟君部廬陵從事〔一三〕。下郡還，亮引見，問風俗得失。對曰：「嘉不知，還傳當問從吏〔一四〕。」亮以曾本云，一作舉。麈尾掩口而笑〔一五〕。諸從事既去，喚弟翼語之曰：「孟嘉故是盛德人也〔一六〕。」君既辭出外，自除吏名。李本無名字。便步歸家，母在堂，兄弟共相歡樂，怡怡如也。旬有餘日，更版爲勸學從事〔一七〕。時亮崇修學校，高選儒官，以君望實〔一八〕，故應尚德之舉。太傅河南褚裒〔一九〕，曾本、蘇寫本、李本、焦本作褒，下同。簡穆有器識〔二〇〕，時爲豫章太守，出朝宗亮〔二一〕，正旦大會州府人士〔二二〕，率多時彥〔二三〕，君李本君下有在字。餘本無，今從之。坐次曾本云，一作第。甚遠。裒問亮：「江州有孟嘉，其人何在？」亮云：「在坐，卿但自覓。」裒歷觀，遂指君謂亮曰：「將無是耶〔二四〕？」亮欣然而笑，喜裒之得君，奇君爲裒之所得。乃益器焉〔二五〕。舉秀才，又爲安西將軍庾翼府功曹，再爲江州别駕、巴丘令、征西大將軍譙國桓温參軍〔二六〕。君色曾本、蘇寫本云，一作既。和而正，温甚重之。九月九日，温游龍山〔二七〕，參佐畢集，四弟二甥咸在坐。時佐蘇寫本誤作佑。吏並著戎服〔二八〕。有風吹君帽墮落，温目左右及賓客勿言，以觀其舉止。君初不自覺，良久如廁。温命取以還之。廷尉太原孫盛〔二九〕，爲諮議參軍，時在坐，温命曾本、蘇寫本云，一作授。

紙筆令嘲之。文成示温，温以著坐處〔三〇〕。君歸，見嘲笑而請筆作答，了不容思〔三一〕，文辭超卓，四座歎之。奉使京師，除尚書删定郎〔三二〕，不拜〔三三〕。孝宗穆皇帝聞其名〔三四〕，賜見東堂。君辭以脚疾，不任李本誤作仕。拜起。詔使人扶入。君嘗爲刺史謝永别駕，永，會稽人，喪亡，君求赴義〔三五〕，路由永興。高陽許詢〔三六〕，有儁才，辭榮不仕，每縱心獨往。客居縣界，嘗乘船李本作舡。近行，適逢君過，歎曰：「都邑美士，吾盡識之，獨不識此人。唯聞中州有孟嘉者，將非是乎？然亦何由來此？」使問君之從者。君謂其使曰：「本心相過，今先赴義，尋還就君。」及歸，遂止信宿〔三七〕；雅相知得，有若舊交。還至，轉從事中郎，俄遷長史。在朝隤曾本云，一作隨。然〔三八〕，仗正順而已，門無雜賓。常李本、焦本作嘗。會神情獨得〔三九〕，便曾本云，一作而。超然命駕，逕之龍山，顧景酣宴，造夕乃歸〔四〇〕。温從容謂君曰：「人不可無勢，我乃能駕御卿。」後以疾終於家，年五十一。始自總髮，至于知命〔四一〕，行不苟合，言無夸矜，未嘗有喜愠之容。好酣飲，逾多不亂。至於任懷得意，融然遠曾本云，一作永。寄〔四二〕，傍若無人。温嘗問君：「酒有何好，而卿嗜之？」君笑而答曰：「明公但不得酒中趣爾。」又問聽妓，絲不如竹，竹不如肉〔四三〕，答曰：「漸近自然〔四四〕。」中散大夫桂陽羅含〔四五〕，賦之曰：「孟生善酣，不愆其意〔四六〕。」光禄大夫南陽劉耽，昔與君同在温府，淵明從父太常夔嘗問耽：「君若在，當已作公不〔四七〕？」李本、焦本作否。答云：「此本是三司人〔四八〕。」爲時所重如此。淵明先親，君之第四女也。凱風寒泉之思〔四九〕，實鍾厥心〔五〇〕。謹按採曾本、蘇寫本云，一作採拾。行事，撰爲此傳。懼或乖謬，有虧大雅君子之德，所以戰戰兢兢若履深薄曾本、蘇寫本云，一作薄冰。云爾〔五一〕。

贊曰：孔子稱：「進德修業〔五二〕，以及時也。」君清蹈衡門〔五三〕，則令聞曾本、蘇寫本作問。孔昭〔五四〕；振纓公朝〔五五〕，則德音允集。道悠運促〔五六〕，不終遠業，惜哉！仁者必壽〔五七〕，豈斯言之謬乎！

〔一〕征西大將軍，指桓溫。孟嘉長期爲桓溫僚佐，最後任其長史。長史，大將軍屬官之一。府君，漢晉尊稱太守爲府君，子孫對先父先祖亦稱府君。孟嘉，陶淵明外祖，故此云云。又陶母卒於隆安五年（公元四〇一），時陶淵明三十七歲。本文當即是年後居憂期間所寫。此傳劉孝標注《世説新語》引作《孟嘉別傳》。案魏晉私人傳記成習，名別傳是有意指出非官史。今《晉書》有《孟嘉傳》附在《桓溫傳》後。

〔二〕諱，避諱。死者名要避諱，所以提起名時要説諱某。

〔三〕江夏鄂人，鄂應從《晉書》、《世説新語注》作鄳。晉時江夏郡有鄳縣無鄂縣。鄳，今河南羅山縣。江夏，郡名，郡治在今湖北安陸境。

〔四〕元康，晉惠帝年號（公元二九一——二九九）。

〔五〕新陽，應從《世説新語注》作陽新。陽新，三國吴所置，故城在今湖北陽新縣西南六十里。《晉書·地理志》武昌郡下有陽新縣。孟氏原籍鄳縣，孟嘉實爲陽新人。

〔六〕長沙桓公陶侃，陶侃字士行，封長沙郡公。死後，進位大司馬，謚曰桓。

〔七〕沖默，澹泊沉靜。　遠量，超俗的度量。

〔八〕儔類，朋輩。

〔九〕君右，君之上，指在孟嘉以上。

〔一〇〕温、雅、平、曠，這是郭遜給孟嘉的品題。

〔一一〕潁川庾亮，亮字元規，潁川人。晉成帝時，以帝舅身分當政。死後追贈太尉。

〔一二〕分陝之重，陝，地名，今河南陝縣。周成王時，周公、召公分陝而治。周公統治陝以東，召公統治陝以西。後世凡兩大臣夾輔王室者，稱爲分陝重任。庾亮以征西將軍、江荆豫三州刺史，總攝長江上游軍政，與丞相王導共佐晉室，所以説受分陝之重。

〔一三〕辟，徵聘。　部廬陵從事，委任廬陵郡從事。廬陵郡屬江州。從事，官名。

〔一四〕還傳，回到傳舍。傳舍，驛舍。

〔一五〕麈尾，麈，鹿類。以麈尾做成的拂塵叫麈尾。當時貴族名士多手持此物。

〔一六〕盛德人，有道名流。

〔一七〕版，授職，委任。　勸學從事，官名。

〔一八〕望實，名望實才。

〔一九〕褚裒，字季野。曾爲豫章太守。《晉書》有傳。

〔二〇〕簡穆，簡貴沉默。《世説新語·德行篇》注引《晉陽秋》：「裒少有簡貴之風，沖默之稱。」

〔二一〕出朝宗亮，朝宗，《周禮·大宗伯》：「春見曰朝，夏見曰宗。」這句話是説離開豫章朝見庾亮。

〔二二〕正旦，元旦。

〔二三〕時彥，當代知名人士。

〔二四〕將無，豈不，難道不。晉人習語。

〔二五〕益器，越發器重。

〔二六〕桓温，字元子。譙國（今安徽懷遠縣）人。時爲征西大將軍、荆州刺史。

〔二七〕龍山，在今湖北江陵縣西北。

〔二八〕戎服，軍服。

〔二九〕太原孫盛，字安國。太原人。當時著名文士。

〔三〇〕著坐處，放在嘉座上。

〔三一〕了不，訖不，竟不。　容思，需要構思。

〔三二〕除尚書删定郎，除，授職；尚書删定郎，官名。

〔三三〕不拜，不謝官，不就職。

〔三四〕孝穆皇帝，晉穆帝司馬聃。在位年號爲永和及升平（公元三四五——三六一）。

〔三五〕赴義，漢晉時，對上司弔喪送葬，成爲當然義務。所以弔喪稱作赴義。

〔三六〕許詢，高陽新城人，當時名士。

〔三七〕信宿，一宿叫宿，再宿叫信。

〔三八〕在朝隤然，朝指刺史衙門，隤然，順隨貌。

〔三九〕會神情獨得，遇心上有特殊體會。

〔四〇〕造夕，到了天晚。

〔四一〕知命，五十歲。

〔四二〕融然遠寄，融然，高朗貌。遠寄，寄心世外。

〔四三〕絲不如竹，竹不如肉，是說弦奏不如管奏，管奏不如人歌。

〔四四〕漸近自然，是説最自然的音樂是人的歌唱。弦奏用手，遠於自然；管奏用口，較近自然；用喉歌唱，最近自然。孟嘉以自然之義解釋音樂，認爲歌喉勝管弦，就是因爲漸近自然。

〔四五〕羅含，字君章。桂陽耒陽人。先爲庾亮江夏從事，後爲桓溫征西户曹參軍。

〔四六〕不愆其意，不失中心主旨。

〔四七〕作公，作到三公一類官。

〔四八〕三司，司徒、司馬、司空。即三公。

〔四九〕凱風寒泉之思，指思念母親的心情。《詩經·邶風·凱風》：「凱風自南，吹彼棘心。棘心夭夭，母氏劬勞。」又：「爰有寒泉，在浚之下。有子七人，母氏勞苦。」

〔五〇〕實鍾厥心，鍾，集中於；厥心，其心，這顆心。

〔五一〕若履深薄，像是臨深淵履薄冰。《詩經·小雅·小旻》：「戰戰兢兢，如臨深淵，如履薄冰。」

〔五二〕孔子稱進德修業，進德修業句見《易經·乾卦》，此卦相傳孔子所作。

〔五三〕清蹈衡門，高隱之士出入柴門。

〔五四〕令聞孔昭，令聞，美名；孔昭，甚顯著。

〔五五〕振纓，振動冠上的纓帶，指登仕當官，與彈冠之義相同。《晉書·周馥傳》：「馥振纓中朝，素有俊彥之稱。」

〔五六〕道悠運促，天道悠久，人命短暫。

〔五七〕仁者必壽，《論語·雍也》：「仁者壽。」有仁心的人必然長壽。

五柳先生傳〔一〕

先生不知何許人也〔二〕，亦不詳其姓字。宅邊有五柳樹，曾本云，一無樹字。因以爲號焉。閑靜少言，不慕榮利。好讀書，不求甚解；每有會意，便欣然忘食〔三〕。性嗜酒，家貧不能常曾本云，一作恒。得。親舊知其如此，或置酒而招之。造飲輒盡〔四〕，期在必醉；既醉而退，曾不吝情去留〔五〕。環堵蕭然〔六〕，不蔽風日。短褐穿結〔七〕，簞瓢屢空。晏如也。常著文章自娛，頗示己志。忘懷得失，以此自終。

贊曰：黔婁之妻（各本無之妻二字。曾本云，一有之妻二字，今從之。）有言〔八〕：「不戚戚於貧賤〔九〕，不汲汲（曾本云，一作惶惶。）於富貴〔一〇〕。」極（李本無極字。）其言茲若人之儔乎〔一一〕？酣觴（李本作酬觴。）賦詩，以樂其志，（曾本、蘇寫本云，一作酒酣自得，賦詩樂志。）無懷氏之民歟〔一二〕？葛天氏之民歟？

〔一〕本篇約作於宋永初元年（公元四二〇），陶淵明五十六歲。見《事迹詩文繫年》。

〔二〕何許，何所，何處。

〔三〕便欣然忘食，《與子儼等疏》：「少學琴書，偶愛閑靜。開卷有得，便欣然忘食。」與此同。

〔四〕造，至。

〔五〕不吝情去留，不以去留爲意。

〔六〕環堵蕭然，四壁空空。

〔七〕短褐，粗布短衣。　穿結，破爛補綻。

〔八〕黔婁之妻，事見《列女傳》。

〔九〕戚戚，憂慮。

〔一〇〕汲汲，營求忽忙。

〔一一〕極其言，推究她的話。　兹，此，指五柳先生。　若人，乃人，那樣一種人。　指不戚戚於貧賤，不汲汲於富貴的人。　儔，類。

〔一二〕無懷氏、葛天氏，傳説中的上古帝王。

扇上畫贊

荷蓧丈人　長沮桀溺　於陵仲子　張長公　丙曼容莫本誤作客。

鄭次都　薛孟嘗　周陽珪藝文類聚作周妙珪。

三五道邈〔一〕，淳風日盡。九流參差〔二〕，互相推隕。形逐物遷〔三〕，心無常準，是以達人，有時而隱。四體不勤，五穀不分；超超丈人〔四〕，日夕在耘。遼遼沮溺〔五〕，耦耕自欣，入鳥不駭，雜獸斯群〔六〕。至矣於陵〔七〕，養氣浩然，蔑彼結駟〔八〕，甘此灌園。張生一仕〔九〕，曾以事焦本作仕。還。顧我不能，高莫本云，一作長。謝人間。岧岧丙公〔一〇〕，望崖輒歸〔一一〕，匪驕莫本作矯。注，一作驕。匪吝〔一二〕，前路威夷〔一三〕。鄭叟不合〔一四〕，垂釣川湄〔一五〕，交酌林下，清言究微〔一六〕。孟嘗莫本云，一作生。遊學〔一七〕，天網時疏〔一八〕，眷言哲友，振褐偕徂〔一九〕。美莫本作英。哉周子〔二〇〕，稱疾閑居，寄心清尚，藝文類聚作商。悠藝文類聚作恬。然莫本云，一作悠悠。自娱。

翳翳衡門，洋洋泌流〔二一〕。曰琴曰書，藝文類聚作日玩群書。顧盼蘇寫本作眄。有藝文類聚作寡。儔〔二二〕。飲河既足〔二三〕，自外皆休。緬懷千載〔二四〕，託契孤遊〔二五〕。

〔一〕三五，三皇五帝。

〔二〕九流參差二句，九流即《漢書·藝文志》所謂儒、道、陰陽、法、名、墨、縱横、雜、農等九家學派。九家學説各異，入主出奴，互相排斥，故言九流參差，互相推隕。推隕，推排顛覆。

〔三〕形逐物遷二句，指九家學説跟隨事物變化，毫無定準。

〔四〕丈人，指荷蓧丈人。

〔五〕沮溺，指長沮、桀溺。

〔六〕三五道邈至雜獸斯群一段，説明作者追求的不是儒家孔子，而是沮溺等躬耕之士。

〔七〕至矣於陵，至，謂其德至極，於陵，指陳仲子。何注：「《高士傳》：陳仲子居於於陵，楚王聞其賢，遣使聘之欲以爲相。仲子入告其妻。妻曰：夫子左琴右書，樂在其中矣。結駟連騎，所甘不過一肉，而懷楚國之憂，可乎？於是謝使者，遂相與逃而爲人灌園。」

〔八〕結駟，一車駕四馬。

〔九〕張生一仕，張生，張摯，字長公。見前《飲酒》詩注。

〔一〇〕岧岧，高超貌。丙公，何注：「漢邴漢兄曼容，養志自修，爲官不肯過六百石，輒自免去。其名過出於漢。」

〔一一〕望崖輒歸，看到懸崖便回身，謂能懸崖勒馬。

〔一二〕匪驕匪吝，不驕傲不吝嗇。

〔一三〕威夷，險阻。

〔一四〕鄭叟，何注：「後漢鄭敬，字次都。都尉逼爲功曹，辭病去，隱處精學。同郡鄧敬爲督郵，過存敬，敬方釣魚于大澤，因折芰爲坐，以荷薦肉，瓠瓢盈酒，言談彌日。」

〔一五〕川湄，河涯。

〔一六〕究微，研究妙理。

〔一七〕孟嘗，何注：「後漢汝南薛包，字孟嘗。建光中，公車特徵至，拜侍中。包稱疾不起，以死自乞，有詔賜告歸，加禮如毛義。」

〔一八〕天網時疏，天網，比喻朝廷法令。天網本來是密的，此時却偶然有了疏漏。指可以謝職回家。

〔一九〕振褐偕徂，整頓一下粗布衣，共同逝去。

〔二〇〕周子，周陽珪，事迹不詳。

〔二一〕翳翳衡門，洋洋泌流，《詩經・陳風・衡門》「衡門之下，可以棲遲；泌之洋洋，可以樂飢。」泌，泉水；洋洋，大水貌。

〔二二〕儔，伴侶。

〔二三〕飲河既足，以偃鼠的飲量易足喻本人生活要求有限。《莊子・逍遥遊》：「偃鼠飲河，不過滿腹。」

〔二四〕緬懷，遥念。

〔二五〕託契，寄託交情。　孤遊，隱逸流派。

尚長禽慶贊〔一〕本集不載，見藝文類聚。

尚子昔薄宦〔二〕，妻孥共早類聚誤作車。晚。貧賤□何注本作與。富貴，讀易悟益損。禽生善周遊，周遊日已遠。去矣尋名山，上山豈知反。

〔一〕何注：「尚長，見《高士傳》。《後漢書》作向長，字子平，河内朝歌人。隱居不仕，讀《易》，至《損》《益》卦，歎曰：吾已知富不如貧，貴不如賤，但未知死何如生耳。男女嫁娶既畢，遂與北海禽慶俱遊五嶽名山，不知所終。」

〔二〕薄宦，作下吏。

讀史述九章　余讀史記有所感而述之。

夷　齊〔一〕藝文類聚作夷齊贊。

二子讓國，相將海隅〔二〕。天人革命〔三〕，絶景窮居〔四〕。采薇高歌，慨想黄虞〔五〕。貞風凌俗，爰感懦夫〔六〕。

〔一〕夷齊，伯夷、叔齊，孤竹君之二子。以互相讓王位，先後都逃往北海。周武王伐紂，他們曾扣馬諫阻。周統一中國，他們隱於首陽山，采薇而食，遂餓死。詳見《史記·伯夷列傳》。

〔二〕相將，互相扶持。海隅，北海濱。《孟子·盡心》：「伯夷避紂，居北海之濱。」

〔三〕天人革命，是説周武王的伐紂，是應天順人的革命。《易經·革卦》：「湯武革命，順乎天而應乎人。」

〔四〕絶景，絶影，滅絶踪跡。指隱居離開人間世。

〔五〕黄虞，黄帝、虞舜。

〔六〕懦夫，怯懦的人。《孟子·萬章》：「伯夷，當紂之時，居北海之濱，以待天下之清也。故聞伯夷之風者，頑夫廉，懦夫有立志。」

箕　子〔一〕

去鄉之感，猶有遲遲。矧伊代謝〔二〕，觸物皆非。哀哀莫本云，一作猗嗟。箕子，云胡能夷〔三〕？狡童蘇寫本作僮。之歌〔四〕，悽矣其悲。

〔一〕箕子，殷紂大臣。紂殺比干，箕子懼，假裝瘋顛，做了奴隸，爲紂所囚禁。周武王滅殷，釋放了箕子。事見《史記·殷本紀》。

〔二〕代謝，指朝代更换。

〔三〕云胡能夷，説什麽能平静下來。夷，平。

〔四〕狡童之歌，《史記·宋微子世家》：「箕子朝周，過故殷墟。感宫室毁壞生禾黍，箕子傷之，欲哭則不可，欲泣爲其近婦人，乃作《麥秀》之詩以歌詠之。其詩曰：麥秀漸漸兮，禾黍油油。彼狡童兮，不與我好兮！」此歌，《尚書大傳》作微子詩，文字略異。

管鮑〔一〕

知人未易，相知實難。淡美初交〔二〕，利乖曾本云，一作我。**歲寒〔三〕。管生稱心，鮑叔必安。奇情雙亮〔四〕，令名俱完。**

〔一〕管鮑，管仲、鮑叔。管仲與鮑叔友善。曾以貧困共同經商。分利時，管仲取去的多，鮑叔不認爲管仲貪婪。管仲執政以後，特别推薦鮑叔。當時都謂鮑叔善於知人。事見《史記·管晏列傳》。

〔二〕淡美初交，初交朋友，以淡泊爲美。《禮記·表記》：「故君子之接若水，小人之接如醴。君子淡以成，小人甘以壞。」

〔三〕利乖歲寒，歲寒，指窮困關頭。此句謂往往在窮困關頭，因利絶交。

〔四〕奇情，非常情操。雙亮，互相諒解。

程　杵〔一〕

遺生良難〔二〕，士爲知己。望義如歸，允伊二子〔三〕。程生揮劍〔四〕，懼兹餘恥。令德永聞〔五〕，百代見紀。

〔一〕程杵，程嬰、公孫杵臼。二人與晉趙朔友善。趙朔爲屠岸賈所害，公孫杵臼與程嬰定計，營救了朔之孤兒。此孤兒承繼趙氏，是爲趙武。後武攻滅屠岸賈，嬰亦自殺以報杵臼。事見《史記·趙世家》。

〔二〕遺生，捨命。

〔三〕允伊，信此，真正如此。

〔四〕揮劍，指自刭而死。

〔五〕令德，美德。

七十二弟子〔一〕

恂恂舞雩〔二〕，莫曰匪賢〔三〕。俱映日月，共飡至言〔四〕。慟由才難，感爲情牽。回也早夭〔五〕，賜獨長年〔六〕。莫本云，一作永年，又作卒年。

〔一〕七十二弟子，《史記・孔子世家》：「孔子以詩書禮樂教弟子，身通六藝者七十有二人。」逯按：七十二，非實數；七十二人，即八九人耳。

〔二〕恂恂舞雩，恂恂，信實貌。用恂恂代表信實人物，舞雩，指祈雨舞壇。這句是説祈雨壇上的各位信實人。

〔三〕匪賢，不是賢人。

〔四〕俱映日月，都與日月相輝映，指他們道德高尚。　共湌至言，共同咀嚼至理名言。

〔五〕回，顔淵。　早夭，早死。

〔六〕賜，端木賜，即子貢。

屈　賈〔一〕

進德修業，將以及時。如彼稷契〔二〕**，孰不願之？嗟乎二賢，逢世多疑。**曾本云，一作多逢世疑。**候詹**李本作懷沙。餘本作候詹，今從之。**寫志**〔三〕**，感鵩獻辭**〔四〕**。**

〔一〕屈賈，屈原、賈誼。事迹見《史記・屈原賈生列傳》。

〔二〕稷契，虞舜時二賢臣。相傳稷任農官，教民稼穡，栽種五穀；契任司徒官，教民以人倫道德。

〔三〕候詹寫志，候，拜會。詹，鄭詹尹。屈原曾會見鄭詹，請其占卦，作《卜居》。文云：「屈原既放，三年不得復見。乃往見太卜鄭詹尹曰：余有所疑，願先生決之。」

〔四〕感鵩獻辭，鵩，鴞鳥，古人認爲不祥之鳥。賈誼爲長沙王太傅，三年，見鵩飛入舍，感到壽命不長，遂作《鵩鳥賦》。陳仁子《文選補遺》：「如彼稷契，孰不願之。淵明豈忘世者。」

韓　非〔一〕

豐狐隱穴〔二〕，以文自殘〔三〕。君子失時，白首抱關〔四〕。巧行居災〔五〕，曾本云，一作賢。**忮**李本作伎。蘇寫本作忮。焦本作枝，注云，一作忮。**辯召**莫本云，一作招。蘇寫本云，一作自招。**患〔六〕。哀矣韓生，竟死説難。**

〔一〕韓非，戰國時韓國公子。非著書十餘萬言，秦王見之，甚欲得非。乃急攻韓，韓遂令非使秦。非至秦，李斯等譖害之。下吏治罪，李斯遺以藥，非遂自殺。

〔二〕豐狐，封狐，巨狐。《莊子・山木》：「夫豐狐、文豹，棲於山林，伏於巖穴，靜也。」

〔三〕以文自殘，謂狐因皮美麗反自受害，比喻有説辯才華者容易招禍。《韓非子・喻老》：「翟人有獻豐狐、玄豹之皮于晉文公，文公受客皮而歎曰：此以皮之美自爲罪，罪莫大於可欲。」

〔四〕白首抱關，指年老作監門小吏的侯嬴。謂嬴雖無游説之患，年老抱關，亦甚可憫。

〔五〕巧行，指辯士巧於説辭。居災，處禍。

〔六〕忮辯召患，忮，疾忌，言君主疾忌辯者發其陰私，所以辯者每以召致禍患。《史記》本傳，獨載非之《説難》，列舉説辯者招致棄身、危身等禍患。

魯二儒〔一〕 藝文類聚作魯二儒贊。

易大各本作易代。莫本、蘇寫本云，一作大易。今從藝文類聚。隨時〔二〕，迷變則愚。介介藝文類聚作芬芬。若人〔三〕，特爲貞夫。德不百年，污我詩書。逝然藝文類聚作焉。不顧〔四〕，被褐幽居。

〔一〕魯二儒，西漢初二儒生。劉邦初定天下，叔孫通建議徵聘魯國儒生共定朝廷禮儀。徵聘的三十多人中，有二儒生不肯應聘，理由是天下初定，死者未葬，傷者未起，不宜立即制定禮樂。叔孫通嗤笑他們是陋儒，不知時變。詳見《史記·劉敬叔孫通列傳》。

〔二〕易大隨時，大，看得重大。是説《易經》最重視順隨時代。《易經·隨卦》：「隨時之義大矣哉。」

〔三〕介介，耿介孤高。若人，乃人，那樣一種人。

〔四〕逝然，決絕的狀詞。

張長公〔一〕 藝文類聚作張長公贊。

遠莫本、蘇寫本云，一作達。藝文類聚作達。哉長公，蕭然何事？世路多端，藝文類聚作皆同。皆爲我異〔二〕。蘇寫本云，一作世路多僞，而我獨異。藝文類聚作而我獨異。斂轡朅來〔三〕，獨藝文類聚作閑。養其志。寢迹窮年〔四〕，誰知斯意。

〔一〕張長公，張摯。《史記·張釋之傳》：「釋之子摯，字長公，官至大夫，免。以不能取容當世，故終身不仕。」

〔二〕皆爲我異，皆因我而異樣。

〔三〕斂轡，息駕，收起車馬。　朅來，去來，即歸去來。

〔四〕寢迹，息滅行迹，指隱居。　窮年，長期間。

陶淵明集卷之七

疏祭文

與子儼等疏〔一〕 宋書作與子書，南史同。

告儼、俟、份、佚、佟：天地賦命〔二〕，生必有死。宋書作有往必終。金樓子作有生必終，册府元龜同。自古賢聖，誰獨能李本、焦本作能獨。免。子夏有宋書無有字，册府元龜同。言曰〔三〕：李本、焦本無曰字。今從曾本補。「死生有命，富貴在天。」四友之人〔四〕，曾本、蘇寫本云，一作四方之友。親受音旨，曾本云，一作德音。發斯談者，將宋書作豈，册府元龜同。非窮達不可妄求〔五〕，壽夭永無外請故耶〔六〕？吾年過五十，少宋書無少字，南史同。而窮苦，曾本云，一下有荼毒二字。宋書、南史有荼毒二字，册府元龜同。每册府元龜無每字。以宋書無每以二字。家宋書有貧字。弊，東西游走。性剛才拙，與物多忤。自量爲己，必貽俗患。册府元龜作患累。僶俛辭世〔七〕，使汝等宋書無等字，南史同。幼而飢寒。宋書有耳字，南史、册府元龜同。余嘗感孺仲賢妻之言〔八〕，敗絮自曾本誤作息。擁，何慚兒子。此既一事矣。但恨鄰靡二仲〔九〕，室無萊婦〔一〇〕，抱茲苦心，良獨內愧。

宋書、南史作罔罔，册府元龜同。金樓子作惘惘。少學曾本云，一作好。琴書，曾本、蘇寫本云，一作少來好書，南史、藝文類聚同。宋書作少年來好書。册府元龜作少年好書。偶愛閑靜，開卷有得，便欣然忘食。見樹木交蔭，時鳥變聲，亦復歡然曾本云，一作爾。宋書作爾，藝文類聚、册府元龜同。有喜。常宋書作嘗，南史同。言：五六月中，宋書無中字，南史、册府元龜同。北窗下卧，遇涼風暫至，自謂是羲皇上人〔一一〕。意淺識罕〔一二〕，宋書作陋，南史同。謂斯言可保；日月遂曾本云，一作逝，蘇寫本同。往，機巧好疏〔一三〕。緬求在昔〔一四〕，眇然如何〔一五〕。疾焦本作病。患以來，漸就衰損。親册府元龜作故。舊不遺，每以南史作有。藥石見救，自恐大分將有限曾本作恨。也〔一六〕。汝宋書汝上有恨字，册府元龜同。輩稚小家貧，每宋書作無。南史、册府元龜同。役柴水之勞〔一七〕，何時可免？念之在心，若何可言。然汝等雖不李本、曾本作曰，曾本注，一作不。焦本云，一作曰。同生〔一八〕，當思四海皆兄弟之義。鮑叔、管藝文類聚作敬，册府元龜同。仲〔一九〕，分財無猜；藝文類聚作無恪情。歸生、伍舉〔二〇〕，班荆道舊。遂能以敗爲成〔二一〕，因喪立功〔二二〕。他人尚爾，況同南史作共。父之人哉。潁川韓金樓子誤作陳。元長，漢末名士。身處卿佐，八十李本作七十。注云，集本作八十。而終。兄弟同居，至於没齒〔二三〕。濟北氾曾本、蘇寫本作范。稚南史作幼。春〔二四〕，曾本、蘇寫本云，南史作幼春，宋書作氾稚。晉時操金樓子作積。行人册府元龜人上有仁字。也。七世同財，家人無怨色。曾本、蘇寫本云，一作辭。《詩》曰：宋書作云，南史同。「高山仰止〔二五〕，景行行止。」雖不能爾〔二六〕，至心尚蘇寫本云，一作善，曾本注同。惟誤置之字下。之〔二七〕。汝其慎哉！吾復何言〔二八〕。

〔一〕本文作於晉義熙十一年（公元四一五）。陶淵明五十一歲。詳見《事迹詩文繫年》。

〔二〕賦命，給與人以生命。

〔三〕子夏，姓卜名商，孔丘弟子。

〔四〕四友，何注：「《孔叢子》：孔子四友，回、賜、師、由，非子夏，而此云然者，特謂其同列耳。」

〔五〕將非，豈非。

〔六〕外請，額外請求。

〔七〕僶俛，黽勉，勉力，勉强。

〔八〕孺仲賢妻之言，李注：「《後漢書·王霸傳》：霸，字孺仲。又《列女傳》：霸，少立高節，光武時連徵不仕。與同郡令狐子伯爲友。後子伯爲楚相，而其子爲功曹。子伯遣子奉書于霸，客去而久卧不起。妻怪問其故，曰：向見令狐子容服甚光，舉措有適，而我兒蓬髮歷齒，未知禮則，見客而有慚色。父子恩深，不覺自失耳。妻曰：君少修清節，不顧榮辱，今子伯之貴，孰與君之高？君躬勤苦，子女安得不耕以養？既耕安得不黄頭歷齒？奈何忘宿志而慚兒女子乎？霸屈（崛）起而笑曰：有是哉！遂共終身隱遁」。

〔九〕二仲，李注：「《高士傳》：求仲、羊仲，皆治車爲業，挫廉逃名。蔣元卿之去兖州，還杜陵，荆棘塞門，舍中有三徑，不出，惟二人從之游，時人謂之二仲。」

〔一〇〕萊婦，老萊子之婦，李注：「《列女傳》：楚老萊子，逃世耕於蒙山之陽。王使人聘以璧帛。妻曰：妾聞之，可食以酒肉者，可隨以鞭捶；可授以官禄者，可隨以斧鉞。今先生食人之酒肉，受人之官禄，此皆人之所制也。居亂世而爲人所制，能免於患乎？老萊子遂隨其妻至於江南而止。」

〔一一〕羲皇上人，伏羲時代以上的人。辛棄疾《鷓鴣天》「自是羲皇以上人」本此。

〔一二〕識罕，認識差。識見少。

〔一三〕好疏，甚少。

〔一四〕緬求，遠求。

〔一五〕眇然，眇茫。

〔一六〕大分，大數，指生死大數。

〔一七〕役，被驅使。

〔一八〕不同生，不是一母所生。

〔一九〕鮑叔、管仲二句，《史記·管晏列傳》：「管仲曰：吾始困時嘗與鮑叔賈，分財利，多自與，鮑叔不以我爲貪，知我貧也。」

〔二〇〕歸生、伍舉二句，道舊，叙談舊好。據《左傳·襄公二十六年》，楚伍舉與歸生友善。伍舉因罪奔鄭，又赴晉作官，歸生作使臣去晉，與伍舉遇於鄭國郊外，坐在一起吃飯，談起重温舊好的事。

歸生返楚，向令尹子木説，楚國人材，多爲晉國所用，這樣對楚國不利。子木遂准許把伍舉從鄭國召回。歸生又名聲子。

〔二二〕以敗爲成，指管仲被俘，本來失敗了，但因鮑叔推薦，做了齊相，成就霸業。

〔二三〕因喪立功，指伍舉奔鄭，本來是一次失敗，但後來竟能協助公子圍，繼承王位，立下功勞。詳見《左傳・昭公元年》。

〔二三〕没齒，没有了牙齒，指老年。

〔二四〕氾稚春，名毓，西晉人。見《晉書・儒林傳》。

〔二五〕高山仰止二句，見《詩經・小雅・車舝》。仰，抬頭望，止，句尾助詞。景行，光明大道。行止之行，行，行走。

〔二六〕爾，如此，像這樣。

〔二七〕至心尚之，誠心尊崇他們。至心，至誠，誠心。尚，尊崇。之，代詞，指上舉數人。

〔二八〕吾復何言，我還講什麽。

祭程氏妹文〔一〕

維晉義熙三年〔二〕，五月甲辰〔三〕，程氏妹服制再周〔四〕。淵明以少牢之奠〔五〕，俯而酹曾本，蘇寫本云，一作祼。之〔六〕。嗚呼哀哉！寒往暑來，日月寖疏〔七〕。梁塵委積，庭草荒蕪。寥寥空室，哀哀曾本云，一作哀哉。遺孤。肴觴虛奠，人逝焉如〔八〕！誰無兄弟，人亦同生，嗟我與爾，特百曾本、蘇寫本作迫，注，一作百。常情〔九〕。慈妣早世〔一〇〕，時尚孺嬰；我年二六，爾纔九齡。爰從靡識〔一一〕，撫髫曾本、蘇寫本云，一作髻。相成〔一二〕。咨爾曾本云，一作余。令妹，有德有操。靖恭鮮曾本云，一作斯。言〔一三〕，聞善則樂。能正能和，惟友惟孝。行止中閨〔一四〕，可象可效〔一五〕。我聞爲曾本云，一作惟。善，慶自己蹈〔一六〕；彼蒼何偏〔一七〕，而不斯報！昔在江陵，重罹天罰〔一八〕，兄弟索居〔一九〕，乖隔楚越〔二〇〕，伊我與爾，曾本云，一作令妹。百哀曾本云，一作憂。是切。黯黯高雲，蕭蕭冬月，白雪各本作雲。曾本云，一作白雪。掩晨，長風悲節。感惟崩號〔二一〕，興言泣血〔二二〕。尋念平昔，觸事未遠，書疏猶存，遺孤滿眼。如何一往，終天不返！寂寂高堂，何時復踐？藐藐孤女〔二三〕，曷依曷恃？煢煢遊曾本、蘇寫本云，一作孤。魂〔二四〕，誰主誰祀？奈何程妹，於此永已！死如有知，相見蒿里〔二五〕。嗚呼哀哉！

〔一〕程氏卒於晉義熙元年（公元四〇五）十一月以前，見《歸去來兮辭序》。本文作於義熙三年（公元四〇七）五月，距程氏卒約一年半。是年，陶淵明四十三歲。

〔二〕維，句首助詞。

〔三〕甲辰，據《二十史朔閏表》爲五月六日。

〔四〕服制再周，服制，喪服制度。喪服分五等，名爲五服。已嫁姊妹，按服制應服大功服，爲期九個月。程氏卒於義熙元年十一月以前，至義熙三年五月，約十八個月，即兩個九月，故曰服制再周。

〔五〕少牢之奠，少牢，羊、猪二牲祭；奠，祭奠。

〔六〕酹，以酒澆地祭奠。

〔七〕寖疏，漸遠。

〔八〕焉如，何往，那裏去了。

〔九〕特百常情，獨百倍於一般情感。李注：「《謝玄傳》：痛百常情。作迫，非。」

〔一〇〕慈妣，庶母。指程氏生母。

〔一一〕爰從靡識，乃從童年無知時。爰，乃。靡識，無知識。

〔一二〕撫髫相成，自幼互相輔助。髫，小兒垂髮。撫髫，撫摸頭髮。

〔一三〕靖恭，安靜恭敬。

〔一四〕行止，一動一靜。

〔一五〕可象，可以作榜樣。《左傳・襄公三十一年》：「有儀可象謂之儀。」

〔一六〕慶自己蹈，福由本人自取。慶，福。自，由於。蹈，尋取。

〔一七〕彼蒼，天。《詩經・秦風・黄鳥》：「彼蒼者天。」

〔一八〕重罹天罰，指陶母孟氏卒。罹，遭受。天罰，古人以爲父母逝世，由於本人得罪上天，禍延於父母，故此以母死乃遭受天罰。又因庶母前已死亡，所以這裏説重罹天罰。李注：「晉安帝隆安五年秋七月，赴假（原誤駕）還江陵，是冬，母孟氏卒。」

〔一九〕索居，離群獨居。

〔二〇〕乖隔楚越，分居東西兩地。《莊子·德充符》：「自其異者視之，肝膽楚越也。」楚越指地區不同，非實指地名。

〔二一〕感惟崩號，感慟就叩頭號哭。崩，崩角，叩頭觸地。《孟子·盡心》：「若崩厥角，稽首。」號，號哭。

〔二二〕興言泣血，一舉哀就哭出血來。興，舉，指舉哀。言，語助詞。

〔二三〕藐藐，小貌。

〔二四〕煢煢，孤獨貌。

〔二五〕蒿里，相傳泰山下蒿里，是死者魂魄所歸處。古樂府有喪歌《蒿里行》。

祭從弟敬遠文〔一〕

歲在辛亥〔二〕，月惟仲秋，旬有九日〔三〕，從弟敬遠，卜辰云窆〔四〕，永寧后土〔五〕。感平生之游處，悲一往之不返。情惻惻以曾本云，一作而。摧心〔六〕，淚愍愍曾本云，一作悠悠。而盈眼〔七〕。乃以園果時醪，祖其將行〔八〕。嗚呼哀哉！於鑠我弟〔九〕，曾本云，一作子。有操有概。孝發幼齡，友自天愛。少思寡欲，靡執靡介〔一〇〕。後己先人，臨財思惠。心遺得失，情不依世。

其色能温，其言則厲。樂勝朋高，好是文藝。遥遥帝鄉〔一一〕，爰感奇心，絶粒委務〔一二〕，考槃曾本作盤。山陰〔一三〕。淙淙懸溜，曖曖荒林，晨採上藥，夕閑素琴〔一四〕。曰仁者壽，竊獨信之；如何斯言，徒藝文類聚作獨。能見欺！藝文類聚誤作斯。年甫過立〔一五〕，奄與世辭，長歸蒿里，邈無還期。惟我與爾，匪但曾本云，一作且，又作偶。親友，父則同生，母則從母〔一六〕。相及齠蘇寫本作齔。齒〔一七〕，並罹偏咎〔一八〕，斯情實深，斯愛實厚。念疇莫本作彼。昔日，同房之歡，冬無緼褐〔一九〕，夏渇瓢簞〔二〇〕；相將以道，相開以顔。曾本云，一作歡。豈不多乏，忽忘飢寒。余嘗學仕，纏綿人事，流浪無成，懼負素志。斂策歸來，爾知我意，常願攜手，寘彼衆議〔二一〕。李本作意。曾本、蘇寫本同。又注，一作宜衆特異。今從焦本。每憶有秋，我將其刈〔二二〕，與汝偕行，舫曾本、蘇寫本云，一作泛。舟同濟〔二三〕。三宿水濱，樂飲川界，静月澄高，温風始逝。撫杯而言，物久人脆，奈何吾弟，先我離世！事不可尋，思亦何極，日徂月流，寒暑代息。死生異方，存亡有域，候晨永歸〔二四〕，指塗載陟〔二五〕。呱呱遺稚，未能正言；哀哀嫠人〔二六〕，禮儀孔閑〔二七〕。庭樹如故，齋宇廓然。孰云敬遠，何時復還。藝文類聚作旋。余惟人斯，昧兹近情，蓍龜有吉〔二八〕，曾本云，一作告。蘇寫本作告。注，一作吉。制我祖行〔二九〕。望旐翩翩〔三〇〕，執筆涕盈，神其有知，昭余中誠〔三一〕。嗚呼哀哉！

〔一〕從弟，同祖父之弟。陶淵明有《癸卯歲十二月中作與從弟敬遠》詩，即此敬遠。

〔二〕辛亥爲晉義熙七年（公元四一一），陶淵明四十一歲。

〔三〕旬有九日，一旬又九日，即十九日。

〔四〕卜辰云窆，卜辰，占日子。窆，下棺安葬。云，助詞。

〔五〕后土，大地。古人以皇天后土稱天地。皇天，皇天上帝；后土，皇地祇。

〔六〕惻惻，傷痛貌。

〔七〕愍愍，悲哀貌。

〔八〕祖，祖奠，祭名。對死者，則在發引前舉行，表示薦送。

〔九〕於鑠，用作贊美的感歎詞。如言美啊或光明啊。

〔一〇〕靡執靡介，靡，不。言不固執，不孤僻。

〔一一〕帝鄉，神仙世界。

〔一二〕絶粒，避穀，不食人間煙火，東晉道教徒修真術。委務，委棄世務。

〔一三〕考槃，《詩經·衛風·考槃》：「考槃在澗，碩人之寬」，傳云：「考，成也；槃，樂也。」考槃，後人率引申爲隱居義。《晉書·杜夷傳》：「考槃空谷，肥遁匿跡。」陶文本此。

〔一四〕閑，嫻習。

〔一五〕過立，過三十歲。

〔一六〕從母，母親姊妹。陶注：「《豫章書》：孟嘉以二女妻陶侃子茂之二子，一生淵明，一生敬遠，是敬遠之母爲先生從母也。」

〔一七〕相及齠齒二句，齠齒，李注：「齠與齔義同，毁齒也。《家語》曰：男子八歲而齔。齠音條。齔音襯。」逯按：《韓詩外傳》：「男八月生齒，八歲而齠齒。」

〔一八〕罹，遭受。　偏咎，偏喪。這裏指父喪。兩句是説彼此都是接近八歲時遭到父喪。

〔一九〕緼褐，粗布短衣。

〔二〇〕簞，盛飯竹器。

〔二一〕寘彼衆議，寘，不理；衆議，世俗輿論。

〔二二〕刈，收割莊稼。

〔二三〕舫舟，兩船相并曰舫。

〔二四〕永歸，即永寧后土，指安葬。

〔二五〕指塗，就道，上路。　載，則。　陟，登程。

〔二六〕嫠人，寡婦。

〔二七〕孔閑，甚熟習禮儀。

〔二八〕著龜，泛指占卜。古人以著草或龜甲卜筮吉凶。

〔二九〕制，制訂。

〔三〇〕旐，柩前旌。

〔三一〕昭，表白。

自祭文

歲惟丁卯〔一〕，藝文類聚作未。律中無射〔二〕。天寒夜長，風氣曾本、蘇寫本、焦本云，一作涼風。蕭索，鴻雁于征，草本黃落。李本缺以上八字。今據曾本、焦本補。陶子將辭逆旅之館〔三〕，永歸於藝文類聚無於字。本宅。故人悽其相悲，同祖行於今夕。羞以嘉蔬〔四〕，薦以清李本誤作情。酌〔五〕。候顏已冥〔六〕，聆音愈漠〔七〕。嗚呼哀哉！茫茫大塊〔八〕，悠悠高蘇寫本作蒼。旻〔九〕，是生萬物，余得爲人。自余藝文類聚作某。爲人，逢運之貧〔一〇〕，簞瓢屢罄〔一一〕，絺綌冬陳〔一二〕。含歡谷汲〔一三〕，行歌負薪，翳翳柴門，事我宵晨〔一四〕。春秋代謝，有務中園，載耘載耔〔一五〕，迺育迺繁。欣以素牘〔一六〕，和以七弦〔一七〕。冬曝其日，夏濯其泉。勤靡餘勞〔一八〕，心有常閑。樂天委分，以至曾本、蘇寫本云，一作尉。百年。惟此百年，夫人愛之。懼彼無成，愒曾本云，一作渴。日惜時〔一九〕。存爲世珍，殁李本作没。亦見思；嗟我獨邁〔二〇〕，曾是異兹〔二一〕。寵非己榮，涅豈吾緇〔二二〕？捽兀窮廬，酣飲曾本、蘇寫本云，一作歌。賦詩。識運知命〔二三〕，藝文類聚作已達運命。疇能罔眷？余今斯化〔二四〕，可以無恨。壽涉百齡，身慕肥遁〔二五〕，從曾本、蘇寫本云，一作以。老得終〔二六〕，奚所復戀。寒暑逾邁，亡既異存，外姻晨來，良友宵奔，葬之中野，以安其魂。窅窅藝文類聚作寂寂。我行，蕭蕭墓門，奢耻李本作侈。餘本作耻，今從之。宋臣〔二七〕，儉笑曾本云，一作非，又作美。王孫〔二八〕。廓兮已滅，慨焉已遐，曾本云，一作多。不封不樹〔二九〕，日月遂過。匪貴前譽〔三〇〕，孰重後歌〔三一〕，人生實難，死如之何。嗚呼哀哉！

〔一〕歲惟丁卯，惟，爲，是。這年是丁卯。丁卯，宋元嘉四年（公元四二七），陶淵明六十三歲。

〔二〕律中無射，指九月。古人製長短不同的十二律管，以定樂器清濁高低。十二律，陰陽各六。陽律最後一個叫無射。古人以十二律配一年之十二月。無射與九月相當，《禮記·月令》：「季秋之月，其音商，律中無射。」據《通鑑綱目》，元嘉四年十一月，陶淵明卒。則本文寫於卒前兩月。

〔三〕逆旅之館，以人間世爲旅店。

〔四〕羞，饈。這裏作動詞用，謂設置供菜。

〔五〕薦（jiàn 建），獻。

〔六〕候顔已冥，看臉色已經模糊。

〔七〕聆音愈漠，聽説話越發不清楚。

〔八〕大塊，大地。

〔九〕高旻（mín 民），高天。

〔一〇〕逢運之貧，遇家道貧寒。

〔一一〕罄（qìng慶），空。

〔一二〕絺（chī吃），綌（xì夕）夏季穿的葛衣，細葛布叫絺，粗葛布叫綌。

〔一三〕谷汲，在山谷汲水。

〔一四〕事我宵晨，辦自己晚上早晨的事。即過自己的日子。

〔一五〕載耘載耔，載，又；耘，鋤草；耔，保墒。

〔一六〕素牘，指書籍。

〔一七〕七弦，琴。

〔一八〕勤靡餘勞，勤於耕田没有多餘的勞瘁，指身體勤苦而心情閒靜。

〔一九〕愒（qì氣），貪戀。

〔二〇〕獨邁，獨行，孤行。

〔二一〕曾是異茲，一向與此不同。

〔二二〕涅豈吾緇，涅豈能緇我，涅（niè鑷），染。緇（zī資），黑。是説俗染休想使我變黑。《論語·陽貨》：「不曰白乎？涅而不緇。」

〔二三〕識運知命二句，知命，指五十歲。《論語·爲政》：「五十而知天命。」疇，誰，哪個。眷，留戀。二句是説如果只活到五十歲，哪能不留戀人世。

〔二四〕斯化，這次去世。

〔二五〕肥遁，高隱。

〔二六〕從老得終，由年老到壽終。嵇康《養生論》：「積損成衰，從衰得白，從白得老，從老得終。」

〔二七〕奢恥宋臣，宋臣，指宋國桓魋。何注：「《家語》：孔子在宋，見桓魋自爲石槨，三年而不成。愀然曰：『若是其靡也。』」

〔二八〕儉笑王孫，節儉則以王孫爲可笑。王孫，楊王孫，注見前。

〔二九〕不封不樹，不起墳地，不栽墓樹。

〔三〇〕前譽，生前名譽。

〔三一〕後歌，死後讚揚。

附録

陶淵明事迹詩文繫年

陶淵明字元亮。後更名潛。

《宋書・陶潛傳》（以後簡稱宋傳）：「陶潛字淵明。或云，淵明字元亮。」蕭統《陶淵明傳》（以後簡稱蕭傳）：「陶淵明字元亮。或云潛字淵明。」《晉書・陶潛傳》（以後簡稱晉傳）：「陶潛字元亮。」《南史・陶潛傳》（以後簡稱南傳）：「陶潛字淵明。或云字深明，名元亮。」各傳名字，互有差異。吴仁傑《陶靖節先生年譜》（以後簡稱吴譜）：「案先生之名淵明，見於集中者三；其名潛，見於本傳者一。集載《孟府君傳》及《祭程氏妹文》，皆自名淵明。又案蕭統所作傳及《晉書》、《南史》載先生對道濟之言，則自稱曰潛。孟傳不著歲月，祭文晉義熙三年所作。據此，即先生在晉名淵明可見也。此年對道濟，實宋元嘉，則先生至是蓋更名潛矣。本傳當曰：陶淵明字元亮，入宋更名潛。如此爲得其實。」

江州尋陽柴桑人。

《晉書・地理志》云：「永興元年，分廬江之尋陽、武昌之柴桑兩縣置尋陽郡，屬江州。安帝義熙八年，省尋陽縣入柴桑縣，柴桑仍爲郡。」可見東晉尋陽郡即治柴桑。唐李吉甫《元和郡縣志》江州尋陽縣條：「晉惠帝元康二年，於豫章郡理（治）立江州。東晉元帝時，江州自豫章移理（治）武昌郡。自後或理（治）湓城，或理（治）尋陽，或理（治）半洲，並在湓城附近。」可見柴桑、湓城爲相近之二處。故《南齊書・胡諧之傳》有「世祖屯湓城，使諧之守尋城」之記載。又宋陳舜俞《廬山記・總序山水第一》云：「江州本在大江之北，潯水之陽，因名潯陽。今蘄州之蘭城，即其故址。咸和九年，刺州溫嶠，始自江北移於湓城之南。義熙元年，刺史郭昶移居江夏。八年，孟懷玉還潯陽。太清二年，蕭大心因侯景之亂，欲依險固守，乃移於湓口城，仍號懷玉故城曰故州。」據此，柴桑在湓城之南。唐時，尋陽縣在湓城，即今九江縣。而《元和郡縣志》云：「柴桑故城在縣西南二十里。」則柴桑舊址在今九江縣西南二十里。

曾祖陶侃，晉大司馬，封長沙郡公。

宋傳：「曾祖侃，晉大司馬。」晉傳、南傳同。《命子》詩於「桓桓長沙」之下即接以「肅矣我祖」句，《贈長沙公》詩序又云：「余於長沙公爲族祖，同出大司馬。」俱證陶淵明乃侃曾孫。自洪亮吉《曉讀齋二録》、閻詠《左汾近稿》始疑其非陶侃後人，然無確據。錢大昕於閻說已詳駁之，見《潛研堂文集》。

祖茂，武昌太守。父某，安城太守。母孟氏，孟嘉第四女。

分見晉傳、陶作《孟府君傳》，李公煥注（以後簡稱李注）引陶茂麟《家譜》謂陶父名逸。

晉哀帝興寧三年乙丑（公元三六五），陶淵明生。

宋傳：「元嘉四年卒，年六十三。」上溯知生於是年。

晉海西公太和三年戊辰（公元三六八），陶淵明四歲。是年，程氏妹生。

《祭程氏妹文》：「慈妣早世，時尚乳嬰，我年二六，爾纔九齡。」

晉簡文帝咸安二年壬申（公元三七二），陶淵明八歲。是年，遭父喪。

《祭從弟敬遠文》：「相及齠齒，並罹偏咎。」李注：「齠與齔義同，毁齒也。《家語》曰：男子八歲而齔。靖節年三十七，母孟氏卒，是偏咎爲失怙也。」陶澍《靖節先生年譜考異》（以後簡稱陶考）：「按顔延之誄，有『母老家貧，棒檄致親』云云，則以偏咎爲失怙良是。則先生失怙可定在八歲時。」

晉孝武帝太元元年丙子（公元三七六），陶淵明十二歲。是年，庶母卒。

見前。

太元六年辛巳（公元三八一），陶淵明十七歲。從弟敬遠約生於是年。

《祭從弟敬遠文》：「歲在辛亥，月惟仲秋，旬有九日，從弟敬遠，卜辰云窆。」又云：「年甫過立，奄與世辭。」以辛亥年敬遠三十一歲推之，當生於是年。

太元八年癸未（公元三八三），陶淵明十九歲。秋八月，苻堅率秦軍入侵。九月，晉諸將與秦軍戰於淝水，大破之。

見《晉書・孝武帝紀》。

太元九年甲申（公元三八四），陶淵明二十歲。家庭衰落。

《怨詩楚調示龐主簿鄧治中》：「弱冠逢世阻。」《有會而作》：「弱年逢家乏。」均指此。

太元十五年丙寅（公元三九〇），陶淵明二十六歲。是年，豫章太守范甯繼范宣之後盛倡經學，江州人士深受影響。

《晉書·范宣傳》：「范宣字宣子，陳留人。家於豫章，嘗以讀誦爲業。譙國戴逵等皆聞風宗仰，自遠而至。諷誦之聲，有若齊、魯。太元中，順陽范甯爲豫章太守。甯亦儒博通綜，在郡立鄉校教授，恒數百人。由是江州人士，並好經學，化二范之風也。」逯按：據《晉書·會稽王道子傳》，范甯出爲豫章太守，時在孝武帝立皇太子之後，王珣爲尚書僕射之前。又據《孝武帝紀》，立太子在太元十二年，王珣爲尚書在十六年，則范甯爲豫章在太元十四年前後。又《晉書·范甯傳》云：「在郡大設庠序，至者千餘人。課讀《五經》。又起學臺，資用彌廣。江州刺史王凝之上言（奏之），（甯）以此抵罪。子泰，時爲天門太守，棄官稱訴。」據《宋書·范泰傳》，王忱爲荆州刺史，以泰爲天門太守，又據《晉書·孝武帝紀》「太元十四年六月，荆州刺史桓石虔卒」，「太元十七年十月，荆州刺史王忱卒」。則范泰爲天門太守當在十四年以後，今故將范甯在豫章提倡經學繫在本年。

太元十六年辛卯（公元三九一），陶淵明二十七歲。冬，江州刺史王凝之集中外僧徒八十八人在廬山翻譯佛經。

《出三藏記集·阿毗曇心經序》：「泰元十六年，歲在單閼，貞于重光。其年冬，于尋陽南山精舍，提婆自執胡經，先譯本文，然後乃譯爲晉語，比丘道慈筆受。至來年秋，復重與提婆校正，以爲定本。

時衆僧上座竺法根、支僧純等八十八人。地主江州刺史王凝之、優婆塞西陽太守任固之爲檀約，並共勸佐而興立焉。」《晉書·王羲之傳》：「有七子，次凝之，歷江州刺史、左將軍、會稽内史。王氏世事張氏五斗米道，凝之彌篤。」又按《晉書·安帝紀》及《王愉傳》，王凝之以後，安帝隆安元年，王愉始爲江州刺史。清吴廷燮《東晉方鎮年表》定王凝之爲江州刺史在太元十六年至二十年。

太元十八年癸巳（公元三九三），陶淵明二十九歲。初仕，「起爲州祭酒。不堪吏職，少日自解歸。」

見宋傳。又《飲酒》詩：「疇昔苦長飢，投耒去學仕。是時向立年，志意多所恥。遂盡介然分，終死歸田里。」即指此次出仕年歲及解歸情況。向立年，二十九歲，不及三十歲。湯注謂詩指三十九歲彭澤之歸，非是。又按《宋書·百官志》，江州自晉成帝咸康中始置别駕祭酒，「居僚職之上」。此别駕祭酒，至劉宋初始撤除。知陶爲祭酒，即别駕祭酒，職位較高。陶任此職，何以多所恥而「不堪吏職」，似不易理解。刺史王凝之乃一五斗米道徒，晉傳云：「郡遣督郵至縣，吏白應束帶見之。潛嘆曰：吾不能爲五斗米折腰，拳拳事鄉里小人邪！」可見陶確實不屑於事王凝之。詳見拙作《讀陶管見》。

解職後，開始「躬耕自資」。此時居住尋陽（柴桑）上京閑居。

據宋傳及陶集詩文，陶住宅凡三處。一爲上京（里）閑居，一爲園田居（古田舍），一爲南里（南村）。陶之居住上京閑居蓋始於本年。此住宅特點：有東窗（東軒），窗外有林園，稱東園，園内有孤松，有菊，有東籬。這些特點分别見於《庚子歲五月中從都還阻風於規林》（隆安四年——公元四〇〇）、《辛丑歲七月赴假還江陵夜行塗口》（隆安五年——公元四〇一）、《飲酒》（元興二年——公元四〇三）、《停雲》（元興三年——公元四〇四）、《歸去來兮辭》（義熙元年——公元四〇六）。陶本年二十九歲，住上京閑居，爲州祭酒，少日自解歸。至三十五歲始爲桓玄幕僚（詳下），其間閒六年，故三十七歲所寫《辛丑歲七月赴假還江陵夜行塗口》云：「閑居三十載，遂與塵事冥。」十字當是二字之訛。三十二，六年，與陶事迹合。若作三十，第一，陶年三十七，而曰三十載與塵事冥，則七歲時已絶塵緣，不合理。第二，陶二十九歲作祭酒，距三十七僅八年，亦不符三十之數。陶三十五歲至三十七歲爲桓玄幕僚，四十歲作鎮軍參軍，四十一歲作建威參軍及彭澤令（均詳下），前後共六年，故五十歲作《還舊居》云：「疇昔家上京，六載去還歸。」謂六年中身在仕途，來去不定也。義熙二年（四〇六），陶四十二歲所歸之園田居，爲又一住宅。此住宅特點是：僻處南野，坐落在一窮巷内，有草屋八九間，遶屋樹木茂盛，宅前有水塘。陶於二十七歲時，即曾來此住宅，作《癸卯始春懷古田舍》，詩云：「在昔聞南畝，當年竟未踐。寒草被荒蹊，地爲罕人遠。」義熙三年（四〇六），《歸園田居》云：「開荒南野際，守拙歸園田。方宅十餘畝，草屋八九間。榆柳蔭後園，桃李羅堂前。」「野外罕人事，窮巷寡輪鞅。白日掩荆扉，對酒絶塵想。」義熙四年（四〇八），寫《戊申歲六月中遇火》，詩云：「草廬寄窮巷，甘以辭華軒。正夏長風急，林室頓燒燔。一宅無遺宇，舫舟蔭門前。」又前此所寫之《讀山海經》「孟夏草木長，遶屋樹扶疏。窮巷隔深轍，頗迴故人車」云云，皆實寫此住宅景象。陶居此住宅凡七年（四〇六—四一二）。義熙八年（四一二）即四十八歲時，又移居南里（南村）。義熙九年（四一三），《與殷晉安别》云：「去歲家南里，薄作少時鄰。」義熙八年（四一二），《移居》云：「昔欲居南村，非爲卜其宅，聞多素心人，樂與數晨夕。弊廬何必廣，取足蔽牀席。」實寫此住宅房屋狹小，與閑居、園田居兩住宅皆不類。陶之住宅可考者有此三處。義熙十年（四一四）、陶五十歲時又還居上京閑居，《還舊居》云：「疇昔家上京，六載去還歸。常恐大化盡，氣力不及衰。」按《禮記・王制》：「五十始衰。」知此詩作於五十歲時。陶五十還上京居住，直至終老，未再他徙。顔延之《陶徵士誄》云：「元嘉四年月日，卒於尋陽之某里」，即此上京閑居。

太元十九年甲午（公元三九四），陶淵明三十歲。是年喪妻。

《怨詩楚調示龐主簿鄧治中》：「始室喪其偏。」吴譜：「《禮》：三十曰壯，有室。《左傳》：齊崔子生成，及强而寡，娶東郭氏。杜注：偏喪曰寡。先生《與子儼等疏》云：汝等雖不同生，當思四海兄弟之義，他人尚爾，況共父之人哉。先生蓋兩娶。本傳稱其妻翟氏，志趣亦同，能安苦節，夫耕於前，妻鉏於後。則繼室實翟氏。」

晉安帝隆安元年丁酉（公元三九七），陶淵明三十三歲。是年七月兗州刺史王恭等起兵以討伐王國寶，反對會稽王司馬道子擅權，晉開始内亂。

見《晉書・安帝紀》及《王恭傳》。

隆安二年戊戌（公元三九八），陶淵明三十四歲。晉内亂加劇，桓玄自任江州刺史。

見《晉書·安帝紀》及《桓玄傳》。

隆安三年乙亥（公元三九九），陶淵明三十五歲。是年爲桓玄官吏。

陶考謂是年始作鎮軍參軍，非是。詳下隆安四年。

是年，晉朝益亂，民不聊生。十一月，孫恩起義，陷會稽。十二月，桓玄襲殺荆州刺史殷仲堪，自領荆、江二州刺史。

《晉書·會稽王道子傳》：「元顯（道子之子）又發東土諸郡免奴爲客者，號曰樂屬，移置京師，以充兵役。東下囂然，人不堪命，天下苦之矣。既而孫恩乘釁作亂。」餘見《晉書·安帝紀》及《桓玄傳》。

隆安四年庚子（公元四〇〇），陶淵明三十六歲。是年曾以官使使都，有《庚子歲五月中從都還阻風於規林》詩二首。

詩云：「自古嘆行役，我今始知之。」知此次至都，乃以官使而非私事。又詩云：「久遊戀所生。」知陶仕玄爲官不自今年始，若自今年始，方至五月，不得言久遊也。據《晉書·桓玄傳》，玄「屢上疏求討孫恩，詔輒不許。恩逼京師，復上疏請討之，會恩已走」云云，按《安帝紀》，孫恩陷會稽，在去年（公元三九九）十一月，至丹徒逼近京師，在明年（四〇一）六月，則陶之奉使爲玄初次上疏當在本年，其仕於玄，當在去年。又吴譜繫《始作鎮軍參軍經曲阿》於本年，非是。詳下元興三年。

隆安五年辛丑（公元四〇一），陶淵明三十七歲。是年自荆請假返家。至七月赴假還江

陵，有《辛丑歲七月赴假還江陵夜行塗口》詩。

朱自清先生《陶淵明年譜中之諸問題》（以後簡稱朱自清先生曰）：「葉夢得謂荆州刺史自隆安三年桓玄襲殺殷仲堪，即代其任。至於篡，未授别人。淵明之行在五年，疑其嘗爲玄迫仕也。古譜從陶説（陶考）而釋『赴假』爲『急假』，輾轉引證，以成其説。然其箋陶，引《世説》『陸機赴假還洛』以明『赴假』之義。此文見《自新篇》，云：『陸機赴假還洛，輜重甚盛。』此寧類『急假』耶？抑機吴人，若云假還，何得向洛耶？足知『赴假』當即今言銷假意。淵明正是銷假赴官，故有『投冠』、『養真』等語耳。」詩云：「閑居三十載，遂與塵世冥。」「如何舍此去，遥遥至南荆。」「商歌非吾事，依依在耦耕。投冠歸舊墟，不爲好爵縈。」逯按：三十當作三二，詳見太元十八年下。

冬，母孟氏卒。《孟府君傳》作於本年或下年。

《祭程氏妹文》：「昔在江陵，重罹天罰。」「蕭蕭冬月，白雪掩晨。」李注：「隆安五年秋七月赴假江陵。是冬，母孟氏卒。」《孟府君傳》：「淵明先親，君之第四女也。凱風寒泉之思，實鍾厥心。」知此傳作於母喪之後不久。

是年，劉遺民爲柴桑令。

詳下元興二年及義熙十一年。

元興元年壬寅（公元四〇二），陶淵明三十八歲。二月，桓玄東下，攻陷京師，自爲侍中、丞相，録尚書事。又自稱太尉，總攬朝政，改元大亨。桓石生以前將軍爲江州刺史。

分見《晉書·桓玄傳》及《安帝紀》。

七月，劉遺民與廬山僧人慧遠等建齋立誓，共期西方。作《誓願文》。

《誓願文》：「維歲在攝提格，七月戊辰朔，二十八日乙未。」按本年七月朔爲戊辰。前人謂在太元十五年者，非是。參看陳垣《二十史朔閏表》。

元興二年癸卯（公元四〇三），陶淵明三十九歲。是年春作《始春懷古田舍》詩二首。

詩云：「在昔聞南畝，當年竟未踐。屢空既有人，春興豈自免。」「寒竹被荒蹊，地爲罕人遠。」又：「秉耒歡時務，解顏勸農人。平疇交遠風，良苗亦懷新。」

《勸農》詩當即本年作。

詩云：「舜既躬耕，禹亦稼穡。」「熙熙令音，猗猗原陸。」「紛紛士女，趨時競逐。桑婦宵興，農夫野宿。」「氣節易過，和澤難久。冀缺攜儷，沮溺結耦。相彼賢達，猶勤壟畝。矧伊衆庶，曳裾拱手。」「民生在勤，勤則不匱。宴安自逸，歲暮奚冀。儋石不儲，飢寒交至。」

八月，桓玄自稱相國，楚王。

見《晉書·安帝紀》及《桓玄傳》。

是年秋冬，作《飲酒》詩二十首。

詩序云：「余閑居寡歡，兼比夜已長，偶有名酒，無夕不飲。既醉之後，輒題數句自娱，紙墨遂多，聊命故人書之。」據此，組詩乃一個時期之作。又詩中或言「秋菊有佳色」，或言「凝霜殄異類」，或言

「敝廬交悲風」，或言「被褐守長夜」，證其爲由秋及冬之作。又詩言「行行向不惑，淹留遂無成」。不惑，代指四十歲。向不惑，乃三十九歲。又證此組詩乃陶三十九歲之作。作於三十九歲，與詩中所謂「疇昔苦長飢，投耒去學仕。是時向立年，志意多所恥。遂盡介然分，終死歸田里。冉冉星氣流，亭亭復一紀」，正相吻合。向立年，二十九歲，又經一紀（十年），恰爲三十九歲。湯注此詩「疇昔苦長飢」篇云：「彭澤之歸，在義熙元年乙巳。此曰復一紀，則賦此飲酒詩當是義熙十二、三年間。」逯按：彭澤之歸，陶年已四十一，與此向立年解職毫不相涉，湯注誤。今從古直説。

十二月三日壬辰，桓玄篡晉，稱楚，改元永始。貶晉安帝爲平固王，十二日辛丑，遷之尋陽。

見《晉書·安帝紀》及《桓玄傳》。

作《癸卯歲十二月中作與從弟敬遠》詩。

詩云：「勁氣侵襟袖，簞瓢謝屢設。蕭索空宇中，了無一可悦。歷觀千載書，時時見遺烈。高操非所攀，謬得固窮節。平津苟不由，棲遲詎爲拙。」

是年冬，劉遺民棄官，隱于廬山之西林。

唐釋法琳《辨正論》七引《宣驗記》：「劉遺民，彭城人。家貧，卜室廬山西林中。多病，不以妻子爲心。」又釋元康《肇論疏》：「廬山遠法師作劉公傳云：劉程之，字仲思，彭城人。漢楚元王裔也。陳郡殷仲文，譙郡桓玄，諸有心之士，莫不崇拭。禄尋陽柴桑，以爲入山之資。未旋幾時，桓玄東下，格稱永始。逆謀始，劉便命弩，考室山藪。義熙公侯咸辟命，皆遜辭以免。九年，太尉劉公知其野志衡邈，乃以高尚人望相禮，遂其初心。居山十有二年卒。有説云：入山以後，自謂是國家遺棄之民，故改名遺民也。」逯按《晉書·安帝紀》載，這年十二月三日壬辰，桓玄篡位，改元永始，十二日辛丑，遷晉安於尋陽。劉之棄官退隱，當即在本年冬。

元興三年甲辰（公元四〇四），陶淵明四十歲。二月，劉裕帥劉毅、何無忌等起兵討伐桓玄。三月，劉裕爲鎮軍將軍。四月，劉裕諸將與桓玄軍戰于湓口，大破之，進據尋陽。劉敬宣遷建威將軍、江州刺史。五月，桓玄故將襲陷尋陽，裕將劉懷肅討平之。桓玄挾晉安帝西走江陵。桓玄伏誅。閏五月，玄故將桓振陷江陵，劉毅、何無忌等退守尋陽，晉安帝陷入桓振營。

見《晉書·安帝紀》及《資治通鑑》。

從春至夏，作《停雲》、《時運》、《榮木》詩及《連雨獨飲》詩。

《停雲》等三詩，其小序結構句法悉同，知爲同時期所作。《榮木》詩云：「四十無聞，斯不足畏。」李注：「趙泉山曰：四十無聞，斯不足畏。按晉元興三年甲辰，劉敬宣以破桓歆功，遷建威將軍、江州刺史，鎮潯陽，辟靖節參其軍事，時靖節年四十也。」逯按：趙謂陶此年已爲劉敬宣參軍，非是。餘可從。《停雲》詩云：「停雲靄靄，時雨濛濛。八表同昏，平陸成江。」逯按：《晉書·安帝紀》，是年春，晉安帝遷在尋陽。二月，建武將軍劉裕起兵討桓玄。三月，桓玄衆潰，各地有戰事。詩言「八表同昏，平陸成江」指此。《榮木》詩序云：「榮木，念將老也。日月推遷，已復九夏。」詩云：「采采榮木，結根于茲。晨耀其華，夕已喪之。」古注：「《月令》：仲夏之月，木槿榮。與日月推遷，已復九夏應。《説文》：蕣，木槿，朝生暮落者，與晨耀其華，夕已喪之應。」據此，則此詩作於本年五月以後。《連雨獨飲》詩云：「自我抱茲獨，僶俛四十年。」

東下赴京口，爲劉裕鎮軍參軍，有《始作鎮軍參軍經曲阿作》詩。

詩云：「時來苟冥會，宛轡憩通衢。投策命晨裝，暫與園田疏。」「我行豈不遥，登降千里餘。」朱自清先生曰：「鎮軍即鎮軍將軍。稱鎮軍者，省文。集中以衛軍將軍爲衛軍（《答龐參軍》詩序，陶澍注），左軍將軍爲左軍（《贈羊長史》詩序，陶澍注），皆同此例。曲阿，今江蘇丹陽縣。《始作鎮軍參軍》詩，要當以史事證之。陶考亦云，『東晉爲鎮軍將軍者，郄愔以後，至裕始復見此號』，其時又在乙巳（公元四〇五）淵明棄官之前，則淵明之仕裕，豈不信而有徵耶？陶澍《靖節先生爲鎮軍建威參軍辨》以隆安三年己亥（公元三九九）至義熙元年乙巳（公元四〇五），當《還舊居》詩之『六載』。謂其所以知參軍不始庚子（公元四〇〇）而始己亥（公元三九九）者，以《庚子從都還》詩有『久遊戀所生』及『一欣侍温顔，再喜見友于』等語，若其年始出，五月即還，是離家不過數旬，安得云『久遊』，而一再歡喜若渴耶？時劉牢之以鎮北將軍開府鎮京口。其不稱『鎮北』而稱『鎮軍』者，《晉書・王恭傳》載都督以『北』爲號者累有不詳，恭表讓軍號（平北將軍）而實惡其名。牢之正當恭之後，而『鎮北』適有時忌；淵明爲其僚佐，不稱『鎮北』而稱『鎮軍』，正禮所謂從俗從宜云云。然據

《晉書·安帝紀》，牢之爲鎮北將軍，實在隆安四年庚子（公元四〇〇）。陶考於是改定其説，謂己亥（公元三九九）牢之爲前將軍，東討孫恩於會稽，淵明從之。而《晉書·職官志》有左右前後軍將軍，左右前後四軍爲鎮衛軍。牢之爲前將軍，正鎮衛軍，即省文曰『鎮軍』，亦奚不可云云。案是年牢之爲前將軍，討孫恩，見《宋書·武帝紀》。《晉書·安帝紀》作輔國將軍；次年始以前將軍爲鎮北將軍。吴士鑑、劉承幹《晉書斠注》十引丁國鈞《晉書校文》云，『以《牢之傳》考之，則進號前將軍在破孫恩後，此紀所書官號爲得其實，《宋書》誤。』然則己亥（公元三九九）牢之不爲前將軍矣。抑『左右前後四軍爲鎮衛軍』一語亦誤。案《晉書·職官志》『五校』條下有云，『後省左軍、右軍、前軍、後軍爲鎮衛軍』，意即省併爲一軍。陶考引此，截去『後省』二字，義便大異。」逯按：朱師説確鑿有據，足破陶考之謬。又《擬古》「辭家夙嚴駕」篇似即揭示此次東下情況。詩云：「辭家夙嚴駕，當往志無終。問君今何行，非商復非戎。聞有田子泰，節義爲士雄。生有高世名，既没傳無窮。不學狂馳子，直在百年中。」按《三國志·田疇傳》：「田疇，字子泰，北平無終人。獻帝遷于長安。幽州牧劉虞欲奉使展效臣節，聞田疇奇士，乃備禮請疇，署爲從事，具其車騎。疇曰：今道路阻絶，寇虜縱横，稱官奉使，衆所指名。願以私行，期於得達而已。虞從之。疇遂至長安致命。詔拜騎都尉，固辭不受。得報馳還。」董卓挾漢獻帝西遷，田疇致命行在，間道馳驅于幽州、長安間。桓玄挾晉安帝西走，陶淵明爲勤王之事，涉險奔走于尋陽、建康間，二者極其類似。詩稱田疇之義舉，用以自喻，亦所以自贊也。

義熙元年乙巳（公元四〇五），陶淵明四十一歲。是年爲江州刺史劉敬宣建威參軍。三月，晉安帝反正，劉敬宣「自表解職」。陶銜命使都，作《乙巳歲三月爲建威參軍使都經錢溪》詩。

見《晉書・安帝紀》、《宋書・劉敬宣傳》。《水經注》十五：「廬山之北，有石門水。下有盤石，可坐數十人。冠軍將軍劉敬宣每登陟焉。」逯按，後世所傳淵明醉石，當即此處。

是月，劉裕還車騎將軍，都督中外諸軍事。四月，劉裕旋鎮京口。

八月，爲彭澤令。十一月，棄職返里。其妹程氏卒於武昌。作《歸去來兮辭序》。

《歸去來兮辭序》：「仲秋至冬，在官八十餘日。因事順心，命篇曰《歸去來兮》，乙巳歲十一月也。」

義熙二年丙午（公元四〇六），陶淵明四十二歲。移居園田居（古田舍）作《歸園田居》詩五首。

吴譜：「有《歸園田居》五首，其詩蓋自彭澤歸明年所作也。」詩云：「開荒南野際，守拙歸園田。」「久在樊籠裏，復得返自然。」又云：「野外罕人事，窮巷寡輪鞅。」又云：「種豆南山下，草盛豆苗稀。晨興理荒穢，帶月荷鋤歸。」又云：「漉我新熟酒，隻雞招近局。」

寫成《歸去來兮辭》。

辭云：「農人告余以春及，將有事於西疇。」知爲春以後作。邱嘉穗《東山草堂陶詩箋》：「篇中辨去就出處之分最明。如心爲形役、今是昨非，是辭幕府縣令而決意歸來也。」

十二月，何無忌爲江州刺史。

見《資治通鑑》。

《感士不遇賦》當作於此年冬。

賦序云：「余以三餘之日，講習之暇，感而賦之。」賦云：「彼達人之善覺，乃逃祿而歸耕。」「既軒冕之非榮，豈緼袍之爲恥。誠謬會以取拙，且欣然而歸止。擁孤襟以卒歲，謝良價於朝市。」

《命子》詩當作於是年。

見義熙十一年《責子》條。

義熙三年丁未（公元四〇七），陶淵明四十三歲。作《祭程氏妹文》。

文云：「義熙三年，五月甲辰，程氏妹服制再周，淵明謹以少牢之奠，俯而酹之。」按《二十史朔閏表》，甲辰爲五月六日。

義熙四年戊申（公元四〇八），陶淵明四十四歲。這年六月中遇火。

《讀山海經》是遇火前作品。

詩云：「孟夏草木長，遶室樹扶疏。窮巷隔深轍，頗迴故人車。」

《和郭主簿》第一首當作於本年五月。

見義熙十一年《責子》條。又此詩第二首爲同年秋作。

七月，作《戊申歲六月中遇火》詩。

詩云：「草廬寄窮巷，甘以辭華軒。正夏長風急，林室頓燒燔。」「總髮抱孤介，奄出四十年。」

義熙五年己酉（公元四〇九），陶淵明四十五歲。

《和劉柴桑》及《酬劉柴桑》詩當作於是年。

和詩云：「山澤久見招，胡事乃躊躇。直爲親舊故，未忍言索居。」「茅茨已就治，新疇復應畬。」逯按：去年林室燒燔，今經修葺，故曰茅茨就治。畬者，治三歲田。陶義熙二年開荒南野，至此已三年，故曰「新疇復應畬」。

九月，作《己酉歲九月九日》詩。

詩云：「靡靡秋已夕，淒淒風露交。」「萬化相尋繹，人生豈不勞。何以稱我情，濁酒且自陶。」

義熙六年庚戌（公元四一〇），陶淵明四十六歲。是年三月，廣州刺史盧循等舉兵犯豫章，擊滅江州刺史何無忌，進據尋陽。五月，又戰敗劉毅于桑落洲（地在尋陽東北江上）。六月，庾悦爲江州刺史。七月，盧循自蔡州至尋陽。十二月，盧循敗于劉裕，走還尋陽。

見《晉書·安帝紀》、《何無忌傳》、《盧循傳》；《資治通鑑》。

作《庚戌歲九月中於西田穫早稻》詩。

詩云：「人生歸有道，衣食固其端。孰是都不營，而以求自安！」「田家豈不苦？弗獲辭此難；四體誠乃疲，庶無異患干。盥濯息簷下，斗酒散襟顏。」

義熙七年辛亥（公元四一一），陶淵明四十七歲。移居南村，作《移居》二首。

李注《戊申歲六月中遇火》云：「按靖節舊宅居于柴桑縣之柴桑里，至是屬回禄之變，越後年，徙居於南里之南村。」逯按：移居在本年。詳下年殷景仁條。詩云：「昔欲居南村，非爲卜其宅。聞多素心人，樂與數晨夕。懷此頗有年，今日從茲役，弊廬何必廣，取足蔽牀席。」又云：「衣食當須紀，力耕不吾欺。」

四月，劉毅爲江州都督，移鎮豫章。遣將趙恢以千兵守尋陽。

見《晉書・劉毅傳》及《資治通鑑》。

八月，作《祭從弟敬遠文》。

文云：「歲在辛亥，月維仲秋，旬有九日，從弟敬遠，卜辰云窆。」

義熙八年壬子（公元四一二），陶淵明四十八歲。是年，孟懷玉爲江州刺史，鎮尋陽。劉毅遷江州刺史。

見陳舜俞《廬山記》；《晉書・安帝紀》。

殷景仁被命爲太尉劉裕參軍，自尋陽南里移家東下。作《與殷晉安别》詩以贈之。

詩序：「殷先作晉安南府長史掾，因居尋陽。後爲太尉參軍，移家東下，作此贈之。」詩云：「去歲家南里，薄作少時鄰。」「語默自殊世，亦知當乖分。未謂事已及，興言在茲春。」按《宋書・殷景仁傳》，景仁「初爲劉毅後軍參軍、高祖太尉參軍」云云，其間未聞再仕於他人。據《晉書・劉毅傳》、

《安帝紀》、《宋書·庾悦傳》，劉毅義熙六年降爲後將軍，七年以衛將軍都督江州，江州統轄晉安，則殷之爲晉安長史當在七年。又劉裕於義熙七年始受太尉職，劉毅於八年遷荆州刺史，則殷之爲太尉參軍移家東下，當在八年春。詩所謂「興言在兹春」也。

義熙九年癸丑（公元四一三），陶淵明四十九歲。徵著作郎，不就。與雁門周續之、彭城劉遺民並稱「尋陽三隱」。

《宋書·周續之傳》：「時彭城劉遺民遁迹廬山，陶淵明亦不應徵命，謂之『尋陽三隱』。」按劉遺民不應辟召在本年，詳下年引《肇論疏》。晉傳謂陶「頃之，徵著作郎，不就」，當與劉同時。

《形影神》詩當作於本年五月以後。

詩序：「貴賤賢愚，莫不營營以惜生，斯甚惑焉。故極陳形、影之苦，言神辨自然以釋之。」按此詩蓋針對釋慧遠《形盡神不滅論》、《萬佛影銘》而發，以反對當時宗教迷信。釋慧遠元興三年作《形盡神不滅論》，本年又立佛影作《萬佛影銘》。銘云：「廓矣大象，理玄無名。體神入化，落影離形。」形、影、神三者至此具備。又慧遠等於元興元年建齋立誓，共期西方，又以次作《三報論》、《明報應論》、《形盡神不滅論》等，皆懾於生死報應之反映，故陶爲此詩斥其營營惜生也。可參看拙著《〈形影神〉詩與東晉之佛道關係》（《歷史語言研究所集刊》第十六本）。又《蓮社高賢傳》：「時遠法師與諸賢結蓮社，以書招淵明。淵明曰：若許飲則往。許之，遂造焉。忽攢眉而去。」亦可見彼此見解之殊别。

作《五月旦作和戴主簿》詩。

詩云：「星紀奄將中。」知作於是年癸丑。又云：「即事如已高，何必登華嵩。」與《形影神》詩所謂「誠願遊崑華，邈然茲道絶。」思想相同。

義熙十年甲寅（公元四一四），陶淵明五十歲。正月五日有斜川之遊，作《遊斜川》詩。

詩云：「開歲倏五十，吾生行歸休。念之動中懷，及辰爲茲遊。」又詩序云：「辛酉正月五日，與二三隣曲，同遊斜川。欣對不足，率共賦詩。悲日月之遂往，悼吾年之不留，各疏年紀鄉里以記其時日。」辛酉一作辛丑。按辛酉歲，陶年五十七，辛丑歲，陶年三十七，與五十者皆不合。原序應作辛酉。辛酉者，乃以干支字紀日。據陳垣《二十史朔閏表》，本年正月朔日正爲辛酉，與詩開歲之言合。詩序以五日爲辛酉，五字當誤。所以知辛酉爲干支紀日之字，尚有下列三證：一、陶集凡有干支字紀年各詩，皆編諸卷三以次列之。宋元各刻本悉同。陶集自蕭統、陽休之等累加編訂，若此干支原爲紀年字，必依例列入卷三，而不至單獨編在卷二。二、卷三各詩凡甲子紀年者，干支下均以歲字承之。各刻本無一例外。此詩各刻本率無歲字，個別有歲字者乃後人臆添，舊本並不如此。三、陶所以擇孟春酉日遊宴，乃遵晉朝習俗。《宋書·曆志》：「晉以酉日祖，以丑日臘。」晉嵇含《祖賦序》：「祖之在於俗尚矣。自天子至於庶人，莫不咸用。有漢卜日丙午，魏氏擇用丁未。至於大晉，則祖孟月之酉日。各因其行運，三代固有不同。」又晉應碩《祝祖文》：「元首肇建，吉酉辰良。萬類資新，英穎擢章。谷風滌歲，日和時光，命于嘉賓，宴茲社箱。敬饗祖君，休祚是將。」斜川之遊，所以擇酉日謂之「及辰」者，其故在此。又陶所以五十歲時遊集斜川，乃仿效石崇、王羲之等貴族行徑。石崇《金谷詩序》云：「感性命之不永，懼凋落之無期，故具敘時人官號、姓名、年紀。」與會者三十人，「吴王師、關中侯、始平武功蘇紹字世嗣，年五十居首。」金谷之會，爲東晉文士所樂道，故王羲之仿《金谷集》而爲蘭亭集會，亦選在其五十歲時（參看馮武編《書法正傳》王羲之《題衛夫人筆陣圖後》所紀王羲之年歲）。陶之五十而遊斜川，顯然意在繼承晉朝典制及貴族遺習。

還居上京舊宅。作《還舊居》詩。

詩云：「疇昔家上京，六載去還歸。今日始復來，惻愴多所悲。阡陌不移舊，隣老罕復遺。」「常恐大化盡，氣力不及衰，撥置且莫念，一觴聊可揮。」

義熙十一年乙卯（公元四一五），陶淵明五十一歲。是年，痁疾一度加劇。作《與子儼等疏》、《擬挽歌辭》三首和《責子》詩。

顏延之《靖節先生誄》：「年在中身，疢維痁疾。」疏云：「天地賦命，生必有死。自古聖賢，誰能獨免。吾年過五十，疾患以來，漸就衰損。自恐大分將有限也。」《擬挽歌辭》云：「有生必有死，早終非命促。」又云：「嚴霜九月中，送我出遠郊。」《責子》詩云：「白髮被兩鬢，肌膚不復實。雖有五男兒，總不好紙筆。阿舒已二八，懶惰故無匹。阿宣行志學，而不好文術。雍端年十三，不識六與七。通子垂九齡，但覓棗與栗。天運苟如此，且進杯中物。」逯按：陸游《劍南詩稿》《讀淵明詩》條，以《雜詩》第六、第七兩首爲同時之作，當有所據。《雜詩》六云：「奈何五十年，忽已親此事。」第七首云：「弱質與運頹，玄髮早已白。素標插人頭，前塗漸就窄。」知陶淵明五十歲頭髮全白。此詩云：「白髮被兩鬢，肌膚不復實。」當作于五十歲前後。又詩言長子十六歲，次子十五歲，三子、四子十三歲，五子九歲，前四子年歲相接。據《歸去來兮辭序》云「余家貧，耕植不足以自給，幼稚盈室，缾無儲粟」，則陶四十一歲任彭澤令前，前四子皆已嗷嗷待哺，故此「幼稚盈室，缾無儲粟」云云。陶四十歲，如三子、四子均二歲，次子四歲，長子五歲，則《責子》詩之作，長子十六歲，陶淵明正爲五十一歲。又根據此一結論，《命子》詩與《和郭主簿》詩之繫年問題亦可解決。《命子》詩，所命者爲長子儼，詩有云：「日居月諸，漸免于孩。」漸免于孩，近成童八歲，即已七歲。儼年十六，陶五十一歲，則儼七歲時，陶作《命子》詩，爲四十二歲。《命子》詩云：「顧慚華鬢，負影隻立。我誠念哉，呱聞爾泣。」是長子生時陶三十五歲，已經兩鬢斑白。又《和郭主簿》詩第一首云：「弱子戲我側，學語未成音。」此弱子即通子，語未成音，約值二歲。通子九齡，陶五十一歲，通子二歲，陶爲四十四歲。

是年，劉遺民卒。

見元興二年下引《肇論疏》。逯按：劉棄官入山在元興二年冬，入山十二年卒，自在本年。《蓮社高賢傳》謂劉卒于義熙六年。

義熙十二年丙辰（公元四一六），陶淵明五十二歲。是年，顏延之爲江州刺史劉柳後軍功曹，住尋陽，與陶結鄰。

宋傳：「顔延之爲劉柳後軍功曹，在尋陽與潛情款。」顔延之《靖節先生誄》云：「自爾介居，及我多暇，伊好之洽，接閻鄰舍，宵盤晝遊，非舟非駕。」陶考云：「劉柳爲江州刺史，《晉書》劉柳本傳不記年月。考《宋書·孟懷玉傳》，義熙十一年，卒于江州之任。《晉書·安帝紀》義熙十二年六月，新除尚書劉柳卒。《南史·劉湛傳》，父柳卒於江州。是柳爲江州，實踵懷玉之後。以義熙十一年到官，十二年除尚書令，未去江州而卒。延之來尋陽，與先生情款，當在此兩年也。」

八月，左將軍檀韶爲江州刺史。請周續之出州，與祖企、謝景夷三人，共在城北講禮校書，所住公廨近於馬隊。淵明作《示周續之祖企謝景夷三郎時三人皆講禮校書》詩。

見蕭傳及《宋書·檀韶傳》，又見《資治通鑑》。詩云：「負痾頽簷下，終日無一欣。藥石有時閑，念我意中人。」「周生述孔業，祖謝響然臻。」「馬隊非講肆，校書亦已勤。」「願言謝諸子，從我潁水濱。」

八月，作《丙辰歲八月中於下潠田舍穫》詩。

詩云：「貧居依稼穡，勠力東林隈。不言春作苦，常恐負所懷。」「曰余作此來，三四星火頽。姿年逝已老，其事未云乖。」三四星火頽，謂火星西流已有十二次，謂十二年也。按義熙元年歸耕，至此爲十二年。

義熙十三年丁巳（公元四一七），陶淵明五十三歲。七月，太尉劉裕北伐姚秦，克長安。執姚泓，收其彝器，歸諸京師。

見《晉書·安帝紀》、《宋書·武帝紀》。

作《贈羊長史》詩。

詩序云：「左軍羊長史，銜使秦川，作此與之。」詩云：「賢聖留餘跡，事事在中都。豈忘游心目，關河不可踰。九域甫已一，逝將理舟輿。聞君當先邁，負痾不獲俱。」逯按：檀韶自去年八月以左將軍爲江州刺史，坐鎮尋陽，今遣羊長史銜使秦川，向劉裕稱賀，故曰左軍羊長史。元劉履《選詩補注》云：「義熙十三年，太尉劉裕伐秦，破長安，送秦主姚泓詣建康受誅。時左將軍朱齡石遣長史羊松齡往關中稱賀，而靖節作此詩贈之。」按劉説非是。據《宋書·朱齡石傳》，「十二年北伐」，朱齡石「遷左將軍，配以兵力，守衛殿省。十四年，以齡石持節督關中諸軍事、右將軍、雍州刺史。」知朱爲左將軍乃在建康守衛殿省，如遣使往關中稱賀，必不發自尋陽，陶無由贈之以詩。劉謂羊爲朱齡石長史，乃臆斷耳。又清錢大昕《十駕齋養新録》，謂此詩當作於義熙十四年，理由是：十四年齡石以右將軍領雍州刺史，右將軍乃左將軍之誤。錢沿劉履之誤，又曲爲之解，亦非是。

義熙十四年戊午（公元四一八），陶淵明五十四歲。徵著作佐郎，不就。

見宋傳。

是年，王弘以輔國將軍爲江州刺史。常以酒饋陶淵明。

見《宋書·王弘傳》及宋傳。

《九日閑居》詩或作於是年秋。

詩云：「酒能祛百慮，菊解制頽齡。如何蓬廬士，空視時運傾。」按《世説新語》注引《續晉陽秋》曰：

「陶元亮九日無酒，宅邊東籬下菊叢中摘盈把，坐其側。未幾，望見白衣人至，乃王宏送酒也。即便就酌，醉而後歸。」所記與此詩合，姑繫之於此。

作《怨詩楚調示龐主簿鄧治中》詩。

詩云：「結髮念善事，僶俛六九年。弱冠逢世阻，始室喪其偏。」「夏日抱長飢，寒夜無被眠。造夕思雞鳴，及晨願烏遷。」

十二月，宋王劉裕殺晉安帝司馬德宗，立司馬德文爲帝，改元元熙。

見《晉書·安帝紀》。

《桃花源記》當作于是年。

清姚培謙《陶謝詩集》引翁同龢曰：「義熙十四年，劉裕弑晉安帝，立恭帝。逾年，晉室遂亡。史稱義熙末，潛徵著作佐郎不就。桃花源避秦之志，其在斯時歟？」逯按《桃花源記》爲作者從事耕田之晚年作品，今依翁說繫於本年。

宋永初元年庚申（公元四二〇），陶淵明五十六歲。六月，劉裕篡晉稱宋，改元永初。

《擬古》詩第九首當作於是年。

見《晉書·恭帝紀》。

詩云：「種桑長江邊，三年望當採。枝條始欲茂，忽值山河改。」黄文焕曰：「劉裕以戊午年十二月，立琅邪王德文，是爲恭帝元熙元年，而裕逼禪矣。帝之年號雖只二年，而初立在戊午，是三年也。

望當採者，既經三年，或可以自修内治，奏成績也。長江邊豈種桑之地，爲裕所立，而無以防裕，勢終受制。」

八月，荆州刺史、宜都王劉義隆進號鎮西將軍。

見《宋書·武帝紀》。

《五柳先生傳》作於是年前後。

傳云：「閑靜少言，不慕榮利。好讀書，不求甚解，每有會意，便欣然忘食。性嗜酒，家貧不能常得。親舊知其如此，或置酒而招之。環堵蕭然，不避風日。短褐穿結，簞瓢屢空，晏如也。」逯按：此傳爲晚年所作。宋傳、蕭傳、南傳相沿視爲祭酒以前之作，非是。林雲銘評注《古文析義》，謂此傳無懷葛天，「暗寓不仕宋意」。吴楚材《古文觀止》謂「劉裕移晉祚，耻不復仕，號五柳先生，此傳乃自述其生平」。所見較是。陶之無酒可飲，乃五十一至五十七歲時事，今姑繫此年下。

永初二年辛酉（公元四二一），陶淵明五十七歲。秋，作《於王撫軍座送客》詩。

詩云：「爰以履霜節，登高餞將歸。」

李注：「此詩永初二年辛酉秋作也。《宋書》：王弘爲撫軍將軍、江州刺史；庾登之爲西陽太守（今黄州），被徵還；謝瞻爲豫章太守（今洪州），將赴郡。王弘送至湓口（今潯陽之湓浦），三人於此，賦詩叙别。是必休元要靖節豫席餞行。故《文選》載謝瞻即席集别詩，首章紀坐間四人。」陶考云：「案今《文選》，瞻序僅記三人，無先生名字。豈宋本有之，今本奪去耶？《通鑑》：永初二年，謝瞻爲豫章太守。則此詩決當作於是歲，明年則瞻死矣。」

九月丁丑，晉恭帝爲宋所害，陶作《述酒》詩在此時以後。

見《晉書·恭帝紀》。吴譜：「韓子蒼曰：余反復觀之，見『山陽歸下國』之句，蓋用山陽公事，疑是義熙以後有所感而作也。故有『流淚抱中歎，平王去舊京』之語。」湯注：「案晉元熙元年六月，劉裕廢恭帝爲零陵王，明年，以毒酒一甖使張禕酖王，禕自飲而卒。繼又令兵人踰園進藥，王不肯飲，遂掩殺之。此詩所爲作，故以酒名篇也。」逯按：兩説均是，然猶未盡。詩題原注云：「儀狄造，杜康潤色之。」暗示兼斥桓、劉之前後兩位篡政。

永初三年壬戌（公元四二二），陶淵明五十八歲。江州刺史王弘進號衛將軍、開府儀同三司。

見《資治通鑑》。

宋文帝元嘉元年甲子（公元四二四），陶淵明六十歲。久病。春，作五言《答龐參軍》詩。

冬，作四言《答龐參軍》詩。

五言詩序云：「吾抱疾多年，不復爲文。本既不豐，復老病繼之。」「自爾鄰曲，冬春再交。人事好乖，便當語離。」知五言詩爲春日之作。四言詩云：「昔我云别，倉庚載鳴；今也遇之，霰雪飄零。」知四言爲冬日作。又四言詩序云：「龐爲衛軍參軍，從江陵使上都，過尋陽見贈。」而詩云：「大藩有命，作使上京。」知龐所事衛軍將軍乃荆州刺史。據《宋書·少帝紀》、《文帝紀》、《謝晦傳》，景平二年(公元四二四)七月,荆州刺史劉義隆以鎮西將軍、宜都王入纂皇統,繼承帝位。八月,撫軍將軍謝晦爲荆州刺史,進號衛將軍,封建平王。知龐此春赴江陵乃爲劉義隆鎮西參軍,陶以五言詩酬答;此冬,龐以謝晦衛軍參軍使都,陶以四言詩酬答。謝爲衛將軍、建平王,與四言詩所謂「衛軍」、「大藩」者,正相吻合。又詩序言「自爾鄰曲,冬春再交」,知作鄰在前年冬,即永初三年冬,至此兩度冬春矣。陶考謂二詩作於景平元年(按即公元四二三),時衛軍將軍王弘鎮尋陽,宋文帝方爲宜都王,以荆州刺史鎮江陵。參軍奉弘命使江陵,又奉宜都王之命使都,故曰「大藩有命,作使上京」,非宜都不得稱大藩也。按此説非是。

是年,顔延之爲始安太守,道出尋陽,以錢二萬貽陶,陶悉送酒家,稍就取飲。

宋傳:「延之後爲始安郡,經過,日日造飲,每往必酣飲致醉。臨去,留二萬錢與潛。潛悉送酒家,稍就取酒。」《宋書·顔延之傳》云:「少帝立,始出爲始安太守。延之之郡,道經汨潭,爲刺史張邵作《祭屈原文》。」今按文曰「惟有宋五年月日」云云,宋五年即宋少帝景平二年。

元嘉三年丙寅(公元四二六),陶淵明六十二歲。五月,檀道濟爲江州刺史。

見《宋書·文帝紀》。

是年,貧病轉劇。檀道濟往候之,饋以粱肉,麾而去之。

蕭傳:「江州刺史檀道濟往候之,偃卧瘠餒有日矣。道濟謂曰:『賢者處世,天下無道則隱,有道則至。今子幸生文明之世,奈何自苦如此?』對曰:『潛也何敢望賢!志不及也。』道濟饋以粱肉,麾而去之。」

《有會而作》、《乞食》、《詠貧士》等詩當爲本年之作。

《有會而作》詩序云：「頗爲老農，而值年災。旬日以來，始念飢乏。」又詩云：「常善粥者心，深念蒙袂非。嗟來何足吝，徒没空自遺。斯濫豈攸志，固窮夙所歸。餒也已矣夫，在昔余多師。」《乞食》詩云：「飢來驅我去，不知竟何之。行行至斯里，叩門拙言辭。」《詠貧士》詩云：「量力守故轍，豈不寒與飢。知音苟不存，已矣何所悲。」「傾壺絶餘瀝，闚竈不見煙。」「閑居非陳厄，竊有愠見言。何以慰吾懷，賴古多此賢。」「好爵吾不縈，厚饋吾不酬。」「朝與仁義生，夕死復何求。」

元嘉四年丁卯（公元四二七），陶淵明六十三歲。九月，作《自祭文》。十一月，卒。顔延之著文誄之，謚曰靖節。

《自祭文》云：「歲維丁卯，律中無射。陶子將辭逆旅之館，永歸于本宅。」朱熹《通鑑綱目》：「十一月，晉徵士陶潛卒。」誄云：「有詔徵著作郎，稱疾不到。春秋若干，元嘉四年月日，卒於尋陽縣之某里。」「詢諸友好，宜謚曰靖節徵士。」

跋

一九四六年，我寫了《陶淵明年譜藁》。當時參酌梁啓超《陶淵明年譜》和古直《陶靖節年譜》，拿出四項證據論定陶淵明只活了五十二歲，而不是六十三歲，並把陶的事迹詩文放在這五十二年中加以繫列。自以爲證據確鑿，是鐵案不移了。一九五九年秋，我整理陶集，反復閱讀陶的詩文及各史陶傳，才逐漸認識到還是史傳六十三歲的説法是可靠的，而後人搞的新譜，不論是五十六歲説，或者五十二歲説，都是似是而實非，都是不能成立的。現在爲了便於讀者閱讀陶集，特附《陶淵明事迹詩文繫年》如上，並以下述主要三點指明五十六歲、五十二歲各説之誤如下：

一、《陶靖節年譜》、《陶淵明年譜藁》論定陶淵明只享年五十二歲，其最得力的證據之一，是陶淵明第一次親身耕種是在晉元興二年癸卯（公元四〇三），這年是「向立年」「投耒學仕」的前一年，即二十八歲時。所用的資料，是《癸卯歲始春懷古田舍》詩及《飲酒》詩「疇昔苦長飢」篇。認爲前詩既然説「在昔聞南畝，當年竟未踐。屢空既有人，春興豈自免」。那麼，陶的「秉耒」耕種是癸卯年開始的。而後詩又言：「疇昔苦長飢，投耒去學仕。」

「是時向立年，志意多所恥。」那麽，投耒學仕至早在次年甲辰。於是肯定元興三年甲辰（公元四〇四），陶年向立，二十九歲。次年乙巳，即義熙元年（公元四〇五）陶辭彭澤令時，年三十歲。輾轉證成五十二歲之説。實際這個結論是不對的。陶所耕種的田地並非一處，詩中提到的就有「南畝」（或稱「南野」）、「西田」、「下潠田」各區。「南畝」在這裏指的是古田舍的特定田地，並非泛指一般耕田。題目明言春初至古田舍，所謂「在昔聞南畝，當年竟未踐」，只是説過去聽説到古田舍這部分田地，當年並没有親身到過，並不意味着陶在癸卯之前没有從事農耕。因此，硬説陶的躬耕始於癸卯年，是不能成立的。因而這首詩不能作爲五十二歲的根據。

二、古直《陶靖節年譜》又用《祭從弟敬遠文》、《祭程氏妹文》的文字，作爲陶享年五十二歲的證明。譜謂《祭從弟敬遠文》作於辛亥，稱敬遠「年甫過立」，爲三十一歲。文中又言「相及齠齔，並罹偏咎」，因定彼此年歲相差不多。於是引《祭程氏妹文》「慈妣早世，時尚孺嬰；我年二六，爾纔九齡」語，進而肯定淵明罹偏咎之年爲髫，年十二；敬遠及齓，爲七歲。彼此相差五歲。辛亥年，敬遠三十一歲，淵明三十六歲，則推至元嘉四年，陶正活到五十二歲。這種輾轉論證，好像很確鑿，很有説服力，實際上是不能成立的。第一，「並罹偏咎」，指的是父喪；「慈妣早世」，指的是庶母喪。集注和繫年可以參證。父喪和庶母喪不是一回事，不在同一年，怎麽能够作爲對證呢？第二，「相及齠亂」，只是陶注本如此。舊刻如曾集本、李本、焦本，均作「齠齒」，蘇寫本作「亂齒」。「齠齒」與「亂」同，都是説孩子八歲時毁齒（掉牙）。「相及齠齒，並罹偏咎」，意思是彼此都在八歲時遭到父喪，不能有别的解釋。第三，即使原作「相及齠亂」，也不應勉强解爲兩個人不同年齡，即一爲十二，一爲七歲。因爲「齠亂」二字複詞單義，只指一個人的幼年。《漢書·邊讓傳》：「齠亂夙孤，不盡家訓。」《晉書·王廙傳》：「爰自齠亂，至于弱冠。」《宋書·謝靈運傳》：「伊昔齠亂，實愛斯文。」都是很好的例證。把「齠亂」一詞分開，解釋爲兩個人的兩種年齡，顯然是望文生訓，主觀武斷的。

三、梁啓超《陶淵明年譜》斷定陶享年五十六歲。他是根據《與子儼等疏》説的「年過五十」，《擬挽歌辭》説的「早終非命促」，顔誄説的「年在中身，疢維痁疾」，首先肯定陶只能活五十多歲。接着提出《辛丑歲七月赴假還江陵夜行塗口》詩，詩裏説「閑居三十載」。《遊斜川》詩作於辛酉，詩裏稱這年是五十歲。又卒于元嘉四年丙寅。綜合三者，其終年正爲五十六歲。按梁譜之説亦不能成立。《與子儼等疏》、《擬挽歌辭》，即使是五十一歲作品，陶痁疾一度加劇，寫了這些詩文，但這些詩文既非絶筆，不能説陶死在這一年，也就不能説他活不到六十三歲。顔誄説「年在中身」，但中身不一定是指五十多歲。如《晉書·陸玩傳》説:「臣已盈六十之年。」「又上表曰:臣年中壽,終命歸全,將復何恨。薨年六十四。」可見在晉人眼裏,六十以上亦可以稱中壽或中身。根據顔誄否定六十三歲的記載,顯然是錯誤的。況且陶集所載顔誄,與史傳合,明白寫爲六十三歲。至於《辛丑歲七月赴假還江陵》詩,不能因爲「閑居三十載,遂與塵事冥」,便認定這年是三十歲。試想,誰能够説一出娘胎就開始了隔絶塵事的閑居生活?而且就是承認辛丑前閑居了三十年,那麽辛丑前就不能再有出仕當官的事。但梁譜明明記載隆安三年己亥,四年庚子,陶皆在軍幕,則辛丑前一年和前二年,陶還在塵事中混,「閑居三十載,遂與塵事冥」,就完全落空了。至于《遊斜川》詩,誠然是五十歲時作品,但正如《事迹詩文繫年》裏所説,詩序裏的「辛酉」二字乃是干支紀日的字,而不是紀年的字,有三條證據足以作證。梁譜硬説此詩作於辛酉年,即宋永初元年(公元四二一),當然也是主觀臆斷了。

特跋如右,並以之檢討我過去的謬誤。